Trainspotting

By the Same Author

Fiction

The Acid House
Marabou Stork Nightmares
Ecstasy
Filth
Glue

Drama

You'll Have Had Your Hole

Screenplay

The Acid House

Irvine Welsh

Trainspotting

W · W · NORTON & COMPANY

New York · London

First published in Great Britain 1993
by Martin Secker & Warburg Ltd
First published as a Norton hardcover 2002
by arrangement with Reed International Books Ltd.

First American edition 1996

Printed in the United States of America

Welsh, Irvine.
Trainspotting / Irvine Welsh. — 1st American ed.
p. cm.
ISBN 0-393-31480-4 (pbk.)
1. Narcotic addicts—Scotland—Edinburgh—Fiction. 2. Young men—Scotland—Edinburgh—Fiction. 3. Edinburgh (Scotland)—Fiction. I. Title.
[PR6073.E47T73 1996]
823′.914—dc20 96-15044

ISBN 0-393-05724-0

W. W. Norton & Company, Inc.
500 Fifth Avenue, New York, N.Y. 10110
www.wwnorton.com

W. W. Norton & Company Ltd.
15 Carlisle Street, London W1D 3BS

5 6 7 8 9 0

W. W. Norton & Company Ltd.
15 Carlisle Street, London W1D 3BS

to Anne

Thanks to the following: Lesley Bryce, David Crystal, Margaret Fulton-Cook, Janice Galloway, Dave Harrold, Duncan McLean, Kenny McMillan, Sandy Macnair, David Millar, Robin Robertson, Julie Smith, Angela Sullivan, Dave Todd, Hamish Whyte, Kevin Williamson.

Versions of the following stories have appeared in other publications: 'The First Day Of The Edinburgh Festival' in *Scream If You Want To Go Faster: New Writing Scotland 9* (ASLS), 'Traditional Sunday Breakfast' in *DOG* (Dec. 1991), 'It Goes Without Saying' in *West Coast Magazine* No. 11, 'Trainspotting at Leith Central Station' in *A Parcel of Rogues* (Clocktower Press), 'Grieving and Mourning In Port Sunshine' in *Rebel Inc* No. 1 and 'Her Man, The Elusive Mr Hunt' and 'Winter In West Granton' in *Past Tense* (Clocktower Press). The second part of 'Memories of Matty' also appeared in the aforementioned Clocktower Press publication as 'After The Burning'.

Contents

The Skag Boys, Jean-Claude Van Damme and Mother Superior

The sweat wis lashing oafay Sick Boy; he wis trembling. Ah wis jist sitting thair, focusing oan the telly, tryin no tae notice the cunt. He wis bringing me doon. Ah tried tae keep ma attention oan the Jean-Claude Van Damme video.

As happens in such movies, they started oaf wi an obligatory dramatic opening. Then the next phase ay the picture involved building up the tension through introducing the dastardly villain and sticking the weak plot thegither. Any minute now though, auld Jean-Claude's ready tae git doon tae some serious swedgin.

— Rents. Ah've goat tae see Mother Superior, Sick Boy gasped, shaking his heid.

— Aw, ah sais. Ah wanted the radge tae jist fuck off ootay ma visage, tae go oan his ain, n jist leave us wi Jean-Claude. Oan the other hand, ah'd be gitting sick tae before long, and if that cunt went n scored, he'd haud oot oan us. They call um Sick Boy, no because he's eywis sick wi junk withdrawal, but because he's just one sick cunt.

— Let's fuckin go, he snapped desperately.

— Haud oan a second. Ah wanted tae see Jean-Claude smash up this arrogant fucker. If we went now, ah wouldnae git tae watch it. Ah'd be too fucked by the time we goat back, and in any case it wid probably be a few days later. That meant ah'd git hit fir fuckin back charges fi the shoap oan a video ah hudnae even goat a deek at.

— Ah've goat tae fuckin move man! he shouts, standing up. He moves ower tae the windae and rests against it, breathing heavily, looking like a hunted animal. There's nothing in his eyes but need.

Ah switched the box oaf at the handset. — Fuckin waste. That's aw it is, a fuckin waste, ah snarled at the cunt, the fuckin irritating bastard.

He flings back his heid n raises his eyes tae the ceiling. — Ah'll gie ye the money tae git it back oot. Is that aw yir sae fuckin moosey-faced aboot? Fifty measley fuckin pence ootay Ritz!

This cunt has a wey ay makin ye feel a real petty, trivial bastard.

— That's no the fuckin point, ah sais, but withoot conviction.

— Aye. The point is ah'm really fuckin sufferin here, n ma so-called mate's draggin his feet deliberately, lovin every fuckin minute ay it! His eyes seem the size ay fitba's n look hostile, yet pleadin at the same time; poignant testimonies tae ma supposed betrayal. If ah ever live long enough tae huv a bairn, ah hope it never looks at us like Sick Boy does. The cunt is irresistible oan this form.

— Ah wisnae . . . ah protested.

— Fling yir fuckin jaykit oan well!

At the Fit ay the Walk thir wir nae taxis. They only congregated here when ye didnae need them. Supposed tae be August, but ah'm fuckin freezing ma baws oaf here. Ah'm no sick yet, but it's in the fuckin post, that's fir sure.

— Supposed tae be a rank. Supposed tae be a fuckin taxi rank. Nivir fuckin git one in the summer. Up cruising fat, rich festival cunts too fuckin lazy tae walk a hundred fuckin yards fae one poxy church hall tae another fir thir fuckin show. Taxi drivers.

Money-grabbin bastards . . . Sick Boy muttered deliriously and breathlessly tae hissel, eyes bulging and sinews in his neck straining as his heid craned up Leith Walk.

At last one came. There were a group ay young guys in shell-suits n bomber jaykits whae'd been standin thair longer than us. Ah doubt if Sick Boy even saw them. He charged straight oot intae the middle ay the Walk screaming: — TAXI!

— Hi! Whit's the fuckin score? One guy in a black, purple and aqua shell-suit wi a flat-top asks.

— Git tae fuck. We wir here first, Sick Boy sais, opening the taxi door. — Thir's another yin comin. He gestured up the Walk at an advancing black cab.

— Lucky fir youse. Smart cunts.

— Fuck off, ya plukey-faced wee hing oot. Git a fuckin ride! Sick Boy snarled as we piled intae the taxi.

— Tollcross mate, ah sais tae the driver as gob splattered against the side windae.

— Square go then smart cunt! C'moan ya crappin bastards! the shell-suit shouted. The taxi driver wisnae amused. He looked a right cunt. Maist ay them do. The stamp-peyin self-employed ur truly the lowest form ay vermin oan god's earth.

The taxi did a u-turn and sped up the Walk.

— See whit yuv done now, ya big-moothed cunt. Next time one ay us ur walkin hame oan oor Jack Jones, wi git hassle fi these wee radges. Ah wisnae chuffed at Sick Boy.

— Yir no feart ay they wee fuckin saps ur ye?

This cunt's really gittin ma fuckin goat. — Aye! Aye ah fuckin am, if ah'm oan ma tod n ah git set oan by a fuckin squad ay shell-suits! Ye think ah'm Jean-Claude Van Fuckin Damme? Fuckin doss cunt, so ye are Simon. Ah called him 'Simon' rather than 'Si' or 'Sick Boy' tae emphasise the seriousness ay what ah wis sayin.

— Ah want tae see Mother Superior n ah dinnae gie a fuck aboot any cunt or anything else. Goat that? He pokes his lips wi his forefinger, his eyes bulging oot at us. — Simone wants tae see

Mother Superior. Watch ma fuckin lips. He then turns and stares intae the back ay the taxi driver, willing the cunt tae go faster while nervously beating oot a rhythm oan his thighs.

— One ay they cunts wis a McLean. Dandy n Chancey's wee brar, ah sais.

— Wis it fuck, he sais, but he couldnae keep the anxiety oot ay his voice. — Ah ken the McLeans. Chancey's awright.

— No if ye take the pish oot ay his brar, ah sais.

He wis takin nae mair notice though. Ah stoaped harassing him, knowing thit ah wis jist wastin ma energy. His silent suffering through withdrawal now seemed so intense that thir wis nae wey that ah could add, even incrementally, tae his misery.

'Mother Superior' wis Johnny Swan; also kent as the White Swan, a dealer whae wis based in Tollcross and covered the Sighthill and Wester Hailes schemes. Ah preferred tae score fi Swanney, or his sidekick Raymie, rather than Seeker n the Muirhoose-Leith mob, if ah could. Better gear, usually. Johnny Swan hud once been a really good mate ay mines, back in the auld days. We played fitba thegither fir Porty Thistle. Now he wis a dealer. Ah remember um saying tae us once: Nae friends in this game. Jist associates.

Ah thought he wis being harsh, flippant and show-oafy, until ah got sae far in. Now ah ken precisely what the cunt meant.

Johnny wis a junky as well as a dealer. Ye hud tae go a wee bit further up the ladder before ye found a dealer whae didnae use. We called Johnny 'Mother Superior' because ay the length ay time he'd hud his habit.

Ah soon started tae feel fucking shan n aw. Bad cramps wir beginning tae hit us as we mounted the stairs tae Johnny's gaff. Ah wis dripping like a saturated sponge, every step bringing another gush fae ma pores. Sick Boy wis probably even worse, but the cunt was beginning no tae exist fir us. Ah wis only aware ay him slouching tae a halt oan the banister in front ay us, because he wis blocking ma route tae Johnny's and the skag. He wis struggling fir breath, haudin grimly oantay the railing, looking as if he wis gaunnae spew intae the stairwell.

— Awright Si? ah sais irritably, pissed off at the cunt fir haudin us up.

He waved us away, shaking his heid and screwing his eyes up. Ah sais nae mair. Whin ye feel like he did, ye dinnae want tae talk or be talked at. Ye dinnae want any fuckin fuss at aw. Ah didnae either. Sometimes ah think that people become junkies just because they subconsciously crave a wee bit ay silence.

Johnny wis bombed ootay his box whin we finally made it up the stairs. A shootin gallery wis set up.

— Ah've goat one Sick Boy, and a Rent Boy that's sick n aw! he laughed, as high as a fuckin kite. Johnny often snorted some coke wi his fix or mixed up a speedball concoction ay smack and cocaine. He reckoned that it kept um high, stoaped um fae sittin aroond starin at waws aw day. High cunts are a big fuckin drag when yir feeling like this, because thir too busy enjoying their high tae notice or gie a fuck aboot your suffering. Whereas the piss-heid in the pub wants every cunt tae git as ootay it as he is, the real junky (as opposed tae the casual user who wants a partner-in-crime) doesnae gie a fuck aboot anybody else.

Raymie and Alison wir thair. Ali wis cookin. It wis lookin promising.

Johnny waltzed over tae Alison and serenaded her. — Hey-ey good lookin, whaaat-cha got cookin . . . He turned tae Raymie, whae wis steadfastly keepin shoatie at the windae. Raymie could detect a labdick in a crowded street the wey that sharks can sense a few drops of blood in an ocean. — Pit some sounds oan Raymie. Ah'm seek ay that new Elvis Costello, bit ah cannae stoap playin the cunt. Fuckin magic man, ah'm telling ye.

— A double-ended jack plug tae the south ay Waterloo, Raymie sais. The cunt ey came oot wi irrelevant, nonsensical shite, which fucked up your brains whin ye wir sick and trying tae score fae him. It always surprised us that Raymie wis intae smack in such a big wey. Raymie wis a bit like ma mate Spud; ah'd eywis regarded them as classic acid-heids by temperament. Sick Boy hud a theory that Spud and Raymie wir the same person, although they looked fuck all like each other, purely because they never seemed tae be seen together, despite moving in the same circles.

The bad-taste bastard breaks the junky's golden rule by pitten oan 'Heroin', the version oan Lou Reed's *Rock 'n' Roll Animal*, which if anything, is even mair painful tae listen tae whin yir sick than the original version oan *The Velvet Underground and Nico*. Mind you, at least this version doesnae huv John Cale's screeching viola passage oan it. Ah couldnae huv handled that.

— Aw fuck off Raymie! Ali shouts.

— Stick in the boot, go wi the flow, shake it down baby, shake it down honey . . . cook street, spook street, we're all dead white meat . . . eat the beat . . . Raymie burst intae an impromptu rap, shakin his erse and rollin his eyes.

He then bent doon in front ay Sick Boy, whae had strategically placed hissel beside Ali, never taking his eyes oaf the contents ay the spoon she heated over a candle. Raymie pulled Sick Boy's face tae him, and kissed him hard oan the lips. Sick Boy pushed him away, trembling.

— Fuck off! Doss cunt!

Johnny n Ali laughed loudly. Ah wid huv n aw had ah no felt that each bone in ma body wis simultaneously being crushed in a vice n set aboot wi a blunt hacksaw.

Sick Boy tourniqued Ali above her elbow, obviously staking his place in the queue, and tapped up a vein oan her thin ash-white airm.

— Want me tae dae it? he asked.

She nodded.

He droaps a cotton ball intae the spoon n blaws oan it, before sucking up aboot 5 mls through the needle, intae the barrel ay the syringe. He's goat a fuckin huge blue vein tapped up, which seems tae be almost comin through Ali's airm. He pierces her flesh and injects a wee bit slowly, before sucking blood back intae the chamber. Her lips are quivering as she gazes pleadingly at him for a second or two. Sick Boy's face looks ugly, leering and reptilian, before he slams the cocktail towards her brain.

She pulls back her heid, shuts her eyes and opens her mooth, givin oot an orgasmic groan. Sick Boy's eyes are now innocent and full ay wonder, his expression like a bairn thit's come through oan Christmas morning tae a pile ay gift-wrapped presents stacked under the tree. They baith look strangely beautiful and pure in the flickering candlelight.

— That beats any meat injection . . . that beats any fuckin cock in the world . . . Ali gasps, completely serious. It unnerves us tae the extent that ah feel ma ain genitals through ma troosers tae see if they're still thair. Touchin masel like that makes us feel queasy though.

Johnny hands Sick Boy his works.

— Ye git a shot, but only if ye use this gear. Wir playin trust games the day, he smiled, but he wisnae jokin.

Sick Boy shakes his heid. — Ah dinnae share needles or syringes. Ah've goat ma ain works here.

— Now that's no very social. Rents? Raymie? Ali? Whit d'ye think ay that? Ur you tryin tae insinuate that the White Swan, the Mother Superior, has blood infected by the human immuno-deficiency virus? Ma finer feelins ur hurt. Aw ah kin say is, nae sharin, nae shootin. He gies an exaggerated smile, exposing a row ay bad teeth.

Tae me that wisnae Johnny Swan talkin. No Swanney. No fuckin way. Some malicious demon had invaded his body and poisoned his mind. This character was a million miles away fae the gentle joker ah once knew as Johnny Swan. A nice laddie, everybody sais; including ma ain Ma. Johnny Swan, so intae fitba, so easy going, that he eywis goat lumbered washin the strips eftir the fives at Meadowbank, and nivir, ivir complained.

Ah wis shitein it that ah widnae git a shot here. — Fuck sakes Johnny, listen tae yirsel. Git a fuckin grip. Wuv goat the fuckin hirays here. Ah pulled some notes ootay ma poakit.

Whether it wis through guilt, or the prospect ay cash, the auld Johnny Swan briefly reappeared.

— Dinnae git aw serious oan us. Ah'm only fuckin jokin boys. Ye think thit the White Swan wid hud oot oan his muckers? Oan yis go ma men. Yir wise men. Hygiene's important, he stated wistfully. — Ken wee Goagsie? He's goat AIDS now.

— Gen up? ah asked. Thir wis eywis rumours aboot whae wis HIV and whae wisnae. Ah usually jist ignored thum. Thing is, a few people hud been saying that aboot wee Goagsie.

— Too right. He's no goat the full AIDS likes, bit he's tested positive. Still, as ah sais tae um, it isnae the end ay the world Goagsie. Ye kin learn tae live wi the virus. Tons ay cunts dae it withoot any hassle at aw. Could be fuckin years before ye git sick, ah telt um. Any cunt withoot the virus could git run ower the morn. That's the wey ye huv tae look at it. Cannae jist cancel the gig. The show must go oan.

It's easy tae be philosophical when some other cunt's goat shite fir blood.

Anywey, Johnny even helped Sick Boy tae cook up and shoot home. Looking at Sick Boy's thick, juicy, dark-blue wiring, he paraphrased the auld Carly Simon song: — You're so vein, you probably think this hit is about you . . . , lovin every minute ay it.

Just as Sick Boy wis aboot tae scream, he spiked the vein, drew some blood back intae the barrel, and fired the life-giving and life-taking elixir home.

Sick Boy hugged Swanney tightly, then eased off, keeping his airms aroond him. They were relaxed; like lovers in a post-coital embrace. It was now Sick Boy's turn tae serenade Johnny. —

Swanney, how ah love ya, how ah love yah, my dear old Swanney . . . The adversaries ay a few minutes ago were now soul-mates.

Ah went tae take a shot. It took us ages tae find a good vein. Ma boys don't live as close tae the surface as maist people's. When it came, ah savoured the hit. Ali wis right. Take yir best orgasm, multiply the feeling by twenty, and you're still fuckin miles off the pace. Ma dry, cracking bones are soothed and liquefied by ma beautiful heroine's tender caresses. The earth moved, and it's still moving.

Alison is tellin us that ah should go and see Kelly, who's apparently been really depressed since she hud the abortion. Although her tone's no really judgemental, she talks as if ah hud something tae dae wi Kelly's pregnancy n its subsequent termination.

— How should ah go n see her? It's goat nowt tae dae wi me, ah sais defensively.

— Yir her friend, ur ye no?

Ah'm tempted tae quote Johnny n say that we wir aw acquaintances now. It sounds good in ma heid: 'We are all acquaintances now.' It seems tae go beyond our personal junk circumstances, a brilliant metaphor for our times. Ah resist the temptation.

Instead ah content masel wi making the point that we wir aw Kelly's friends, and questioning why ah should be singled oot fir visiting duties.

— Fuck sake Mark. Ye ken she's really intae ye.

— Kelly? Away tae fuck! ah say, surprised, intrigued, and mair than a wee bit embarrassed. If this is true ah'm a blind and stupid arsehole.

— Course she is. She's telt us tons ay times. She's eywis oan aboot ye. It's Mark this, Mark that.

Hardly anybody calls us Mark. It's usually Rents, or worse, the Rent Boy. That is fuckin awful, getting called that. Ah try no tae show that it bugs us, because that only encourages cunts mair.

Sick Boy's been listening in. Ah turn tae him. — Ye reckon that's right? Kelly's goat a thing aboot us?

— Every cunt under the sun kens that she's goat the hots fir ye. It's no exactly a well-kept secret. Ah cannae understand her, mind you. She wants her fuckin heid examined.

— Thanks fir tellin us then cunt.

— If you choose tae sit in darkened rooms watchin videos aw day long, no noticing what's going on around ye, it's no up tae me tae fuckin point it oot tae ye.

— Well, she nivir sais nowt tae me, ah whinge, biscuit-ersed.

— Ye want her tae pit it oan a t-shirt? Ye dinnae ken much aboot women, do ye Mark? Alison sais. Sick Boy smirks.

Ah feel insulted by that last remark, but ah'm determined tae treat the issue lightly, in case it's a wind-up, doubtlessly orchestrated by Sick Boy. The mischief-making cunt staggers through life leaving these interpersonal booby-traps fir his mates. What fuckin pleasure the radge derives fae these activities is beyond me.

Ah score some gear fi Johnny.

— Pure as the driven snow, this shit, he tells us.

That meant thit it wisnae cut *too* much, wi anything *too* toxic.

It wis soon time fir us tae go. Johnny wis gabbin a load ay shite intae ma ear; things ah didnae want tae listen tae. Problems aboot whae hud ripped off whae, tales ay scheme vigilantes making every cunt's life a misery wi their anti-drug hysteria. He wis also babbling oan about his ain life in a maudlin sortay wey, and spouting fantasies aboot how he wis gaunnae git hissel straightened oot n take oaf tae Thailand whair the women knew how tae treat a gadge, n whair ye could live like a king if ye had a white skin n a few crisp tenners in yir poakit. He actually sais things a loat worse thin that, a loat mair cynical and exploitative. Ah telt masel, that's the evil spirit talkin again, no the White Swan. Or wis it? Who knows. Who the fuck cares.

Alison and Sick Boy hud been exchanging terse sentences,

sounding like they were arranging another skag deal. Then they got up and trooped ootay the room thegither. They looked bored and passionless, but when they didnae come back, ah knew that they'd be shaggin in the bedroom. It seemed, for women, that fucking was just something that you did wi Sick Boy, like talking, or drinking tea wi other punters.

Raymie wis drawing wi crayons oan the wall. He wis in a world ay his ain, an arrangement which suited himself, and every other cunt.

Ah thought aboot what Alison hud said. Kelly hud jist hud the abortion last week. If ah went and saw her, ah'd be too squeamish tae fuck her, assuming that she'd want us tae. Surely though, there would still be something there, gunge, bits ay the thing, or even a sortay rawness? Ah wis probably being fuckin daft. Alison wis right. Ah didnae really know much aboot women. Ah didnae really know much aboot anything.

Kelly steys at the Inch, which is difficult tae git tae by bus, n ah'm now too skint fir a taxi. Mibbe ye kin git tae the Inch by bus fae here, bit ah dinnae ken which one goes. The truth ay the matter is, ah'm a bit too skaggy-bawed tae fuck n a bit too fucked tae jist talk. A number 10 comes, n ah jump oan it back tae Leith, and Jean-Claude Van Damme. Throughout the journey ah gleefully anticipate the stomping he's gaunnae gie that smart cunt.

Junk Dilemmas No. 63

Ah'm just lettin it wash all over me, or wash through me . . . clean me oot fae the inside.

This internal sea. The problem is that this beautiful ocean carries with it loads ay poisonous flotsam and jetsam . . . that poison is diluted by the sea, but once the ocean rolls out, it leaves the shite behind, inside ma body. It takes as well as gives, it washes away ma endorphins, ma pain resistance centres; they take a long time tae come back.

The wallpaper is horrific in this shite-pit ay a room. It terrorises me. Some coffin-dodger must have put it up years ago . . . appropriate, because that's what ah am, a coffin-dodger, and ma reflexes are not getting any better . . . but it's all here, all within ma sweaty grasp. Syringe, needle, spoon, candle, lighter, packet ay powder. It's all okay, it's all beautiful; but ah fear that this internal sea is gaunnae subside soon, leaving this poisonous shite washed up, stranded up in ma body.

Ah start tae cook up another shot. As ah shakily haud the spoon ower the candle, waitin for the junk tae dissolve, ah think; more short-term sea, more long-term poison. This thought though, is naewhere near sufficient tae stop us fae daein what ah huv tae dae.

The First Day of the Edinburgh Festival

Third time lucky. It wis like Sick Boy telt us: you've got tae know what it's like tae try tae come off it before ye can actually dae it. You can only learn through failure, and what ye learn is the importance ay preparation. He could be right. Anywey, this time ah've prepared. A month's rent in advance oan this big, bare room overlooking the Links. Too many bastards ken ma Montgomery Street address. Cash oan the nail! Partin wi that poppy wis the hardest bit. The easiest wis ma last shot, taken in ma left airm this morning. Ah needed something tae keep us gaun during this period ay intense preparation. Then ah wis off like a rocket roond the Kirkgate, whizzing through ma shopping list.

Ten tins ay Heinz tomato soup, eight tins ay mushroom soup (all to be consumed cold), one large tub ay vanilla ice-cream (which will melt and be drunk), two boatils ay Milk of Magnesia, one boatil ay paracetamol, one packet ay Rinstead mouth pastilles, one boatil ay multivits, five litres ay mineral water, twelve Lucozade isotonic drinks and some magazines: soft porn, *Viz, Scottish Football Today, The Punter*, etc. The most important item hus already been procured from a visit tae the parental home; ma Ma's bottle ay valium, removed from her bathroom cabinet. Ah don't feel bad about this. She never uses them now, and if she needs them her age and gender dictate that her radge GP will prescribe them like jelly tots. I lovingly tick off all the items oan ma list. It's going tae be a hard week.

Ma room is bare and uncarpeted. There's a mattress in the middle ay the flair with a sleeping-bag oan it, an electric-bar fire, and a black and white telly oan a small wooden chair. Ah've goat three brown plastic buckets, half-filled wi a mixture ay disinfectant and water for ma shite, puke and pish. Ah line up ma tins ay soup, juice and ma medicines within easy reach ay ma makeshift bed.

Ay took ma last shot in order tae git us through the horrors ay the shopping trip. Ma final score will be used tae help us sleep, and ease us oaf the skag. Ah'll try tae take it in small, measured doses. Ah need some quickly. The great decline is setting in. It starts as it generally does, with a slight nausea in the pit ay ma stomach and an irrational panic attack. As soon as ah become aware ay the sickness gripping me, it effortlessly moves from the uncomfortable tae the unbearable. A toothache starts tae spread fae ma teeth intae ma jaws and ma eye sockets, and aw through ma bones in a miserable, implacable, debilitating throb. The auld sweats arrive oan cue, and lets no forget the shivers, covering ma back like a thin layer ay autumn frost oan a car roof. It's time for action. No way can ah crash oot and face the music yet. Ah need the old 'slowburn', a soft, come-down input. The only thing ah kin move for is smack. One wee dig tae unravel those twisted limbs and send us oaf tae sleep. Then ah say goodbye tae it. Swanney's vanished, Seeker's in the nick. That leaves Raymie. Ah go tae bell the cunt fae the payphone in the hall.

Ah'm aware that as ah dial, someone has brushed past us. Ah wince fae the fleeting contact, but have no desire tae look and see whae it is. Hopefully ah'll no be here long enough tae need tae check out any ay ma new 'flatmates'. The fuckers dinnae exist fir us. Nae cunt does. Only Raymie. The money goes doon. A lassie's voice. — Hello? she sniffs. Has she goat a summer cauld or is it the skag?

— Is Raymie thair? It's Mark here. Raymie has evidently mentioned us because although ah dinnae ken her, she sure as fuck kens me. Her voice chills over. — Raymie's away, she says. — London.

— London? Fuck . . . when's he due back?

— Dinnae ken.

— He didnae leave anything fir us, did he? Chance wid be a fine thing, the cunt.

— Eh, naw . . .

Ah shakily pit the phone doon. Two choices; one: tough it oot, back in the room, two: phone that cunt Forrester and go tae Muirhoose, get fucked aboot and ripped oaf wi some crap gear. Nae contest. In twenty minutes it wis: — Muirhoose pal? tae the driver oan the 32 bus and quiveringly stickin ma forty-five pence intae the the box. Any port in a storm, and it's raging in here behind ma face.

An auld boot gies us the evil eye as ah pass her oan the wey doon the bus. No doubt ah'm fuckin boggin n look a real mess. It doesnae bother us. Nothing exists in ma life except masel and Michael Forrester and the sickening distance between us: a distance being steadily reduced by this bus.

Ah sit oan the back seat, doonstairs. The bus is nearly empty. A lassie sits across fae us, listening tae her Sony Walkman. Is she good looking? Whae fuckin cares. Even though it's supposed tae be a 'personal' stereo, ah kin hear it quite clearly. It's playing a Bowie number . . . 'Golden Years'.

Don't let me you hear you say life's takin' you nowhere —
Angel . . .
Look at those skies, life's begun, nights are warm and
the days are yu-hu-hung . . .

Ah've goat every album Bowie ever made. The fuckin lot. Tons ay fuckin bootlegs n aw. Ah dinnae gie a fuck aboot him or his music. Ah only care aboot Mike Forrester, an ugly talentless cunt whae has made no albums. Zero singles. But Mikey baby is the man of the moment. As Sick Boy once said, doubtlessly paraphrasing some other fucker: nothing exists outside the moment. (Ah think some radge oan a chocolate advert said it first.) But ah cannae even endorse these sentiments as they are at best peripheral tae the moment. The moment is me, sick, and Mikey, healer.

Some auld cunt, they're always oan the buses at this time, is fartin and shitein at the driver; firing a volley ay irrelevant questions about bus numbers, routes and times. Get the fuck oan or fuck off and die ya foostie auld cunt. Ah almost choked in silent rage at her selfish pettiness and the bus driver's pathetic indulgence of the cunt. People talk aboot youngsters and vandalism, what aboot the psychic vandalism caused by these auld bastards? When she finally gits oan the auld fucker still has the cheek tae have a gob oan her like a cat's erse.

She sits directly in front ay us. Ma eyes burrow intae the back ay her heid. Ah'm willing her tae have a brain haemorrhage or a massive cardiac arrest . . . no. Ah stoap tae think. If that happened, it would only haud us back even mair. Hers must be a slow, suffering death, tae pey her back for ma fuckin suffering. If she dies quickly, it'll gie people the chance tae fuss. They'll always take that opportunity. Cancer cells will dae nicely. Ah will a core ay bad cells tae develop and multiply in her body. Ah can feel it happening . . . but it's ma body it's happening to. Ah'm too tired tae continue. Ah've lost all hate fir the auld doll. Ah only feel total apathy. She's now ootside the moment.

Ma heid's gaun doon. It jerks up so suddenly and violently, ah feel it's gaunnae fly oaf ma shoulders ontae the lap of the testy auld boot in front ay us. Ah haud it firmly in baith hands, elbays oan ma knees. Now ah'm gaunnae miss ma stoap. No. A surge ay energy and ah get oaf at Pennywell Road, opposite the shopping centre. Ah cross over the dual carriageway and walk through the centre. Ah pass the steel-shuttered units which have never been let and cross over the car park where cars have never parked. Never since it was built. Over twenty years ago.

Forrester's maisonette flat is in a block bigger than most in Muirhouse. Maist are two stories high, but his is five, and therefore has a lift, which doesnae work. Tae conserve energy ah slide along the wall oan ma journey up the stairs.

In addition tae cramps, aches, sweats and an almost complete disintegration ay ma central nervous system, ma guts are now starting tae go. Ah feel a queasy shifting taking place, an ominous thaw in ma long period of constipation. Ah try tae pull masel together at Forrester's door. But he'll know that ah'm suffering. An ex-skag merchant always knows when someone is sick. Ah just don't want the bastard knowing how desperate ah feel. While ah would put up wi any crap, any abuse fae Forrester tae get what ah need, ah don't see the sense in advertising it tae him any mair than ah can help.

Forrester can obviously see the reflection ay ma ginger hair through the wired and dimpled glass door. He takes an age to answer. The cunt has started fuckin us aboot before ah even set foot in his hoose. He disnae greet us wi any warmth in his voice.

— Awright Rents, he sais.

— No bad Mike. He calls us 'Rents' instead ay 'Mark', ah call him 'Mike' instead ay 'Forry'. He's calling the shots awright. Is trying tae ingratiate masel tae this cunt the best policy? It's probably the only one at the moment.

— Moan in, he tersely shrugs and ah dutifully follow him.

Ah sit oan the couch, beside but a bit away fae a gross bitch with a broken leg. Her plastered limb is propped up on the coffee table and there is a repulsive swell of white flesh between the dirty plaster and her peach coloured shorts. Her tits sit on top of an oversized Guinness pot, and her brown vesty top struggles tae constrain her white flab. Her greasy, peroxide locks have an inch of insipid grey-brown at their roots. She makes no attempt tae acknowledge ma presence but lets oot a horrendous and embarrassing donkey-like laugh at some inane remark Forrester makes, which I don't catch, probably concerning my appearance. Forrester sits opposite me in a worn-out armchair, beefy-faced but thin bodied, almost bald at twenty-five. His hair loss over the last two years has been phenomenal, and ah wonder if he's goat the virus. Doubt it somehow. They say only the good die young. Normally ah would make a bitchy comment, but at this moment in time ah would rather slag ma granny aboot her colostomy bag. Mikey is, after all, my man.

In the other chair next tae Mikey is an evil-looking bastard, whose eyes are on the bloated sow, or rather the unprofessionally rolled joint she is smoking. She takes an extravagantly theatrical toke, before passing it onto the evil-looking gadge. Ah've goat fuck all against dudes with dead insect eyes set deep in keen rodent faces. They are not all bad. It's this boy's clathes that gie him away, marking him oot as wide-o extraordinaire. He's obviously been residing in one ay the Windsor group hotels; Saughton, Bar L, Perth, Peterhead, etc., and has apparently been there for some time. Dark blue flared troosers, black shoes, a mustard polo-neck wi blue bands at the collar and cuffs, and a green parka (in this fuckin weather!) draped ower the back ay the chair.

No intros are made, but that's the prerogative of my baw-faced icon, Mike Forrester. He's the man in the chair, and he certainly knows it. The bastard launches intae this spiel, talking incessantly, like a bairn trying tae stay up as late as possible. Mr Fashion, Johnny Saughton ah'll call the cunt, sais nothing, but smiles enigmatically and occasionally rolls his eyes in mock ecstasy. If ye ever saw a predator's face it wis Saughton's. The Fat Sow, god she is grotesque, hee-haws and ah force oot the odd sycophantic chuckle at times ah gauge tae be roughly appropriate.

After listening tae this shite for a while, ma pain and nausea force me tae intervene. My non-verbal signals are contemptuously ignored, so ah steam in.

— Sorry tae interrupt ye thair mate, but ah need tae be pittin ma skates oan. Ye goat the gear thair?

The reaction is over the top, even by the standards ay the crappy game Forrester is playing.

— You shut yir fuckin mouth! Fuckin radge. Ah'll fuckin tell you whin tae speak. Just shut yir fuckin erse. You dinnae like the company, you kin git tae fuck. End ay fuckin story.

— Nae offence mate . . . It's aw tame capitulation oan ma part. After all, this man is a god tae me. Ah'd walk oan ma hands and knees through broken gless fir a thousand miles tae use the cunt's shite as toothpaste and we baith know it. Ah am but a pawn in a game called 'The Marketing Of Michael Forrester As A Hard Man'. To all those who know him, it's a game based on ridiculously flawed concepts. Furthermore, it obviously aw being played fir Johnny Saughton's benefit, but what the fuck, it's Mike's gig, and ah asked tae be dealt a shite hand when ah dialled his number.

Ah take some more crass humiliation for what seems like an eternity. Ah get through it nae bother though. Ah love nothing (except junk), ah hate nothing (except forces that prevent me getting any) and ah fear nothing (except not scoring). Ah also know that a shitein cunt like Forrester would never pit us through aw this bullshit if he intended holding out on me.

It gies us some satisfaction remembering why he hates us. Mike was once infatuated wi a woman who despised him. A woman ah subsequently shagged. It hadn't meant a great deal tae either masel or the woman concerned, but it certainly bugged the fuck oot ay Mike. Now most people would put this doon tae experience, ye always want what ye cannae have and the things that ye dinnae really gie a toss aboot get handed tae ye oan a plate. That's life, so why should sex be different fae any other part ay it? Ah've hud, and brushed oaf, such reverses in the past. Every cunt has. The problem is that this shite's intent oan hoarding trivial grievances, like the fat-chopped malignant squirrel that he is. But ah still love him. Ah huv tae. He's the boy holdin.

Mikey grows bored wi his humiliation game. For a sadist, it must huv aw the interest ay sticking pins intae a plastic doll. Ah'd loved tae have given him some better sport, but ah'm too fucked tae react tae his dull-witted jibes. So he finally sais: — Goat the poppy?

Ah pull oot some crumpled notes fae ma poakits, and wi touching servility, flatten them oot oan the coffee table. Wi an air ay reverence and all due deference tae Mikey's status as The Man, ah hand them ower. Ah note for the first time that the Fat Sow has a huge arrow drawn oan her plaster in thick black marker pen, oan the inside ay her thigh, pointing tae her crotch. The letters alongside it spell out in bold capitals: INSERT COCK

HERE. Ma guts dae another quick birl, and the urge tae take the gear fae Mikey wi maximum force and get tae fuck oot ay thair is almost overwhelming. Mikey snaffles the notes and tae ma surprise, produces two white capsules, fae his poakit. Ah'd never seen the likes ay them before. They were wee hard bomb-shaped things wi a waxy coat oan them. A powerful rage gripped us, seemingly coming fae nowhere. No, not fae nowhere. Strong emotions ay this type can only be generated by junk or the possibility of its absence. — What the fuck's this shite?

— Opium. Opium suppositories, Mikey's tone has changed. It's cagey, almost apologetic. Ma outburst has shattered our sick symbiosis.

— What the fuck dae ah dae wi these? ah sais, withoot thinking, and then brek oot in a smile as it dawns oan us. It lets Mikey off the hook.

— Dae ye really want me tae tell ye? he sneers, reclaiming some ay the power he'd previously relinquished, as Saughton sniggers and Fat Sow brays. He sees that ah'm no amused, however, so he continues: — Yir no bothered aboot a hit, right? Ye want something slow, tae take away the pain, tae help ye git oaf the junk, right? Well these are perfect. Custom-fuckin-designed fir your needs. They melt through yir system, the charge builds up, then it slowly fades. That's the cunts they use in hoespitals, fir fuck sakes.

— Ye reckon these then, man?

— Listen tae the voice ay experience, he smiles, but mair at Saughton than at me. Fat Sow throws her greasy head back, exposing large, yellowing teeth.

So ah dae jist as recommended. Ah listen tae the voice ay experience. Ah excuse masel, retire tae the toilet and insert them, wi great diligence, up ma arse. It was the first time ah'd ever stuck ma finger up ma ain arsehole, and a vaguely nauseous feeling hits us. Ah look at masel in the bathroom mirror. Red hair, matted but sweaty, and a white face with loads ay disgusting spots. Two particular beauties; these ones really have tae be classified as boils. One oan the cheek, and one oan the chin. Fat Sow and I would make an excellent couple, and ah entertain a perverse vision ay us in a gondola oan the canals ay Venice. Ah return doonstairs, still sick but high fae scoring.

— It'll take time, Forrester gruffly observes, as ah swan back intae the living-room.

— You're tellin me. For aw the good they've done ah might as well huv stuck thum up ma erse. Ah get ma first smile fae Johnny Saughton for ma troubles. Ah can almost see the blood aroond his twisted mooth. Fat Sow looks at us as if ah had just ritually slaughtered her first born. That pained, incomprehensible expression ay hers makes us want tae pish ma keks wi laughter. Mike wears a very hurt I-crack-the-jokes-here look, but it's tinged wi resignation through the realisation that his power over me has gone. It ended wi the completion ay the transaction. He was now nae mair tae me than a lump ay dug shite in the shopping centre. In fact, considerably less. End ay story.

— Anywey, catch yis later folks, ah nod ower tae Saughton and Fat Sow. A smiling Saughton gies us a matey wink which seems tae sweep in the whole room. Even Fat Sow tries tae force a smile. Ah take their gestures as further evidence that the balance ay power between me and Mike has fundamentally shifted. As if tae confirm this, he follays us oot ay the flat. — Eh, ah'll see ye aroond man. Eh . . . sorry aboot aw the shite ah wis hittin ye wi back thair. That cunt Donnelly . . . he makes us dead jumpy. A fuckin heidbanger ay the first order. Ah'll tell ye the fill story later. Nae hard feelins though, eh Mark?

— Ah'll see ye later Forry, ah reply, ma voice hopefully cairryin enough promise ay threat tae cause the cunt a wee bit unease, if no real concern. Part ay me doesnae want tae burn the fucker doon though. It's a sobering thought, but ah might need him again. But that's no the way tae think. If ah keep thinkin like that, the whole fuckin exercise is pointless.

By the time ah hit the bottom ay the stair ah've forgotten aw aboot ma sickness; well almost. Ah can feel it, the ache through ma body, it's just that it doesnae really bother us any mair. Ah know it's ridiculous tae con masel that the gear is making an impact already, but there's definitely some placebo effect taking place. One thing that ah'm aware ay is a great fluidity in ma guts. It feels like ah'm melting inside. Ah huvnae shat for about five or six days; now it seems tae be coming. Ah fart, and instantly follow through, feeling the wet sludge in ma pants with a quickening of ma pulse. Ah slam oan the brakes; tightening ma sphincter muscles as much as ah can. The damage has been done, however, and it's gaunnae git much worse if ah dinnae take immediate action. Ah consider going back tae Forrester's, but ah want nothing mair tae dae wi that twat for the time being. Ah remember that the bookies in the shopping centre has a toilet at the back.

Ah enter the smoke-filled shop and head straight tae the bog. What a fuckin scene; two guys stand in the doorway ay the toilet, just pishing intae the place, which has a good inch ay stagnant, spunky urine covering the flair. It's oddly reminiscent ay the foot pool at the swimming baths ah used tae go tae. The two punters shake oot their cocks in the passage and stuff them intae their flies wi as much care as ye'd take putting a dirty hanky intae yir poakit. One ay them looks at us suspiciously and bars ma path tae the toilet.

— Bog's fuckin blocked, mate. Ye'll no be able tae shite in that. He gestures tae the seatless bowl fill ay broon water, toilet paper and lumps ay floating shite.

Ah look sternly at him. — Ah've goat tae fuckin go mate.

— Yir no fuckin shootin up in thair, ur ye?

Just what ah fuckin needed. Muirhoose's Charles Bronson. Only this cunt makes Charles Bronson look like Michael J. Fox. He actually looks a bit like Elvis, like Elvis does now; a chunky, decomposing ex-Ted.

— Away tae fuck. Ma indignation must have been convincing, because this radge actually apologises.

— Nae offence meant, pal. Jist some ay they young cunts in the scheme huv been trying tae make this thir fucking shootin gallery. We're no intae that.

— Fuckin wide-o cunts, his mate added.

— Ah've been oan the peeve fir a couple ay days, mate. Ah'm gaun fuckin radge wi the runs here. Ah need tae shite. It looks fuckin awfay in thair, but it's either that or ma fuckin keks. Ah've nae shit oan us. Ah'm fuckin bad enough wi the bevvy, nivir mind anything else.

The cunt gies us an empathetic nod and unblocks ma way. Ah feel the pish soak intae ma trainers as ah step ower the door ridge. Ah reflect oan the ridiculousness ay saying that ah hud nae shit oan ays when ma keks are fill ay it. One piece ay good luck though, is that the lock oan the door is intact. Fuckin astounding, considering the atrocious state ay the bogs.

Ah whip oaf ma keks and sit oan the cold wet porcelain shunky. Ah empty ma guts, feeling as if everything; bowel, stomach, intestines, spleen, liver, kidneys, heart, lungs and fucking brains are aw falling through ma arsehole intae the bowl. As ah shit, flies batter oaf ma face, sending shivers through ma body. Ah grab at one, and tae ma surprise and elation, feel it buzzing in ma hand. Ah squeeze tightly enough tae immobilise it. Ah open ma mitt tae see a huge, filthy bluebottle, a big, furry currant ay a bastard.

Ah smear it against the wall opposite; tracing out an 'H' then an 'I' then a 'B' wi ma index finger, using its guts, tissue and blood as ink. Ah start oan the 'S' but ma supply grows thin. Nae problem. Ah borrow fae the 'H', which has a thick surplus, and complete the 'S'. Ah sit as far back as ah can, withoot sliding intae the shit-pit below ays, and admire ma handiwork. The vile bluebottle, which caused me a great deal of distress, has been transformed intae a work of art which gives me much pleasure tae look at. Ah am speculatively thinking about this as a positive metaphor for other things in my life, when the realisation ay what ah've done sends a paralysing jolt ay raw fear through ma body. Ah sit frozen for a moment. But only a moment.

Ah fall off the pan, ma knees splashing oantae the pishy flair. My jeans crumple tae the deck and greedily absorb the urine, but ah hardly notice. Ah roll up ma shirt sleeve and hesitate only briefly, glancing at ma scabby and occasionally weeping track marks, before plunging ma hands and forearms intae the brown water. Ah rummage fastidiously and get one ay ma bombs back straight away. Ah rub off some shite that's attached tae it. A wee bit melted, but still largely intact. Ah stick it oan toap ay the cistern. Locating the other takes several long dredges through the mess and the panhandling of the shite ay many good Muirhoose and Pilton punters. Ah gag once, but get ma white nugget ay gold, surprisingly even better preserved than the first. The feel ay water disgusts us even mair than the shite. Ma brown-stained airm reminds us ay the classic t-shirt tan. The line goes right up past ma elbow as ah hud tae go right aroond the bend.

Despite ma discomfort at the feel ay water oan ma skin, it seems appropriate tae run ma airm under the cauld tap at the sink. It's hardly the maist extensive or thorough wash ah've had, but it's aw ah can stand. Ah then wipe ma arse wi the clean part ay ma pants and chuck the shite-saturated keks intae the bowl beside the rest ay the waste.

Ah hear a knocking at the door as ah pull oan ma soaking Levis. It's the sense ay wetness oan ma legs, again, rather than the stench, which makes us feel a bit giddy. The knocking becomes a loud bang.

— C'moan ya cunt, wir fuckin burstin oot here!

— Haud yir fuckin hoarses.

Ah wis tempted tae swallay the suppositories, but ah rejected this notion almost as soon as it crossed ma mind. They were designed for anal intake, and there wis still enough ay that waxy stuff oan them tae suggest that ah'd no doubt huv a hard time keeping them doon. As ah'd shot everything oot ay ma bowels, ma boys were probably safer back thair. Home they went.

Ah goat some funny looks as ah left the bookies, no sae much fae the pish-queue gang whae piled past us wi a few derisory 'aboot-fuckin-time-n-aws' but fae one or two punters whae clocked ma wasted appearance. One radge even made some vaguely threatening remarks, but maist were too engrossed in the form cairds, or the racing oan the screen. Ah noted Elvis/Bronson was gesticulating wildly at the telly as ah left.

At the bus stop, ah realised what a sweltering hot day it had become. Ah remembered somebody sais that it wis the first day ay the Festival. Well, they certainly got the weather fir it. Ah sat oan the wall by the bus stop, letting the sun soak intae ma wet jeans. Ah saw a 32 coming, but didnae move, through apathy. The next one that came, ah got it thegither tae board the fucker and headed back tae Sunny Leith. It really is time tae clean up, ah thought, as ah mounted the stairs ay ma new flat.

In Overdrive

I do wish that ma semen-rectumed chum, the Rent Boy, would stop slavering in ma fucking ear. There's a set of VPLs (visible panty lines) on the chicky in front ay us, and all my concentration is required to ensure a thorough examination can be undertaken.

Yes! That will do me fine! I am in overdrive, over-fuckin-drive. It's one ay these days when ma hormones are shooting aroond ma body like a steelie in a pinball machine, and all these mental lights and sounds are flashing in ma heid.

And what is Rents proposing, on this beautiful afternoon of vintage cruisin weather? The cunt has the fuckin audacity tae suggest that we go back to his gaff, which reeks of alcohol, stale spunk and garbage which should have been pit oot weeks ago, tae watch videos. Draw the curtains, block out the sunlight, block out your own fucking brainwaves, and deek him sniggering like a moron wi a joint in his hand at everything that comes on the pox-box. Well, non, non, non, Monsieur Renton, Simone is not cut out to sit in darkened rooms with Leith plebs and junkies rabbiting shite aw affie. *Cause ah wis made for lovin you bay-bee, you wir made for lovin me . . .*

. . . a fat hound has waddled out in front ay the lemon wi the VPLs, blocking my view of that subliminal rear with her obese arse. She has the fuckin cheek tae wear tight leggings — totally and completely oblivious to the delicate nature of Simone's stomach!!

— There's a slim chicky! ah sarcastically observe.

— Fuck off ya sexist cunt, the Rent Boy sais.

Ah'm tempted tae ignore the bastard. Mates are a waste of fucking time. They are always ready to drag you down tae their level of social, sexual and intellectual mediocrity. I'd better dismiss the radge though, in case he thinks he's got one up on us.

— The fact that you use the term 'cunt' in the same breath as 'sexist', shows that ye display the same muddled, fucked-up thinking oan this issue as you do oan everything else.

That scoobies the cunt. Eh sais something biscuit-ersed in reply, in a pathetic attempt tae salvage the situation. Rent Boy 0, Simone 1. We both know it. *Renton, Renton, what's the score . . .*

The Bridges is hotchin wi minge. *Ooh, ooh la la, let's go dancin, ooh, ooh la la, Simon dancin . . .* There is fanny of every race, colour, creed and nationality present. Oh ya cunt, ye! It's time tae move. Two oriental types consulting a map. Simone express, that'll do nicely. Fuck Rents, he's a doss bastard, totally US.

— Can I help you? Where are you headed? ah ask. *Good old-fashioned Scoattish hoshpitality, aye, ye cannae beat it, shays the young Sean Connery, the new Bond, cause girls, this is the new bondage . . .*

— We're looking for the Royal Mile, a posh, English-colonial voice answers back in ma face. What a fucking wee pump-up-the-knickers n aw. *Simple Simon sais, put your hands on your feet . . .*

Of course, the Rent Boy is looking like a flaccid prick in a barrel-load ay fannies. Sometimes ah really think the gadge still believes that an erection is for pishing over high walls.

— Follow us. Are you going to a show? Yes, you can't beat the Festival for bringing out the mantovani.

— Yes. One of the (china) dolls hands us a piece ay paper wi *Brecht: The Caucasian Chalk Circle by Nottingham University Theatre Group* on it. Doubtless a collection of zit-encrusted, squeaky-voiced wankers playing oot a miserable pretension tae the arts before graduating to work in the power stations which give the local children leukemia or investment consultancies which shut doon factories, throwing people into poverty and despair. Still, let's git the board-treading ootay the system first. Fucking toss bags, don't you agree, Sean, ma auld fellow former milk-delivering mucker? *Yesh Shimon, I shink you may have a shtrong point thair*. Auld Sean and I have so many parallels. Both Edina lads, both ex-co-op milk boys. Ah only did the Leith run, whereas Sean, if ye listen tae any auld fucker, delivered milk tae every household in the city. Child labour laws were more lax then, I suppose. One area in which wi differ is looks. Sean is completely out-Sean in that department by Simone.

Now Rents is gibbering oan aboot *Galileo* and *Mother Courage* and *Baal* and aw that shite. The bitches seem quite impressed n aw. Why fuck me insensible! This doss cunt actually does have his uses. It's an amazing world. *Yesh Shimon, the more I shee, the less I believe*. You an me boash, Sean.

The oriental mantos depart tae the show, but they've agreed tae meet us for a drink in Deacons afterwards. Rents cannae make it. Boo-fucking-hoo. Ah'll cry masel tae sleep. He's meeting Ms Mogadon, the lovely Hazel . . . ah'll just have to amuse both chickies . . . if ah decide to show up. Ah'm a busy man. One musht put duty fursht, eh Sean? *Preshishly Shimon*.

Ah shake off Rents, he can go and kill himself with drugs. Some fucking friends I have. Spud, Second Prize, Begbie, Matty, Tommy: these punters spell L-I-M-I-T-E-D. An extremely limited company. Well, ah'm fed up to ma back teeth wi losers, no-hopers, draftpaks, schemies, junkies and the likes. I am a dynamic young man, upwardly mobile and thrusting, thrusting, thrusting . . .

. . . the socialists go on about your comrades, your class, your union, and society. Fuck all that shite. The Tories go on about your employer, your country, your family. Fuck that even mair. It's me, me, fucking ME, Simon David Williamson, NUMERO FUCKING UNO, versus the world, and it's a one-sided swedge. *It's really so fucking easy* . . . Fuck them all. *I admire your rampant individualishm, Shimon. I shee parallelsh wish myshelf ash a young man.* Glad you shed that Sean. Others have made shimilar comments.

Ugh . . . a spotty fucker in a Hearts scarf . . . yes, the cunts are at home today. Look at him; the ultimate anti-style statement. Ah'd rather see ma sister in a brothel than ma brother in a Hearts scarf n that's fuckin true . . . *ay oop, another strapping lass ahead . . . backpacker, good tan . . . mmmm . . . suck, fuck, suck, fuck* . . . we all fall down . . .

. . . where to go . . . work up a sweat in the multigym at the club, they've got a sauna and a sunbed now . . . get the muscles toned up . . . the smack heebie-jeebies are now just an unpleasant memory. The Chinky chickies, Marianne, Andrea, Ali . . . which lucky ride will ah stick it intae the night? Who's the best fuck? Why me, of course. I might even find something at the club. The dynamics are magic. Three groups; women, straight guys and gay guys. The gay guys are cruising the straight guys who are club bouncer types with huge biceps and beer guts. The straight guys are cruising the women, who are into the lithe, fit buftie boys. No bashturd actually getsh what they want. Exshept ush, eh Sean? *Preshishly Shimon.*

I hope ah don't see the buftie that cruised us the last time ah wis in. He told me in the cafeteria that he had HIV, but things were cool, it was no death sentence, he'd never felt better. What kind of a cunt tells a stranger that? It's probably bullshit.

Sleazy fuckin queen . . . that reminds us, ah must buy some flunkies . . . but there's no way you can get HIV in Edinburgh through shagging a lassie. They say that wee Goagsie got it that way, but I reckon that he's been daein a bit ay mainlining or shit-stabbing on the Q.T. If ye dinnae get it through shootin up wi the likes ay Renton, Spud, Swanney n Seeker, it's obviously no got your name on it . . . still . . . why tempt fate . . . but why not . . . at least ah know that ah'm still here, still alive, because as long as there's an opportunity tae get off wi a woman and her purse, and that's it, that is it, ah've found fuck all else, ZERO, tae fill this big, BLACK HOLE like a clenched fist in the centre ay my fucking chest . . .

Growing Up In Public

Despite the unmistakable resentment she could feel from her mother, Nina could not fathom what she had done wrong. The signals were confusing. First it was: Keep out of the way; then: Don't just stand there. A group of relatives had formed a human wall around her Auntie Alice. Nina could not actually see Alice from where she was sitting, but the fussing coos coming from across the room told her that her aunt was in there somewhere.

Her mother caught her eye. She was staring over at Nina, looking like one of the heads on a hydra. Over the there-there's and the he-was-a-good-man's Nina saw her mother mouth the word: Tea.

She tried to ignore the signal, but her mother hissed insistently, aiming her words across the room at Nina, like a fine jet: — Make more tea.

Nina threw her copy of the *NME* onto the floor. She hauled herself out of the armchair and moved over to a large dining table, picking up a tray, on which sat a teapot and an almost empty jug of milk.

Through in the kitchen, she studied her face in the mirror, focusing on a spot above her top lip. Her black hair, cut in a sloping wedge, looked greasy, although she had just washed it the night before. She rubbed her stomach, feeling bloated with fluid retention. Her period was due. It was a bummer.

Nina could not be a part of this strange festival of grief. The whole thing seemed uncool. The act of casual indifference she displayed at her Uncle Andy's death was only partly feigned. He had been her favourite relative when she was a wee lassie, and he had made her laugh, or so they all told her. And, in a sense, she could remember it. These events had happened: the joking, the tickling, the playing, the indulgent supply of ice-creams and sweeties. She could find no emotional connection though, between the her of now and the her of then, and therefore no emotional connection to Andy. To hear her relatives recount these days of infancy and childhood made her squirm with embarrassment. It seemed an essential denial of herself as she was now. Worse, it was uncool.

At least she was dressed for grief, as she was constantly reminded by everyone. She thought that her relatives were so boring. They held onto the mundane for grim life; it was a glum adhesive binding them together.

— That lassie never wears anything but black. In ma day, lassies wore nice bright colours, instead ay tryin tae look like vampires. Uncle Boab, fat, stupid Uncle Boab, had said that. The relatives had laughed. Every one of them. Stupid, petty, laughter. The nervous laughter of frightened children trying to keep on the right side of the school hardcase, rather than that of adults conveying that they had heard something funny. Nina consciously realised for the first time that laughter was about more than humour. This was about reducing tension, solidarity in face of the grim reaper. Andy's death had put that topic further up the list of items on the personal agenda of every one of them.

The kettle clicked off. Nina made another pot of tea and took it through.

— Nivir mind, Alice. Nivir mind, hen. Here's Nina wi the tea, her Auntie Avril said. Nina thought that perhaps unrealistic expectations were being invested in the PG Tips. Could they be expected to compensate for the loss of a twenty-four-year relationship?

— Terrible thing whin ye git problems wi the ticker, her Uncle Kenny stated. — Still, at least he didnae suffer. Better than the big C, rottin away in agony. Oor father went wi the ticker n aw. The curse ay the Fitzpatricks. That's your grandfather. He looked at Nina's cousin Malcolm and smiled. Although Malcolm was Kenny's nephew, he was only four years younger than his uncle, and looked older.

— Some day, aw this ticker stuff, n cancer n that, will aw be forgotten aboot, Malcolm ventured.

— Aw aye. Medical science. How's your Elsa by the way? Kenny's voice dropped.

— She's gaun in fir another op. Fallopian tube job. Apparently what they dae is . . .

Nina turned and left the room. All Malcolm seemed to want to talk about were the operations his wife had undergone to enable them to produce a child. The details made the tips of her fingers feel raw. Why did people assume that you wanted to hear that stuff? What sort of woman would go through all that just to produce a screaming brat? What sort of man would encourage her to do that? As she went to the hall, the doorbell rang. It was her Auntie Cathy and Uncle Davie. They had made good time from Leith out to Bonnyrigg.

Cathy hugged Nina. — Oh darlin. Whair is she? Whair's Alice? Nina liked her Auntie Cathy. She was the most outgoing of her aunts, and treated her like a person rather than a child.

Cathy went over and hugged Alice, her sister-in-law, then her sister Irene, Nina's mother, and her brothers Kenny and Boab, in that order. Nina thought that the order was tasteful. Davie nodded sternly at everybody.

— Christ, ye didnae waste any time getting oot here in that auld van Davie, Boab said.

— Aye. The by-pass makes a difference. Pick it up just ootside Portobellah, git off jist before Bonnyrigg, Davie explained dutifully.

The bell went again. This time it was Doctor Sim, the family GP. Sim was alert and businesslike in stance, but sombre in expression. In his bearing he attempted to convey a measure of compassion, while still maintaining a pragmatic strength in order to give the family confidence. Sim thought he wasn't doing badly.

Nina also thought so. A horde of breathless aunties fussed over him like groupies around a rock star. After a short time Bob, Kenny, Cathy, Davie and Irene accompanied Dr Sim upstairs.

Nina realised, as they began to leave the room, that her period had started. She followed them up the stairs.

— Stay oot the wey! Irene, looking back, hissed at her daughter.

— Ah'm just going tae the toilet, Nina replied, indignant.

In the lavatory she took off her clothes, starting with her black, lacy gloves. Examining the extent of the damage, she noted that the discharge had gone through her knickers but had not got into her black leggings.

— Shite, she said, as drops of thick, dark blood fell onto the bathroom carpet. She tore off a few strips of toilet paper, and held them to her in order to stem the flow. She then checked the bathroom cabinet but could find no tampons or sanitary towels. Was Alice too old for periods? Probably.

Soaking some more paper with water, she managed to get most of the stains out of the carpet.

Nina stepped tentatively into the shower. After splashing herself, she made another pad from bog-roll, and quickly dressed, leaving off her pants which she washed in the sink, wrung out, and stuffed into her jacket pocket. She squeezed the spot above her top lip, and felt much better.

Nina heard the entourage leaving the room and going downstairs. This place was the fucking dregs, she thought, and she wanted out. All she had been waiting for was an opportune moment to hit her mother for cash. She was supposed to be going into Edinburgh with Shona and Tracy to see this band at the Calton Studios. She didn't fancy going out when she was on her periods, as Shona had said that laddies can tell when you're on, they can just smell it, no matter what you do. Shona knew about laddies. She was a year younger than Nina, but had done it twice, once with Graeme Redpath, and once with a French boy she'd met at Aviemore.

Nina had not been with anyone yet, had not done it. Almost everyone she knew said it was crap. Boys were too stupid, too morose and dull, or too excitable. She enjoyed the effect she had on them, liked seeing the frozen, simpleton expressions on their faces as they watched her. When she did it, she would do it with someone who knew what they were about. Someone older, but not like Uncle Kenny, who looked at her as if he was a dog, his eyes bloody and his tongue darting slyly over his lips. She had a strange feeling that Uncle Kenny, despite his years, would be a bit like the inept boys that Shona and the rest had been with.

Despite her reservations about going to the gig, the alternative was staying in and watching television. Specifically, this meant *Bruce Forsyth's Generation Game* with her mother and her silly wee fart of a brother, who always got excited when the stuff came down the conveyor belt and recited the items quickly in his squeaky, quirky voice. Her mum wouldn't even let her smoke in the living-room. She let Dougie, her moronic man-friend smoke in the living-room. That was alright, considered to be the subject-matter of light humour rather than the cause of cancer and heart disease. Nina however, had to go upstairs for a fag and that was the pits. Her room was cold, and by the time she'd switched on the heating and it warmed up, she could have smoked a packet of twenty Marlborough. Fuck all that for a laugh. Tonight, she'd take her chances at the gig.

Leaving the bathroom, Nina looked in on Uncle Andy. The corpse lay in the bed, the covers still over it. They might have closed his mouth, she thought. It looked as if he'd expired drunkenly, belligerently, frozen by death as he was arguing about football or politics. The body was skinny and wizened, but then again, Andy always was. She remembered being tickled in the ribs by these persistent, ubiquitous, bony fingers. Perhaps Andy was always dying.

Nina decided to rake through the drawers to see if Alice had any knickers worth borrowing. Andy's socks and y-fronts were in the top section of a chest of drawers. Alice's undies were in the next one down. Nina was startled by the range of underwear Alice had. They ranged from outsized garments which Nina held against her, and which almost came down to her knees, to skimpy, lacy briefs she could never imagine her auntie wearing. One pair were made of the same material as the black lace gloves Nina had. She removed the gloves to feel the pants. Although she liked these ones, she picked a pink flowery pair, then went back into the bathroom to put them on.

When she got downstairs, she noted that alcohol had displaced tea as the gathering's principal social lubricant. Dr Sim stood, whisky in hand, talking to Uncle Kenny, Uncle Boab and Malcolm. She wondered if Malcolm would be asking him about fallopian tubes. The men were all drinking with a stoic determination, as if it was a serious duty. Despite the grief, there was no disguising the sense of relief in the air. This was Andy's third heart attack, and now that he had finally checked out, they could get on with their lives without jumping nervously whenever they heard Alice's voice on the phone.

Another cousin, Geoff, Malky's brother, had arrived. He looked at Nina with something she felt was akin to hate. It was unnerving and strange. He was a wanker though. All Nina's cousins were, the ones she knew at any rate. Her Auntie Cathy and Uncle Davie (he was from Glasgow and a Protestant), had two sons: Billy, who had just come out of the army, and Mark, who was supposed to be into drugs. They were not here, as they hardly knew Andy or any of the Bonnyrigg crowd. They would probably be at the funeral. Or perhaps not. Cathy and Davie once had a third son, also called Davie, who had died almost a year ago. He was badly mentally and physically handicapped and had lived most of his life in a hospital. Nina had only seen him once, sitting twisted in a wheelchair, mouth open and eyes vacant. She wondered how Cathy and Davie must have felt about his death. Again sad, but perhaps also relieved.

Shite. Geoff was coming over to talk to her. She had once pointed him out to Shona, who said that he looked like Marti from Wet Wet Wet. Nina hated both Marti and the Wets and, anyway, thought that Geoff was nothing like him.

— Awright, Nina?

— Aye. It's a shame aboot Uncle Andy.

— Aye, Whit kin ye say? Geoff shrugged his shoulders. He was twenty-one and Nina thought that was ancient.

— So when dae ye finish the school? he asked her.

— Next year. Ah wanted tae go now but ma Ma hassled us tae stey.

— Takin O Grades?

— Aye.

— Which yins?

— English, Maths, Arithmetic, Art, Accounts, Physics, Modern Studies.

— Gaunnae pass them?

— Aye. It's no that hard. Cept Maths.

— Then whit?

— Git a job. Or git oan a scheme.

— No gaunnae stey oan n take Highers?

— Naw.

— Ye should. You could go tae University.

— Whit fir?

Geoff had to think for a while. He had recently graduated with a degree in English Literature and was on the dole. So were most of his fellow graduates. — It's a good social life, he said.

Nina recognised that the look Geoff had been giving her was not one of hate, but of lust. He'd obviously been drinking before he had arrived and his inhibitions were lowered.

— You've really grown, Nina, he said.

— Aye, she blushed, knowing she was doing it, and hating herself for it.

— Fancy gittin oot ay here? Ah mean, can ye get intae pubs? We could go ower the road fir a drink.

Nina weighed up the offer. Even if Geoff talked student shite, it had to be better than staying here. They would be seen in the pub by somebody, this was Bonnyrigg, and somebody would talk. Shona and Tracy would find out, and would want to know who this dark, older guy was. It was too good an opportunity to miss.

Then Nina remembered the gloves. Absentmindedly, she had left them on the top of the chest of drawers in Andy's room. She excused herself from Geoff. — Aye, awright then. Ah'm jist gaun up tae the toilet.

The gloves were still on top of the chest. She picked them up and put them in a jacket pocket, but her wet pants were there so she quickly removed the gloves, and put them in the other one. She looked around at Andy. There was something different about him. He was sweating. She saw him twitch. God, she was sure she saw him twitch. She touched his hand. It was warm.

Nina ran downstairs. — It's Uncle Andy! Ah think . . . ah think . . . ye should come . . . it's like he's still thair . . .

They looked at her with incredulous expressions. Kenny was first to react, springing up the stairs three at a time, followed by Davie and Doctor Sim. Alice twitched nervously, open mouthed, but not really taking it in. — He wis a good man . . . nivir lifted his hands tae me . . . she moaned deliriously. Something inside her drove her to follow the herd upstairs.

Kenny felt his brother's sweaty brow, and his hand.

— He's burnin up! Andy's no deid! ANDY'S NO DEID!

Sim was about to examine the figure when he was pushed aside by Alice, who, having broken free of her constraints, fell upon the warm, pyjama-clad body.

— ANDY! ANDY, KIN YE HEAR ME?

Andy's head bobbed to the side, his stupid, frozen expression never changing, his body remaining limp.

Nina giggled nervously. Alice was seized and held like a

dangerous psychotic. Men and women cooed and made soothing noises at her as Dr Sim examined Andy.

— No. I'm sorry. Mr Fitzpatrick is dead. His heart has stopped, Sim said gravely. He stood back, and put his hand under the bedclothes. He then bent down and pulled a plug out of the wall. He picked up a white flex and pulled a hand switch which was attached to it, out from under the bed.

— Someone left the electric blanket on. That explains the warmth of the body and the sweating, he announced.

— Dearie me. Christ almighty, Kenny laughed. He saw Geoff's eyes blazing at him. In self-justification he said: — Andy would be pishing hissel. Ye ken whit a sense ay humour Andy had. He turned his palms outwards.

— You're a fuckin arse . . . thirs Alice here . . . Geoff stammered, enraged, before turning and bolting from the room.

— Geoff. Geoff. Wait the now, mate . . . Kenny pleaded. They heard the slamming of the front door.

Nina thought that she would piss herself. Her sides ached, as she struggled to repress the spasms of laughter which shook through her. Cathy put her arm around her.

— It's awright darlin. There ye go hen. Dinnae worry yirsel, she said, as Nina realised that she was crying like a baby. Crying with a raw power and unselfconscious abandon as the tensions ebbed from her body and she became limp in Cathy's arms. Memories, sweet childhood memories, flooded her consciousness. Memories of Andy and Alice, and the happiness and love that once lived here, in the home of her auntie and uncle.

Victory On New Year's Day

— Happy New Year, ya wee cunt! Franco wrapped his arm around Stevie's head. Stevie felt several neck muscles tear, as stiff, sober and self-conscious, he struggled to go with the flow.

He returned the greeting as heartily as he could. There followed a round of Happy-New-Years; his tentative hands crushed, his stiff back slapped, his tight and unresponsive lips kissed. All he could think of was the phone, London and Stella.

She hadn't phoned. Worse, she hadn't been in when he phoned. Not even at her mother's. Stevie had gone back to Edinburgh and left the field clear for Keith Millard. The bastard would take full advantage. They'd be together right now, just like they probably were last night. Millard was a slag. So was Stevie. So was Stella. It was a bad combination. Stella was also the most wonderful person in the world in Stevie's eyes. That fact made her less of a slag; in fact, not a slag at all.

— Loosen up fir fuck sakes! It's New fuckin Year! Franco not so much suggested, as commanded. That was his way. People would be forced to enjoy themselves if necessary.

It generally wasn't necessary. They were all frighteningly high. It was difficult for Stevie to reconcile this world with the one he'd just left. Now he was aware of them looking at him. Who were they these people? What did they want? The answer was that they were his friends, and they wanted him.

A song on the turntable drilled into his consciousness, adding to his misery.

I loved a lassie, a bonnie, bonnie lassie,
She's as sweet as the heather in the glen,
She's as sweet as the heather,
The bonnie purple heather,
Mary, ma Scots bluebell.

They all joined in with gusto. — Cannae beat Harry Lauder. It New Year, likesay, Dawsie remarked.

In the joy of the faces around him, Stevie gained a measurement of his own misery. The pit of melancholy was a bottomless one, and he was descending fast, falling further away from the good times. Such times often seemed tantalisingly within reach; he could see them, going on all around him. His mind was like a cruel prison, giving his captive soul a sight of freedom, but no more.

Stevie sipped his can of Export and hoped that he could get through the night without bringing too many people down. Frank Begbie was the main problem. It was his flat, and he was determined that everyone was going to have a good time.

— Ah goat yir ticket fir the match the night, Stevie. Intae they Jambo cunts, Renton said to him.

— Naebody watchin it in the pub? Ah thoat it wis oan satellite, likesay.

Sick Boy, who'd been chatting up a small, dark-haired girl Stevie didn't know, turned to him.

— Git tae fuck Stevie. You're pickin up some bad habits doon in London, ah'm tellin ye man. I fucking detest televised football. It's like shagging wi a durex oan. Safe fuckin sex, safe fuckin fitba, safe fuckin everything. Let's all build a nice safe wee world around ourselves, he mocked, his face contorting. Stevie had forgotten the extent of Sick Boy's natural outrage.

Rents agreed with Sick Boy. That was unusual, thought Stevie. They were always slagging each other off. Generally, if one said sugar, the other said shite. — They should ban aw fitba oan the telly, and get the lazy, fat fucks oaf their erses and along tae the games.

— Yis talked us intae it, Stevie said in resigned tones.

The unity between Rents and Sick Boy didn't last.

— You kin talk aboot gittin oaf yir erse. Mister fuckin couch tattie hissel. Keep oaf the H for mair thin ten minutes and ye might make mair games this season thin ye did the last one, Sick Boy sneered.

— You've goat a fuckin nerve ya cunt . . . Rents turned tae Stevie, then flicked his thumb derisively in Sick Boy's direction. — They wir callin this cunt Boots because ay the drugs he wis cairryin.

They bickered on. Stevie would once have enjoyed this. Now it was draining him.

— Remember Stevie, ah'll be steyin wi ye fir a bit in February, Rents said to him. Stevie nodded grimly. He'd been hoping Rents had forgotten all about this, or would drop it. Rents was a mate, but he had a problem with drugs. In London, he'd be straight back on the gear again, teaming up with Tony and Nicksy. They were always sorting out addresses where they could pick up giros from. Rents never seemed to work, but always seemed to have money. The same with Sick Boy, but he treated everybody else's cash as his own, and his own in exactly the same way.

— Perty at Matty's eftir the game. His new place in Lorne Street. Be thair sharp, Frank Begbie shouted over at them.

Another party. It was almost like work to Stevie. New Year will go on and on. It'll start to fade about the 4th, when the gaps between the parties start to appear. These gaps get bigger until they become the normal week, with the parties happening at the weekend.

More first foots arrived. The small flat was heaving. Stevie had never seen Franco, the Beggar, so at ease with himself. Rab McLaughlin, or Second Prize, as they called him, hadn't even been assaulted when he'd pished up the back of Begbie's curtains. Second Prize had been incoherently drunk for weeks now. New Year was a convenient camouflage for people like him. His girlfriend, Carol, had stormed off in protest at his behaviour. Second Prize hadn't even realised that she was there in the first place.

Stevie moved into the kitchen, where it was quieter, and he

had at least a chance of hearing the phone. Like a yuppie businessman, he'd left a list of the numbers where he was likely to be at with his mother. She could pass these onto Stella, if she phoned.

Stevie had told her how he felt about her, in that ugly barn of a pub in Kentish Town, the one they never usually drank in. He laid his heart bare. Stella had said that she would have to think about what he said, that it had really freaked her out, and was too much to handle right now. She said she would phone him when he got back up to Scotland. And that was that.

They left the pub, going in separate directions. Stevie went towards the tube station to get the underground to Kings Cross, sports bag over his shoulder. He stopped, turned and watched her cross the bridge.

Her long brown curls swished wildly in the wind, as she walked away clad in her donkey jacket, short skirt, thick, black woollen tights and nine-inch Doctor Martens. He waited for her to glance back at him. She never turned around. Stevie bought a bottle of Bell's whisky at the station and had arsed the lot by the time the train rolled into Waverley.

His mood hadn't improved since then. He sat on the formica worktop, contemplating the kitchen tiles. June, Franco's girlfriend, came in and smiled at him, nervously fetching some drinks. June never spoke, and often seemed overwhelmed by such occasions. Franco spoke enough for both of them.

As June left, Nicola came in, being pursued by Spud, who trailed behind her like a faithful salivating dog.

— Hey . . . Stevie . . . Happy New Year, eh, likesay . . . Spud drawled.

— Ah've seen ye Spud. We wir up the Tron thegither, last night. Remember?

— Aw . . . right. Hang loose catboy, Spud focused, grabbing a full bottle of cider.

— Awright Stevie? How's London? Nicola asked.

God, no, thought Stevie. Nicola is so easy to talk to. I'm going to pour my heart out . . . no I'm not . . . yes I am.

Stevie started talking. Nicola listened indulgently. Spud nodded sympathetically, occasionally indicating that the whole scene was 'too fuckin heavy . . .'

He felt that he was making an arse of himself, but he couldn't stop talking. What a bore he must be to Nicola, to Spud even. But he couldn't stop. Spud eventually left, to be replaced by Kelly. Linda joined them. The football songs must be starting up in the front room.

Nicola dispensed some practical advice: — Phone her, wait fir her tae phone, or go doon n see her.

— STEVIE! 'MOAN THROUGH YA CUNT! Begbie roared. Stevie tamely allowed himself to be literally dragged back into front room. — Fuckin chatting up the mantovani in the fuckin kitchen. Yir fuckin worse thin that smarmy cunt thair, the fuckin jazz purist. He gestured over at Sick Boy, who was necking with the woman he'd been chatting up. They had previously overheard Sick Boy describe himself to her as 'basically a jazz purist'.

So wir aw off tae Dublin in the green — fuck the queen!
Whair the hel-mits glisten in the sun — fuck the huns!
And the bayonets slash, the aw-ringe sash
To the echo of the Thomson gun.

Stevie sat gloomily. The phone would never be heard above this noise.

— Shut up the now! shouted Tommy, — This is ma favourite song. The Wolfetones sang *Banna Strand*. Tommy crooned along with some of the others.

oan the lo-ho-honley Ba-nna strand.

There were a few moist eyes when the 'Tones sang *James Connolly*. — A fuckin great rebel, a fuckin great socialist and a fuckin great Hibby. James Fuckin Connolly, ya cunt, Gav said to Renton who nodded sombrely.

Some sang along, others tried to maintain conversations above the music. However, when *The Boys of the Old Brigade* came on everybody joined in. Even Sick Boy took time off his necking session.

Oh fa-thir why are you-hoo so-ho sad
oan this fine Ea-heas-ti-her morn

— Sing ya cunt! said Tommy, elbowing Stevie's ribs. Begbie stuck another can of beer in his hand and threw his arm around his neck.

Whe-hen I-rish men are prow-howd ah-hand glad
off the land where they-hey we-her born

Stevie worried about the singing. It had a desperate edge to it. It was as if by singing loudly enough, they would weld themselves into a powerful brotherhood. It was, as the song said, 'call to arms' music, and seemed to have little to do with Scotland and New Year. It was fighting music. Stevie didn't want to fight anyone. But it was also beautiful music.

Hangovers, while being pushed into the background by the drink, were also being fuelled. They were now so potentially big as to be genuinely feared. They would not stop drinking until they had to face the music, and that was when every bit of adrenalin had been burned away.

Aw-haun be-ing just a la-had li-hike you
I joined the I-hi-Ah-har-A — provishnil wing!

The phone rang in the passage. June got it. Then Begbie snatched it out of her hand, ushering her away. She floated back into the living-room like a ghost.

— Whae? WHAE? WHAES THAT? STEVIE? RIGHT, HAUD OAN THE NOW. HAPPY NEW YEAR DOLL, BY THE WAY

. . . Franco put the receiver down, — . . . whae ivir the fuck ye are . . . He went through to the front room. — Stevie. Some fuckin lemon oan the blower fir ye. Fuckin bools in the mooth likesay. London.

— Phoa! Ya cuntchy! Tommy laughed as Stevie sprang out off the couch. He had needed a pee for the last half-hour, but hadn't trusted his legs. Now they worked perfectly.

— Steve? She had always called him 'Steve' rather than 'Stevie'. They all did down there. — Where have you been?

— Stella . . . where have ah been . . . ah tried tae phone ye yesterday. Where are ye? What are ye daein? He almost said who are you with, but he restrained himself.

— I was at Lynne's, she told him. Of course. Her sister's. Chingford, or some equally dull and hideous place. Stevie felt a euphoric surge.

— Happy New Year! he said, relieved and brimming over.

The pips went, then more change was put into the machine. Stella was not at home. Where was she? In a pub with Millard?

— Happy New Year, Steve. I'm at Kings Cross. I'm getting on the Edinburgh train in ten minutes. Can you meet me at the station at ten forty-five?

— Fuckin hell! Yir jokin . . . fuck! There's nowhere else in the world ah'll be at ten forty-five. You've made my New Year. Stella . . . the things ah sais the other night . . . ah mean them more than ever, ye know . . .

— That's good, because I think I'm in love with you . . . all I've done is think about you.

Stevie swallowed hard. He felt tears well up in his eyes. One left its berth and rolled down his cheek.

— Steve . . . are you okay? she asked.

— Much better than that, Stella. Ah love you. No doubts, no bullshit.

— Fuck . . . the money's running out. Don't ever mess me

about, Steve, this is no fucking game . . . I'll see you at quarter to eleven . . . I love you . . .

— I love you! I LOVE YOU! The pips went and the line died.

Stevie held the receiver tenderly, like it was something else, some part of her. Then he put it down and went and had that pee. He had never felt so alive. As he watched his fetid pish splash into the pan, his brain allowed itself to be overwhelmed with delicious thoughts. A powerful love for the world gripped him. It was New Year. Auld Lang Syne. He loved everyone, especially Stella, and his friends at the party. His comrades. Warm-hearted rebels; the salt of the earth. Despite this, he even loved the Jambos. They were good people; just supporting their team. He'd first-foot a lot of them this year, irrespective of the result. Stevie would enjoy taking Stella around the city to various parties. It would be brilliant. Football divisions were a stupid and irrelevant nonsense, acting against the interests of working-class unity, ensuring that the bourgeoisie's hegemony went unchallenged. Stevie had it all worked out.

He went straight into the room and put The Proclaimers' *Sunshine On Leith* on the turntable. He wanted to celebrate the fact that wherever he went, this was his home, these were his people. After a few grumbles, it struck a chord. The catcalls at the previous record's removal were muted at the sight of Stevie's exuberance. He slapped Tommy, Rents and Beggar around vigorously, sang loudly, and waltzed with Kelly, caring nothing about people's impressions of the obviousness of his transformation.

— Nice ay ye tae join us, Gav said to him.

He was still high throughout the match, whereas for the others it went drastically wrong. Again he became distanced from his friends. First he couldn't share their happiness, now he couldn't relate to their despair. Hibs were losing to Hearts. Both teams were carving out ridiculous numbers of chances; it was schoolboy stuff, but Hearts were putting at least some of theirs away. Sick Boy's head was in his hands. Franco glared malevolently over towards the dancing Hearts supporters at the other end of the ground. Rents shouted for the manager's resignation. Tommy and Shaun were arguing about defensive shortcomings, trying to apportion blame for the goal. Gav cursed the referee's masonic leanings, while Dawsy was still lamenting Hibs' earlier misses. Spud (drugs) and Second Prize (alcohol) were bombed out of their boxes, still at the flat, their match tickets good for nothing except future roach material. None of this mattered for the moment, as far as Stevie was concerned. He was in love.

After the match, he left the rest of them to head to the station and meet Stella. The bulk of the Hearts support were also headed up that way. Stevie was oblivious to the heavy vibes. One guy shouted in his face. The cunts won four-one, he thought. What the fuck did they want? Blood? Obviously.

Stevie survived some unimaginative taunting on the way up to the station. Surely, he thought, they could do better than 'Hibby bastard' or 'fenian cunt'. One hero tried to trip him from behind, egged on by baying friends. He should have taken his scarf off. Who the fuck was to know? He was a London boy now, what did all this shite have to do with his life at the moment? He didn't even want to try and answer his own questions.

On the station concourse, a group marched over to him. — Hibby bastard! a youth shouted.

— You've goat it wrong boys. Ah'm a Borussia Munchengladbach man.

He felt a blow on the side of his mouth and tasted blood. Some kicks were aimed at him, as the group walked away from him.

— Happy New Year boys! Love and peace, Jambo brothers! he laughed at them, and sucked his sour, split lip.

— Cunt's a fuckin heidcase, one guy said. He thought they were going to come back for him, but they turned their attention to abusing an Asian woman and her two small children.

— Fuckin Paki slag!

— Fuck off back tae yir ain country.

They made a chorus of ape noises and gestures as they left the station.

— What charming, sensitive young men, Stevie said to the woman, who looked at him like a rabbit looks at a weasel. She saw another white youth with slurred speech, bleeding and smelling of alcohol. Above all, she saw another football scarf, like the one worn by the youths who abused her. There was no colour difference as far as she was concerned, and she was right, Stevie realised with a grim sadness. It was probably just as likely to be guys in green who hassled her. Every support had its arseholes.

The train was nearly twenty minutes late, an excellent performance by British Rail standards. Stevie wondered whether she'd be on it. Paranoia hit him. Waves of fear shuddered through his body. The stakes were high, the highest ever. He couldn't see her, couldn't even picture her in his mind's eye. Then she was almost upon him, different to·how he thought of her, more real, even more beautiful. It was the smile, the look of emotion reciprocated. He ran the short distance to her and held her in his arms. They kissed for a long time. When they stopped, the platform was deserted and the train was well on its way to Dundee.

It Goes Without Saying

Ah hears the searin racket comin fae ootside the room. Sick Boy, crashed oot in the windae bay next tae us, shoots tae alertness like a dug thit's heard a whistle. Ah shudder. That noise cut right through us.

Lesley comes intae the room screaming. It's horrible. Ah wanted her tae stoap. Now. Ah couldnae handle this. Nane ay us could. No now. Ah never wanted anything mair in ma life than fir her tae stoap screamin.

— The bairn's away . . . the bairn's away . . . Dawn . . . oh my god . . . oh fuckin god, wis aboot aw ah could pick ootay the horrible sound. She collapses oantae the threadbare couch. Ma eyes stick oan a brown stain oan the wall above her. Whit the fuck was it? How did it get there?

Sick Boy wis on his feet. His eyes bulged oot like a frog's. That's what he reminded us ay, a frog. It was the wey he sort ay hops up, becomes suddenly so mobile fae a stationary position. He looks at Lesley for a few seconds, then nashes through tae the bedroom. Matty and Spud look around uncomprehendingly, but even through thir junk haze, they ken thit somethin really bad's happened. Ah kent. Christ, ah fuckin knew awright. Ah said whit ah always sais when somethin bad happens.

— Ah'm cookin up in a bit, ah tell them. Matty's eyes bore intae us. He gies us the nod. Spud stands up and moves oantae the couch, sittin a few feet fae Lesley. Her heid's in her hands. For a minute ah thought thit Spud wid touch her. Ah hoped he would. Ah'm willing um tae dae it, but he jist stares at her. Ah knew, even fae here, thit he'd be focusing oan the big mole oan her neck.

— It's ma fault . . . it's ma fault, she cries through her hands.

— Eh, Les . . . likesay, Mark's cookin up, eh . . . ye ken, likesay eh . . . Spud sais tae her. It's the first words ah kin remember hearing um say for a few days. Obviously, the cunt's spoken ower this period. He must huv, surely tae fuck.

Sick Boy comes back through. His boady's strainin, seemingly fae the neck, as if against the limits ay an invisible leash. He sounds terrible. His voice reminded us ay the demon's in the film *The Exorcist*. It shit us up.

— Fuck . . . some fuckin life, eh? Somethin like this happens, what the fuck dae ye dae? Eh?

Ah've never seen um like this before, and ah've kent the bastard practically aw my life. — What's wrong Si? What's the fuckin score?

He moves towards us. Ah thought he wis gaunnae kick us. We're best mates but we've hit each other before, in drink or rage when one ay us has wound the other up. Nowt serious, jist sort ay lashing out in anger. Mates kin dae that. No now though, no wi me startin tae feel sick. Ma bones wid huv splintered intae a million fragments had the cunt done that. He jist stood ower us. Thank fuck. Oh, thank you Sick Boy, Simon.

— The gig's fucked. It's aw fuckin fucked! he moans, in a high, desperate whine. It was like a dug that had been run ower and wis waiting fir some cunt tae pit it oot ay its misery.

Matty and Spud haul themselves up, and go through tae the bedroom. Ah follow, pushing past Sick Boy. Ah can feel death in the room before ah even see the bairn. It wis lying face doon in its cot. It, naw, she, wis cauld and deid, blue aroond the eyes. Ah didnae huv tae touch her tae ken. Just lyin thair like a discarded wee doll at the bottom ay some kid's wardrobe. That wee. So fuckin small. Wee Dawn. Fuckin shame.

— Wee Dawn . . . ah cannae believe it. Fuckin sin man . . . Matty sais, shakin his heid.

— Fuckin heavy this . . . eh, likesay em, fuck . . . Spud pits his chin oan his chest and exhales slowly.

Matty's heid's still shakin. He looks like he's gaun tae implode.

— Ah'm fuckin right ootay here, man. Ah cannae fuckin handle this.

— Fuck it Matty! Nae cunt's leavin here the now! Sick Boy shouts.

— Stay cool man. Stay cool, sais Spud, whae sounds anything but.

— We've goat fuckin gear stashed here. This street's been crawlin wi the fuckin DS for weeks now. We fuckin charge oaf now, we aw fuckin go doon. Thir's polis bastards every fuckin where ootside, sais Sick Boy, strugglin tae compose hissel. Thoughts ay polis involvement eywis concentrated the mind. On the issue of drugs, we wir classical liberals, vehemently opposed tae state intervention in any form.

— Aye, but mibbe we should git the fuck ootay here. Lesley can git the ambulance or polis once wuv tidied up and fucked off. Ah still agreed wi Matty.

— Hey . . . mibbe wuv goat tae stick wi Les, likesay. Like, mates n that. Ken? Spud ventures. That sort ay solidarity seems a bit ay a fanciful notion in the circumstances. Matty shakes his heid again. He'd just done six months in Saughton. If he wis done again, that wid be him well fucked. Ootside though, there were pigs cruising aboot. At least that's how it felt. Sick Boy's imagery had got tae me mair thin Spud's pleas tae stick thegither. Flushing aw our gear down the lavvy was just not on. Ah'd rather get sent doon.

— The way ah see it, sais Matty, is thit it's Lesley's bairn, ken? Mibbe if she'd looked eftir it right, it might not be deid. How should we git involved?

Sick Boy starts hyperventilatin.

— Hate tae say it, bit Matty's goat a point, ah sais. Ah'm startin tae hurt really badly. Ah jist want tae take a shot and fuck off.

Sick Boy's noncommittal. This is weird. Normally the

bastard's barking orders at every cunt in sight, whither they take any notice or no.

Spud sais: — We cannae, likesay, leave Les here on her puff, that's eh, ah mean like, fuck. Ken what ah mean?

Ah'm looking at Sick Boy. — Whae gied her the bairn? ah ask. Sick Boy sais nothing.

— Jimmy McGilvary, Matty sais.

— Shite it fuckin wis, Sick Boy dismissively sneers.

— Dinnae you play Mister-fuckin-innocent, Matty turns oan me.

— Eh? 'Moan tae fuck! Whit you oan aboot? ah respond, genuinely fuckin perplexed at the bastard's outburst.

— You wir thair Rents. Boab Sullivan's perty, he sais.

— Naw man, ah've never been wi Lesley. Ah'm tellin the truth, which ah realise is a mistake. In some company people will always believe the opposite ay what ye tell thum; particularly whair sex is concerned.

— How come ye wir crashed oot wi her in the mornin at Sully's perty?

— Ah wis fucked man. Ootay ma box. Ah couldnae huv goat a stiff neck wi a doorstep as a pillay. Ah cannae remember the last time ah hud a ride. Ma explanation convinces them. They ken how long ah've been using heavily and what that kin mean in the shaggin stakes.

— Like, eh . . . somebody sais it wis . . . eh, Seeker's . . . Spud suggests.

— Wisnae Seeker, Sick Boy shakes his heid. He puts a hand oan the deid bairn's cauld cheek. Tears are fillin in his eyes. Ah'm gaun tae greet n aw. There's a constricting tightness in ma chest. One mystery has been solved. Wee Dawn's dead face looks so obviously like ma mate Simon Williamson's.

Then Sick Boy pulls up his jaykit sleeve, showing the weeping sores oan his airm. — Ah'm never touchin that shite again. Ah'm fuckin clean fae now oan. He pits oan that wounded stag expression which he always uses when he wants people tae fuck or finance him. Ah almost believe him.

Matty looks at him. — C'moan Si. Dinnae jump tae the wrong fuckin conclusions. Whit happened tae the bairn's nowt tae dae wi the skag. It's no Lesley's fault either. Ah wis oot ay order saying that. She wis a good mother. She loved that bairn. It's naebody's fault. Cot death n that. Happens aw the time.

— Yeah, likesay, cot death man . . . ken what ah mean? Spud agreed.

Ah feel thit ah love thum aw. Matty, Spud, Sick Boy and Lesley. Ah want tae tell thum. Ah try, but it comes oot as: — Ah'm cookin. They look at us, fuckin scoobied. — That's me, ah shrug ma shooders, in self-justification. Ah go ben the livin-room.

This is murder. Lesley. Ah'm fuckin useless at these things. Less than useless in this condition. Of negative utility. Lesley's nivir moved. Ah feel thit ah should mibbe go and comfort her, pit my airm aroond her. But ma bones feel twisted and scraped. Ah couldnae touch anybody right now. Instead ah babble.

— Really sorry Les . . . naebody's fault though . . . cot death n that . . . wee Dawn . . . barry wee bairn . . . fuckin shame . . . fuckin sin man, ah'm tellin ye.

Lesley lifts her heid up an looks at us. Her thin, white face is like a skull wrapped in milky clingfilm; her eyes are rid raw, circled wi black rings.

— Ye cookin? Ah need a shot Mark. Ah really need a fuckin shot. C'moan Marky, cook us up a shot . . .

At last ah could be ay some practical help. There were syringes and needles lying aw ower the place. Ah tried tae remember which works wir mine. Sick Boy says that he'd never, ever share wi any cunt. That's shite. Whin yir feelin like ah am, the truth is thit ye dinnae care too much. Ah take the nearest, which at least isnae Spud's, as he's been sittin ower the other side ay the room. If Spud isnae HIV positive by now, then the Government should send a deputation ay statisticians doon tae Leith, because the laws ay probability urnae operatin properly here.

Ah produce ma spoon, lighter, and cotton balls as well as some ay this fuckin Vim or Ajax thit Seeker has the audacity to call smack. Wir joined in the room by the punters.

— Back oot ma fuckin light boys, ah snap, gesturing the cunts away wi backward sweeps ay ma hand. Ah know ah'm playing at being The Man, n part ay us hates masel, because it's horrible when some cunt does it tae you. Naebody though, could ivir be in this position and then deny the proposition thit absolute power corrupts. The gadges move a few steps back and watch in silence as ah cook. The fuckers will huv tae wait. Lesley comes first, eftir me. That goes without saying.

Junk Dilemmas No. 64

— Mark! Mark! Answer the door! Ah ken yir in thair son! Ah ken yir in thair!

Its ma Ma. It's been quite a while since ah've seen Ma. Ah'm lyin here jist a few feet fae the door, which leads tae a narrow hallway which leads tae another door. Behind that door is ma mother.

— Mark! Please son, please! Answer the door! It's yir mother, Mark! Answer the door!

It sounds like Ma's greetin. It sounded like 'doe-ho-hore'. Ah love Ma, love her too much, but in a way which is hard for us tae define, a way which makes it difficult, almost impossible, tae ever actually tell her. But ah love her nonetheless. So much that ah don't want her tae have a son like me. Ah wish ah could find her a replacement. Ah wish that because ah don't think change is an option fir us.

Ah cannae go tae the door. Nae chance. Instead, ah decide tae cook up another shot. Ma pain centres say that it's yon time already.

Already.

Christ, life doesnae get any easier.

This smack has too much shite in it. You can tell by the wey it's no dissolving properly. Fuck that cunt Seeker!

Ah'll have tae look in oan the auld lady and the auld man sometime; see how thir daein. Ah'll make that visit a priority; eftir ah see that cunt Seeker, of course.

Her Man

For fuck sake.

Wi just came oot fir a quick drink. This is pure fuckin mental.

— Did ye see that? Fuckin out of order, Tommy sais.

— Naw, fuckin leave it man. Dinnae git involved. Ye dinnae ken the score, ah sais tae um.

Ah saw it though. Clear as day. He hit her. No a fuckin slap or nowt like that, but a punch. It wis horrible.

Ah'm gled thit Tommy's sittin beside thum, n no me.

— Cause ah fuckin sais! That's fuckin how! The boy's shoutin at her again. Naebody bothers. A big punter at the bar wi long blond corkscrew hair n a rid coupon looks ower n smiles, then turns back tae watch the darts match. No one ay the boys playin darts turns roond.

— Is that eighty? Ah point tae Tommy's nearly empty gless.

— Aye.

Whin ah git tae the bar, thuv started again. Ah kin hear thum. So kin the barman n the corkscrew-heided cunt.

— Gaun then. Dae it again. Gaun then! She's tauntin um. Her voice is like a fuckin ghost's, shriekin n that, bit her lips dinnae seem tae be movin. Ye only ken it's her because the sound's comin fae ower thair. The fuckin pub's nearly empty tae. We could've sat anywhere. Of aw the places tae sit.

He punches her in the face. Blood spurts fae her mooth.

— Hit us again, fucking big man. Gaun then!

He does. She lets oot a scream, then starts greetin, and hauds her face in her hands. He sits, a few inches away fae her, starin at her, eyes blazing, mooth hingin open.

— Lovers' tiff, the corkscrew-heided cunt smiles, catchin ma eye. Ah smile back. Ah don't know why. Ah just seem tae feel like ah need friends. Ah'd nivir say this tae any cunt, bit ah know thit ah've goat problems wi the bevvy. Whin yir like that, yir mates tend tae keep oot yir road, unless they've goat problems wi the bevvy n aw.

Ah look ower tae the barman, an auld guy wi grey hair n a moustache. He shakes his heid n says something under his breath.

Ah take the pints back. Nivir, ivir hit a lassie, ma faither often telt us. It's the lowest scum thit dae that, son, he sais. This cunt thit's been hittin the lassie, he fits that description. He's goat greasy black hair, a thin white face n a black moustache. A wee ferret-faced fucker.

Ah dinnae want tae be here. Ah jist came oot fir a quiet drink. Only a couple, ah promised Tommy, tae git um tae come. Ah've goat the bevvyin under control. Jist pints like, nae nips. Bit this kind ay thing makes us want a wee whisky. Carol's away tae her Ma's. No comin back, she sais. Ah came fir a pint, bit ah might jist git pished yit.

Tommy's breathin heavily n lookin tense as ah sit doon.

— Fuckin tellin ye Secks . . . he sais through grinding teeth.

The lassie's eye is badly swollen and shuttin. Her jaw's swollen n aw, and her mooth is still bleedin. She's a skinny lassie n she looks like she'd snap intae pieces if he hit her again.

Still, she cairries oan.

— That's yir answer. That's eywis yir answer, she spits oot between sobs, angry n feelin sorry fir hersel at the same time.

— Shut it! Ah'm tellin ye! Shut the fuck up! He's nearly chokin wi anger.

— Whit ye gaunnae dae?

— Ya fackin . . . He seems ready tae punch her again.

— That's enough mate. Leave it. Yir oot ay order, Tommy sais tae the guy.

— It's nane ay your fuckin business! You keep oot ay this! The boy points at Tommy.

— That's enough thair. Come on now! The barman shouts. The corkscrew heided cunt smiles and a couple ay the darts boys look ower.

— Ah'm makin it ma fuckin business. Whit you gaunnae fuckin dae aboot it? Eh? Tommy leans forward.

— Fuck sake Tommy. Cool it man. Ah half-heartedly grab his airm, thinkin ay the barman. He frees it wi a quick shake.

— You want yir mooth punched? the boy sais.

— Think ah'm gaunny jist sit here n lit ye dae it? Fuckin wide-o! Ootside then cunt. Cu-mauugghhnn! Tommy sort ay sings tauntingly.

The boy's shitein hissel. He's right tae. Tommy's quite a tidy cunt.

— Nane ay your business, he sais, no soundin sae smart.

Then the woman screams at Tommy.

— That's ma man! That's ma fackin man yir talkin tae! Tommy's too shocked tae stoap her as she leans ower an digs her nails intae his face.

Everythin happened eftir that. Tommy stood up an punched the boy in the mooth, the guy fell back oaf his seat ontae the flair. Ah wis up n straight ower tae the corkscrew-heided cunt at the bar. Ah tanned um in the jaw n grabbed a haud ay his fuckin curls, haulin his heid doon, n bootin him a couple ay times in the face.

Ah think he blocked one wi his hands, n ah doubt if the other hurt the cunt, cause ah'm wearin trainers. He swings wi his airms, brekin ma grip. Then he backs away, face beamin rid n confused. Ah thought the cunt would huv me then, he could've easily, but he jist stands thair n opens oot his hands.

— What's the fuckin score?

— It's a big joke tae you, eh? ah sais.

— Whit ye talkin aboot? The cunt seems genuinely scoobied.

— Ah'll phone the polis! Git ootay here or ah'll phone the polis! the barman sais, pickin up the receiver fir effect.

— Nae hassle in here now boys, a big, fat cunt fae the darts team sais, threateningly. He's still goat his arrays in his hand.

— It's nowt tae dae wi me mate, the corkscrew-heided cunt sais tae us.

— Mibbe ah goat it wrong likesay, ah tell um.

The woman and her man, thame thit caused the whole fuckin problem, we wir jist oot fir a quiet drink, ur skulkin oot ay the door.

— Fuckin bastards. That's ma man, she shouts tae us as they leave.

Ah feel Tommy's hand oan ma shoodir.

— C'moan Secks. Lits git ootay here, he sais.

The fat cunt fae the darts team, he's goat a rid shirt wi the pub name, a dartboard crest, and 'Stu' underneath it, he's still goat plenty tae say fir hissel.

— Dinnae come in here n cause bother, pal. This isnae your local. Ah ken your faces. Yous ur mates wi that rid-heided cunt n that Williamson laddie, the one wi the ponytail. These cunts ur fuckin drug-dealin scum. We dinnae want that fuckin trash in here.

— We dinnae deal fuckin drugs, pal, Tommy sais.

— Aye. No in this fuckin pub ye dinnae, the fat cunt goes.

— C'moan Stu. S no they boys' fault. It's that cunt Alan Venters n his burd. They're mair intae drugs thin any cunt aroond here. You ken that, this other guy wi thin fair hair sais.

— They should be daein that kind ay arguin in the hoose, no in a pub, another guy sais.

— Domestic dispute. That's whit it is. Shouldnae be botherin people thit ur jist oot fir a drink wi aw that, Fair-hair agrees.

The worse bit is gitting ootside. Ah'm shitein masel in case wi git follayed. Ah'm walkin fast, while Tommy's haudin back.

— Stall the now, he sais.

— Fuck off. Let's git ootay here.

We move doon the road. Ah look back, but nae cunt's left the pub. We see that mental couple up ahead ay us.

— Ah want a wee wurd wi that cunt, Tommy sais, ready tae start eftir thum. Ah clocks a bus comin. A 22. That'll dae us.

— Fuck it Tommy. Here's a bus. C'moan. We run tae the stoap n git oan the bus. We go upstairs tae the back, even though wir only gaun a few stoaps.

— How's ma face? Tommy asks us whin we sit doon.

— Same as usual. A fuckin mess. That burd improved it, ah tell um.

He looks at his reflection in the bus windae.

— The fuckin slag, he curses.

— The pair ay fuckin slags, ah sais.

That wis fuckin ace ay Tommy hittin the boy, likes, n no the bird, even if it wis the burd thit hit him. Ah've done loads ay things in ma time thit ah'm no proud ay, but ah've nivir hit a burd. Whit Carol sais is shite. She says thit ah used violence oan her, but ah nivir hit her. Ah jist held oantae her so thit we could talk. She sais restrainin is like hittin, it's still violence against her. Ah cannae see that. Aw ah wanted tae dae wis tae keep her thair, tae talk.

Whin ah telt this tae Rents, he sais thit Carol wis right. Eh sais she's entitled tae come n go as she wants. That's shite though. Aw ah wanted tae dae wis talk. Franco agreed wi us. It's different whin yir in a relationship, we telt Rents.

Ah felt sick n nervous oan the bus. Tommy might've felt the same, cause we nivir spoke any mair. The morn though, we'll be in some boozer wi Rents, Beggar, Spud, Sick Boy n aw thame, boasting like fuck.

Speedy Recruitment

1 — Preparation

Spud and Renton were sitting in a pub in the Royal Mile. The pub aimed at an American theme-bar effect, but not too accurately; it was a madhouse of assorted bric-à-brac.

— Fuckin weird man though, likesay, you n me gittin sent fir the same joab, ken? Spud said, slurping at his Guinness.

— Fuckin disaster fir me mate. Ah'm no wantin the fuckin joab. It'd be a fuckin nightmare. Renton shook his head.

— Yeah, ah'm likesay happy steyin oan the rock n roll the now man, ken?

— Trouble is though Spud, if ye dinnae try, if ye blow the interview oan purpose; the cunts tell the dole n these bastards stoap yir giro. Happened tae us in London. Ah'm oan ma last warnin doon thair.

— Yeah . . . me n aw man. What ye gaunnae dae, likesay?

— Well, what ye huv tae dae is tae act enthusiastic, but still fuck up the interview. As long as ye come across as keen, they cannae say fuck all. If we jist be oorselves, n be honest, thill nivir gie either ay us the fuckin joab. Problem is, if ye just sit thair n say nowt tae the cunts, thir straight oantae the dole. Thill say: That cunt jist cannae be bothered.

— It's hard for me man . . . ken? It's difficult tae git it thegither like that, likesay . . . ken? Ah git sortay likes, pure shy, ken?

— Tommy gied us some speed. What time's yir interview again?

— No till half-two, likesay.

— Well, ah'm at one. Ah'll see ye back here at two. Ah'll gie ye ma tie tae pit oan, n some speed. Buck ye up a bit, let ye sell yirsel, ken? So let's get tae work oan they appos.

They placed the application forms on the table in front of them. Renton's was already half-completed. A few entries caught Spud's eye.

— Hey . . . what's this man, likesay? George Heriots . . . you went tae Leithy man . . .

— It's a well-known fact thit ye nivir stand a fuckin chance ay gittin anything decent in this city if ye didnae go tae a posh school. Nae wey though, will they offer a George Heriots FP a porterin joab in a hotel. That's only fir us plebs; so pit doon something like that. If they see Augies or Craigy oan your form, the cunts'll offer ye the joab . . . fuck, ah'd better go. Whatever ye dae, dinnae be late. See ye back here in a bit.

2 — Process: Mr Renton (1.00 p.m.)

The trainee manager whae welcomed us wis a mucho spotty punter in a sharp suit, wi dandruff oan the shoodirs like piles ay fuckin cocaine. Ah felt like takin a rolled up fiver tae the cunt's tin flute. His biscuit-ersed face and his plukes completely ruin the image the smarmy wee shite's tryin tae achieve. Even in ma worse junk periods ah've nivir had a complexion like that, the poor wee bastard. This cunt is obviously along for the ride. The main man is the fat, stroppy-lookin gadge in the middle; tae his right thirs a coldly smiling dyke in a woman's business suit wi a thick foundation mask, who looks catalogue hideous.

This is a heavy-duty line-up for a fuckin porter's joab.

The opening gambit wis predictable. The fat cunt gies us a warm look and says: — I see from your application form that you attended George Heriots.

— Right . . . ah, those halcyon school days. It seems like a long time ago now.

Ah might huv lied on the appo, but ah huvnae at the interview. Ah did once attend George Heriots: whin ah wis an apprentice joiner at Gillsland's we did some contract work there.

— Old Fotheringham still doing his rounds?

Fuck. Select from one of two possibilities; one: he is, two: he's retired. Naw. Too risky. Keep it nebulous.

— God, you're taking me back now . . . ah laugh. The fat gadge seems tae be happy wi that. It's worrying. Ah feel that the interview is over, and that these cunts are actually going tae offer us the joab. The subsequent questions are all pleasantly asked and unchallenging. Ma hypothesis is fucked. They'd rather gie a merchant school old boy with severe brain damage a job in nuclear engineering than gie a schemie wi a Ph.D. a post as a cleaner in an abattoir. Ah've goat tae dae something here. This is terrifying. Fatso sees us as a George Heriots old boy fallen on hard times, and he wants tae help us oot. A gross miscalculation Renton, you radge.

Thank fuck for spotted dick. A fair assumption tae make, considering every other part of him seems tae be covered in zits. He gets tae nervously ask a question: — Ehm . . . ehm . . . Mr Renton . . . ehm . . . can you, ehm, explain . . . eh, your employment gaps, ehm . . .

Can you explain the gaps between your words, you doss wee cunt.

— Yes. I've had a long-standing problem with heroin addiction. I've been trying to combat this, but it has curtailed my employment activities. I feel it's important to be honest and mention this to you, as a potential future employer.

A stunning *coup de maître*. They shift nervously in their seats.

— Well, eh, thank you for being so frank with us Mr Renton . . . eh, we do have some other people to see . . . so thanks again, and we'll be in touch.

Magic. The gross git pulls down a wall of coldness and distance between us. They cannae say ah didnae try . . .

3 — Process: Mr Murphy (2.30 p.m.)

This speed is el magnifico, likesay. Ah feel sortay dynamic, ken, likesay, ah'm really lookin forward tae this interview. Rents sais: Sell yirsell Spud, n tell the truth. Let's go for it cats, let's get it on . . .

— I see from your application form that you attended George Heriots. The old Heriots FPs seem to be rather thick on the ground this afternoon.

Yeah, fat-cat.

— Actually man, ah've goat tae come clean here. Ah went tae Augie's, St. Augustine's likesay, then Craigy, eh Craigroyston, ken. Ah jist pit doon Heriots because ah thoat it wid likes, help us git the joab. Too much discrimination in this town, man, ken, likesay? As soon as suit n tie dudes see Heriots or Daniel Stewarts or Edinburgh Academy, they kinday get the hots, ken. Ah mean, would you have said, likesay, ah see you attended Craigroyston?

— Well, I was just making conversation, as I did happen to attend Heriots. The idea was to make you feel at ease. But I can certainly put your mind at rest with regards to discrimination. That's all covered in our new equal opportunities statement.

— It's cool man. Ah'm relaxed. It's jist that ah really want this job, likesay. Couldnae sleep last night though. Worried ah'd sortay blow it likesay, ken? It's jist when cats see 'Craigroyston' oan the form, they likesay think, well everybody thit went tae Craigie's a waster, right? But eh, ye ken Scott Nisbet, the fitba player likesay? He's in the Huns . . . eh Rangers first team, haudin his ain against aw they expensive international signins ay Souness's, ken? That cat wis the year below us at Craigie, man.

— Well, I can assure you Mr Murphy, we're far more interested in the qualifications you gained rather than the school you, or any other candidate, went to. It says here that you got five O Grades . . .

— Whoah. Likesay, gaunnae huv tae stoap ye thair, catboy. The O Grades wis bullshit, ken? Thought ah'd use that tae git ma fit in the door. Showin initiative, likesay. Ken? Ah really want this job, man.

— Look Mr Murphy, you were referred to us by the Department of Employment's Jobcentre. There's no need for you to lie to get your foot in the door, as you put it.

— Hey . . . whatever you say man. You're the man, the governor, the dude in the chair, so tae speak, likesay.

— Yes, well, we're not making much progress here. Why don't you just tell us why you want this job so desperately that you're prepared to lie.

— Ah need the hireys man.

— Pardon? The what?

— The poppy, likesay, eh . . . the bread, the dosh n that. Ken?

— I see. But what specifically attracts you to the leisure industry?

— Well, everybody likes tae huv a good time, a bit ay enjiymint, ken? That's leisure tae me man, likesay. Ah like tae see punters enjoy themselves, ken?

— Right. Thank you, the doll wi the makeup mask sais. Ah could sortay like, love that babe . . . — What would you see as being your main strengths? she asks us.

— Er . . . sense ay humour, likesay. Ye need that man, goatay huv it, jist goatay huv it, ken? Ah'll huv tae stoap sayin 'ken' sae much. These dudes might think ah'm a sortay pleb.

— What about weaknesses? the squeaky-voiced kitten in the suit asks. This is one spotted catboy; Rents wisnae jokin aboot the plukes. We have a real leopard cub here.

— Ah suppose man, ah'm too much ay a perfectionist, ken? It's likesay, if things go a bit dodgy, ah jist cannae be bothered, y'know? Ah git good vibes aboot this interview the day though man, ken?

— Thank you very much Mr Murphy. We'll let you know.

— Naw man, the pleasure wis mine. Best interview ah've been at, ken? ah bounds across n shakes each cat by the paw.

4 — Review

Spud met Renton back in the pub.

— How did it go Spud?

— Good catboy, good. Possibly too good, likesay. Ah think the dudes might be gaun tae offer us the job. Bad vibes. One thing though, man, ye wir right aboot this speed. Ah never seem tae like, sell masel properly in interviews. Cool times compadre, cool times.

— Let's huv a drink tae celebrate yir success. Fancy another dab at that speed?

— Wouldnae say naw man, would not say no, likes.

Relapsing

Scotland Takes Drugs In Psychic Defence

Ah couldnae mention the Barrowland gig tae Lizzy. No fuckin chance ay that man, ah kin tell ye. Ah had bought ma ticket when ah got ma Giro. That wis me pure skint. It was also her birthday. It was the ticket or a present for her. Nae contest. This was Iggy Pop. Ah thought she'd understand.

— Ye can buy fuckin tickets fir Iggy fuckin Pop but ye cannae buy me a fuckin birthday present! That wis her response. See the cross ah've goat tae fuckin bear here man? Pure madness, ma man. Dinnae git us wrong. Ye can see her point. It's ma ain fault though, like ah sais, ma ain fault. Pure naive, that's Tommy here. Auld fuck the wind. Ah lead wi ma chin aw the time. If ah wis a wee bit more, what's the word? duplicitous, ah would have said nothing aboot the tickets. Ah get too excited, and pure open ma big mooth far too wide. That's fearless Tommy Gun for ye. Pure sucker.

So ah havenae mentioned the gig since. The night before the event Lizzy tells us that she pure fancies going to the pictures to see that *The Accused*. She tells me that her that was in *Taxi Driver* is in it. Ah don't really fancy the film; too much hype and publicity. That's really besides the point though, if ye ken what ah mean, cause ah'm sitting here wi the Ig gig tickets in ma tail. So ah'm forced tae mention Barrowland and the man.

— Eh, cannae the morn. Ah've got the Iggy Pop gig at Barrowland. Me and Mitch are gaun through.

— So ye'd rather go tae a concert wi Davie fuckin Mitchell than the pictures wi me. That's pure Lizzy. The rhetorical question, the stock-in-trade weapon ay burds and psychos.

The issue's become, like, a pure referendum on our relationship. Ma instinct is tae be upfront and say 'yes', but that would probably mean bombing out Lizzy and ah'm addicted tae having sex wi her. God, ah love it. Daein it fae behind as she groans softly, her pretty head resting on the yellow silk pillow-cases in ma gaff; the ones Spud knocked for us oot ay the British Home Stores in Princes Street as a flat-warming present. Ah know ah shouldnae be disclosing aboot our life, man, but the image of her in bed is so strong that even her social coarseness and permanent sense ay outrage fail to weaken it. Ah jist pure wish that Lizzy could always be like she is in bed.

Ah try tae murmur seductive apologies, but she's so harsh and unforgiving: sweet and beautiful only in bed. The permanent viciousness of that expression will force out her beauty long before it should disappear. She calls me all the fuck-ups under the sun, then a few more for good measure. Poor old Tommy Gun. No longer the greatest fighting soldier; now the greatest shiteing soldier.

It's no Iggy's fault. Cannae really blame the boy, ken? How wis he tae know when he stuck the Barrowland doon oan his itinerary, that he'd cause punters, whae he doesnae even ken exist, aw this hassle? Pure freaky whin ye think aboot it. Still, he's just another straw on the back of the camel. Lizzy's the pure steel woman. Ah'm happy though. Even Sick Boy's jealous ay me. Being Lizzy's boyfriend does confer status, but fame costs, as they say. By the time ah leave the pub, ah am in no doubt of my lack of worth as a human being.

At home ah take a line of speed and guzzle half a bottle of Merrydown. Ah pure cannae sleep, so ah phone Rents and ask him if he fancies coming round tae watch a Chuck Norris video. Rents is off tae London the morn. He spends more time doon there than he does back here. Something tae dae wi giro-drops. The cunt's in some kind ay a syndicate wi these punters he met when he worked on the Harwich–Hook of Holland cross-channel ferry, years ago. He's gaunnae see the Ig at the Town and Country while he's in the Smoke. We toke some grass and laugh our heads off as Chuck kicks fuck out of commie antichrists by the dozen, that constipated and stoical expression never leaving his face. Straight, this is unwatchable. Stoned, it's pure unmissable.

The next day ah've got terrible mouth ulcers. Temps, Gav Temperley, whae's moved intae the flat, says that it serves me right. Ah'm killing myself with speed, he tells me. Temps says that I should have a job, with my qualifications. Ah tell Temps that he sounds a lot more like ma mother than any friend is entitled tae. You can see Gav's point though. He's the only one working, for the fuckin dole, and he's always getting tapped up by the rest ay us. Poor Temps. Ah think me n Rents kept him awake last night as well. Temps resents dole-moles having a good time, like all workies do. He pure resents being hit for info by Rents every day, about claim procedures.

It's tae my mother's ah go, tae tap some cash for the gig. Ah need dosh for the train fare as well as drink and drugs. Speed's my drug, it goes well with drink, and ah've always liked a drink. Tommy the pure speed freak.

My Ma gives me a lecture on the dangers of drugs, telling me what a disappointment ah've been to her, and tae my dad, who, although he doesnae say much, really worries about me. Later when he comes in from work, he says while my Ma is upstairs that she mightnae say much, but really worries about me. Frankly, he tells me, he's really disappointed in my attitude. He hopes ah'm not taking drugs, scrutinising my face as if he can tell. Funny, I know junkies, dope-heads and speed freaks, but the most fucked-up punters on drugs I know are pish-heids, like Secks. That's Rab McLaughlin, the Second Prize. He's blown the fucking lot, man.

Ah tap the cash and meet Mitch in the Hebs. Mitch is still seein that lassie Gail. It's obvious though, that he's no gittin his leg ower. Listenin tae um fir ten minutes, ye kin pure read between the lines. He's in a pure bevvying mood, so ah tap some cash off ay um. We tan four pints ay heavy then get on the train. Ah dae four cans of Export and two lines ay speed during the journey to Glasgow. We down a couple in Sammy Dow's, then get a taxi to Lynch's. After another two pints, might've been three; and another line of speed each in the bog, we sing a medley of Iggy songs and go ower tae the Saracen Head in the Gallowgate, opposite the Barrowland. We drink some cider and wine chasers, dabbing frantically at salty speed in silver foil.

All ah can see is a blurred neon sign when ah leave the pub. It is pure fucking freezing here, I kid you not my man, and we move towards the light and into the ballroom. We head straight for the bar. We have more drinks at the bar, although we can hear that Iggy's started his set. Ah rip off my torn t-shirt. Mitch lines up some Morningside speed, cocaine, on the formica-top table.

Then something changes. He says something tae us about money which ah don't catch, but ah can feel the resentment. We have a heated, slurred argument, exchanging punches, ah don't recall who strikes the first blow. We cannae really hurt each other or feel force on our fists or bodies. Too wasted. Mind you, ah step up a gear when ah sees the blood flowing fae ma nose onto my bare chest, and ower the table. Ah get Mitch's hair in a grip and ah'm trying tae smash his heid against the wall, but ma hands are so numb and heavy. Someone pulls me off, and throws us out the bar, down a passage. Ah get up, singing, following the music into the packed hall of sweating bodies, pushing and shoving ma way tae the front.

One guy headbutts me, but ah ride it, no even stopping tae

acknowledge my assailant, still pure jostling to the front. Ah'm pure jumping aroond at the front of the stage, a few feet away from The Man. They are playing 'Neon Forest'. Somebody slaps me on the back saying, — You are mental, by the way, my man. Ah sing out, a twisting, pogo-ing mass of rubber.

Iggy Pop looks right at me as he sings the line: 'America takes drugs in psychic defence'; only he changes 'America' for 'Scatlin', and defines us mair accurately in a single sentence than all the others have ever done . . .

Ah cease my St Vitus dance and stand looking him in stunned awe. His eyes are on someone else.

The Glass

The problem wi Begbie wis . . . well, thirs that many problems wi Begbie. One ay the things thit concerned us maist wis the fact thit ye couldnae really relax in his company, especially if he'd hud a bevvy. Ah always felt thit a slight shift in the cunt's perception ay ye wid be sufficient tae change yir status fae great mate intae persecuted victim. The trick wis tae indulge the radge withoot being seen tae be too much ay an obviously crawling sap.

Even so, any overt irreverence took place within strictly defined limits. These boundaries were invisible tae outsiders, but you gained an intuitive feel for them. Even then, the rules constantly changed wi the cunt's moods. Friendship wi Begbie was an ideal preparation for embarking on a relationship wi a woman. It taught ye sensitivity, an awareness ay the other person's changing needs. When ah wis wi a lassie, ah usually behaved in the same discreetly indulgent wey. For a while, anywey.

Begbie and masel hud been invited tae Gibbo's 21st. It wis an RSVP job, wi partners. Ah took Hazel, n Begbie took his burd, June. June wis up the stick, but wisnae showin. We met in a pub in Rose Street, which was Begbie's idea. Only arseholes, wankers and tourists set fit in Rose Street.

Hazel n me hud a strange relationship. We'd been seeing each other on and off now for about four years. We have a kind ay understanding, that when ah'm using, she just vanishes. The reason Hazel sticks around wi me is because she's as fucked up as me, but rather than get it sorted oot, she denies it. Wi her it's sex thit's at the root ay it rather than drugs. Hazel and I seldom have sex. This is because ah'm usually too junked tae be bothered, and in any case she's frigid. People say that there is no such thing as frigid women, only incompetent men. That's true to an extent, and ah'd be last cunt under the sun tae make any great claims fir masel in that department — ma abysmal junky track record speaks fir itself.

The thing is that Hazel wis fucked as a wee lassie by her faither. She once telt us this when she wis really oot ay it. Ah couldnae be much use, cause ah wis oot ay it as well. When ah tried tae git her tae talk aboot it later, she wisnae havin it. Every time since has been a disaster. Our sex life always has been. After k.b.ing me for ages, she'd eventually let me shag her. She'd be tensed up, gripping the mattress and gritting her teeth, while I did what I had to do. Eventually, we just stopped. It was like sleeping wi a surfboard. All the foreplay in the world couldn't make Hazel unwind. It just made her more tense, almost physically sick. Some day ah hope she finds somebody who can dae it for her. Anywey, Hazel and I had a strange pact. We used each other in a social sense, that's the only way to decribe it really, tae project this veneer of normality. It's a great cover-up for her frigidity and ma junk-induced impotence. My Ma and faither lapped Hazel up, seeing her as a potential daughter-in-law. If only they knew. Anywey, ah had called up Hazel, in order tae get her tae accompany us oan this night oot; two fuck-ups thegither.

The Beggar had been bevvyin before we met up. He looked seedy and menacing done up in a suit, the wey draftpaks do, indian ink spilling oot from under cuffs and collar onto neck and hands. Ah'm sure Beggar's tattoos move intae the light, resentful at being covered up.

— How's the fuckin Rent Boy! he rasps loudly. Appropriateness hus nivir been the cunt's strong point. — Awright doll? he sais tae Haze. — Lookin fuckin smert. See this cunt here? He points at me. — Style, he sais, enigmatically. Then he elaborates. — This is a useless bastard; but he's goat style. A man ay wit. A man ay class. A man not unlike my good self.

Begbie always constructed imaginary qualities in his friends, then shamelessly claimed them for himself.

Hazel and June, who didn't really know each other well, wisely struck up a conversation, lumbering me wi the Beggar, the General Franco. Ah realised that it hud been a long time since ah'd drank wi Begbie oan ma ain, withoot other mates tae offer occasional respite. Alone was stressful.

Tae get ma attention, Begbie smashes an elbow into ma ribs with such ferocity that it would be construed as an assault, were it not between two companions. He then starts telling us about some gratuitously violent video he's been watching. Beggar insists on acting the whole fuckin thing oot, demonstrating karate blows, throttlings, stabbings, etc., on me. His explanation ay the film lasts twice as long as the picture itself. Ah'm gaunnae huv a few bruises the morn, n ah'm no even pished yet.

We're drinking on a balcony bar, and our attention is caught by a squad of nutters entering the crowded pub below. They swagger in, noisy and intimidating.

Ah hate cunts like that. Cunts like Bebgie. Cunts that are intae baseball-batting every fucker that's different; pakis, poofs, n what huv ye. Fuckin failures in a country ay failures. It's nae good blamin it oan the English fir colonising us. Ah don't hate the English. They're just wankers. We are colonised by wankers. We can't even pick a decent, vibrant, healthy culture to be colonised by. No. We're ruled by effete arseholes. What does that make us? The lowest of the fuckin low, the scum of the earth. The most wretched, servile, miserable, pathetic trash that was ever shat intae creation. Ah don't hate the English. They just git oan wi the shite thuv goat. Ah hate the Scots.

Begbie's gaun oan aboot Julie Mathieson, whae he used tae huv the hoats fir. Julie always hated him. Ah really liked Julie, maybe that's why. She wis a really good punter. She hud a bairn whin she wis HIV, but the bairn wis all-clear, thank fuck. The hoespital sent Julie hame in an ambulance wi the bairn, wi two guys dressed in sortay radioactive-proof suits — helmets, the lot. This wis back in 1985. It had the predictable effect. The neighbours saw this, freaked, and burnt her oot the hoose. Once ye git tagged HIV, that's you fucked. Especially a lassie oan her puff. Harassment followed harassment. Eventually, she hud a nervous breakdoon and, wi her damaged immune system, wis easy prey fir the onset ay AIDS.

It wis last Christmas thit Julie died. Ah nivir made the funeral. Ah wis lyin in ma ain puke oan a mattress in Spud's gaff, too fucked tae move. It wis a shame, cause Julie n me wir good mates. Wi nivir shagged or nowt like that. Wi baith thought it wid change things too much, like it does in male/female friendships. Sex generally makes them intae real relationships, or ends them. Ye go backwards or forwards after shagging, but maintaining the status quo is difficult. Julie looked really good when she started oan smack. Maist lassies dae. It seems tae bring oot the best in them. It always seems tae gie, before it takes back, wi interest.

Begbie's epitaph tae Julie is: — Fuckin waste ay a good bit ay fanny.

Ah fight back the urge tae tell um what a fuckin waste ay a silver bullet he'd be. Ah try no tae show ma anger; it'll achieve nothing except a burst mooth fir me. Ah go doonstairs tae git another round up.

These draftpak cunts are at the bar, jostling each other, and every other fucker. Getting served is a nightmare. A mosaic shell ay scar tissue and indian ink, ah presume that there's some cunt inside it, is screaming: — DOUBLE VODDY N COKE! DOUBLE FAAHKIN VODDY N COKE THEN CUNT! at the nervous barstaff. Ah focus on the whisky bottles on the gantry, trying everything in ma power tae avoid makin eye contact wi this radge. It's like ma eyes huv a life ay thir ain, involuntarily turning tae the side. My face reddens n tingles, as if in anticipation ay a fist or a boatil. These cunts are damaged fucking goods, nutty boys of the highest order.

Ah take the drinks back, the nips first fir the women, then the pints.

Then it happens.

Aw ah did wis put a pint ay Export in front ay Begbie. He takes one fuckin gulp oot ay it; then he throws the empty gless fae his last pint straight ower the balcony, in a casual, backhand motion. It's one ay they chunky, panelled glesses wi a handle, n ah kin see it spinnin through the air oot ay the corner ay ma eye. Ah look at Begbie, whae smiles, while Hazel n June look disorientated, thir faces reflecting ma ain crippling anxiety.

The gless crashes doon oan this draftpak's heid, which splits open as he faws tae his knees. The boy's mates assume battle stances, n one ay them charges ower tae this other table n panels this innocent cunt. Another gubs some perr gadge cairryin a tray ay drinks.

Begbie's oan his feet, n racing doon the stair. He's right in the middle ay the flair.

— BOY'S BEEN FUCKIN GLESSED! NAE CUNT LEAVES HERE UNTIL AH FIND OOT WHAE FLUNG THAT FUCKIN GLESS!

He's barkin orders at innocent couples, shoutin instructions at the bar staff. Thing is, the draftpak cunts ur lappin this up.

— S awright mate. We kin handle this! Double Voddy n Coke sais.

Ah cannae hear whit Begbie sais, but it seems tae impress Double Voddy. Then the Beggar goes tae the barman: — YOU! PHONE THE FAAHKIN POLIS!

— NAW! NAW! NAE POLIS! shouts one ay the draftpak psychos. These cunts've obviously goat records the length ay yir airm. The perr cunt behind the bar's shitein hissel, no kennin whit tae dae.

Begbie stands erect, neck muscles tensed. His glare sweeps aroond the bar n up tae the balcony.

— WHAE SAW ANYTHIN? YOU CUNTS SEE ANYTHIN? he shouts at a group ay guys, Merchant school, Murrayfield type cunts, who ur crappin themselves.

— No . . . one guy wobbles out.

Ah gits doon, telling Haze n June no tae move fae the balcony bar. Begbie's like a psychopathic detective oot ay an Agatha Christie whodunit, cross-examinin every cunt. He's blowin it; it is so fuckin obvious. Ah'm doon thair, stickin a fuckin bar-towel oan the draftpak's split heid, tryin tae stem the blood. The cunt just growls at us, n ah dinnae ken whether that's um showin gratitude or ready tae stomp ma baws, but ah cairry oan.

One fat cunt fae the group ay psychos goes up tae this other group ay guys at the bar n sticks the heid oan one ay them. The place goes up. Lassies scream, guys issue threats, push each other and exchange blows as the sound ay brekin gless fills the air.

This boy's white shirt is saturated wi blood as ah push through some bodies tae git back up the stairs tae Hazel n June. Some cunt gubs us oan the side ay the face. Ah hud half-saw it fae the corner ay ma eye n moved away n time, so ah didnae git the fill force ay it. Ah turn roond and this radge's sayin: — Come ahead wide-o. Come ahead.

— Way tae fuck ya radge, ah say, shakin ma heid. This gadge's ready tae come, but his mate grabs his airm, a good thing, because ah'm no ready fir him. The cunt looks a wee bit tidy, like he could punch his weight.

— Fuckin stey ootay it, Malky. It's fuck all tae dae wi that boy, his mate sais. Ah move oan smartly. Haze n June come doon the stairs wi us. Malky, ma assailant, is panelling some other cunt now. A gap has cleared in the middle ay the flair n ah steer Haze n June through it towards the door.

— Mind the burds, pal, ah say tae these two guys whae ur aboot tae swedge, n one dives for the other one, allowing us tae slip past. Ootside the bar in the Rose Street precinct Begbie n this other cunt, it's Double Voddy, ur bootin fuck oot ay this perr bastard oan the deck. — FRAAHNK! June gies oot a blood-curdling scream. Hazel's edging away fae me, tuggin at ma hand.

— FRANCO! C'MOAN! ah shout, grabbin his airm. He stoaps tae examine his work, but brushes ma grip oaf. He turns tae look at us, and fir a minute, ah think he's gaunnae panel us. It's like he doesnae see us, doesnae recognise us. Then he goes: — Rents. Nae cunt fucks wi the YLT. Thuv goat tae fuckin learn that Rents. Thuv goat tae fuckin learn that.

— Cheers pal, sais Double Voddy, Franco's accomplice in slaughter.

Franco smiles at him, and boots the cunt in the baws. Ah felt it.

— Ah'll gie ye fackin cheers, ya cunt! he sneers, smacking Double Voddy in the face, knocking him ower. A white tooth flies like a bullet oot ay the guy's mooth, and lands a few feet away on the precinct tiles.

— Frank! What ur ye daein! June shrieks. We're pulling the cunt doon the road as polis sirens fill the air.

— That cunt, that cunt n his fuckin mates back thair, that's the cunts thit fuckin stabbed ma brar! he shouts indignantly. June looked beaten down.

That wis bullshit. Beggar's brother, Joe, was stabbed in a fight in a pub at Niddrie years ago. The fight wis ay his ain makin, and he wisnae badly hurt. In any case Franco and Joe hated each other. Still, the incident had provided Begbie wi the spurious moral ammunition he needed tae justify one ay his periodic drink and angst fuelled wars against the local populace. He'd git his one day. Nothing wis surer. Ah jist didnae want tae be aroond whin he did.

Hazel and ah fell behind Franco n June. Haze wanted tae go.
— Thirs something wrong wi him. Did ye see that guy's heid? Let's git ootay here.

Ah found masel lyin tae her, tae justify Begbie's behaviour. Fuckin horrible. Ah jist couldnae handle her outrage, n the hassle thit went wi it. It wis easy tae lie, as we all did wi Begbie in our circle. A whole Begbie mythology hud been created by oor lies tae each other n oorsels. Like us, Begbie believed that bullshit. We played a big part in making him what he was.

Myth: Begbie has a great sense ay humour.

Reality: Begbie's sense ay humour is solely activated at the misfortunes, setbacks and weaknesses ay others, usually his friends.

Myth: Begbie is a 'hard man'.

Reality: Ah would not personally rate Begbie that highly in a square-go, withoot his assortment ay stanley knives, basebaw bats, knuckledusters, beer glesses, sharpened knitting needles, etc. Masel n maist cunts are too shite-scared tae test this theory, but the impression remains. Tommy once exposed some weaknesses in Begbie, in a square-go. Gave um a good run for his money, did Tam. Mind you, Tommy's a tidy cunt, n Begbie, it has tae be said, came oot the better ay the two.

Myth: Begbie's mates like him.

Reality: They fear him.

Myth: Begbie would never waste any ay his mates.

Reality: His mates are generally too cagey tae test oot this proposition, and oan the odd occasion they huv done so, huv succeeded in disproving it.

Myth: Begbie backs up his mates.

Reality: Begbie smashes fuck oot ay innocent wee daft cunts whae accidently spill your pint or bump intae ye. Psychopaths who terrorise Begbie's mates usually dae so wi impunity, as they tend tae be closer mates ay Begbie's than the punters he hings aboot wi. He kens thum aw through approved school, prison n the casuals' networks, the freemasonaries that bams share.

Anywey, these myths gie us the basis tae rescue the night.

— Look Hazel, ah ken Franco's uptight. It's jist thit they guys pit his brar Joe oan a life-support machine. Thir a close faimlay.

Begbie is like junk, a habit. Ma first day at primary school, the teacher sais tae us: — You will sit beside Francis Begbie. It wis the same story at secondary. Ah only did well at school tae git intae an O Level class tae git away fae Begbie. Whin Begbie wis expelled n sent tae another school en route tae Polmont, ma performance declined, and ah wis pit back intae the non-certificate stream. Still, nae mair Begbie.

Then, when ah wis apprenticed as a chippy wi a Gorgie builder, ah goes along tae Telford College tae dae ma national certificate modules in joinery. Ah sat doon tae ma chips in the cafeteria, whin whae comes along but that cunt Begbie, wi a couple ay other psychos. They wir oan this specialist course in metalwork fir problem teenagers. The course seemed tae teach them tae manufacture thir ain sharp metal weapons ay destruction rather than have tae buy them fae the Army n Navy stores.

Whin ah left ma trade n went tae college fir A Levels, then oantae Aberdeen University, ah half expected tae see Beggars at the freshers ball, beating tae a pulp some four-eyed, middle-class wanker he imagined wis starin at um.

He really is a cunt ay the first order. Nae doubt about that. The big problem is, he's a mate n aw. Whit kin ye dae?

We quicken our step and follay them doon the road; a quartet of fucked-up people thegither.

A Disappointment

Ah minded ay the cunt. Fuckin sure n ah did. Ah used tae think he wis a fuckin hard cunt, back it Craigie, ken? He fuckin hung aroond wi Kev Stronach and that crowd. Fuckin bams. Dinnae git us wrong like; ah thoat the cunt wis fuckin sound. But ah mind, thir wis one time some boys asks the cunt whair he fuckin came fae. This boy goes: — Jakey! (that wis the cunt's name like), ur you fae fuckin Grantin or Roystin? The cunt goes: — Grantin is Roystin. Roystin is Grantin. The bastard went right fuckin doon in ma estimation eftir that, ken? That wis back it the fuckin school though, ken? Fuckin yonks ago now.

Anywey, the other fuckin week thair, ah wis doon the fuckin Volley wi Tommy n Secks, ken Rab, the Second Prize, likes? This cunt, this Jakey cunt, the big fuckin radge boy fae Craigie, he comes intae the pub. He nivir fuckin lits oan tae us. Ah mind ay smashin loads ay fuckin crabs tae bits wi stanes wi that cunt. Doon the fuckin harbour, ken? He nivir fuckin recognised us. Didnae fuckin ken us fae Adam . . . the cunt.

Anywey, the cunt's mate, this fuckin plukey-faced wide-o, goes tae pit his fuckin money doon fir the baws it the table. Fir the pool, ken? Ah sais tae um: — That cunt's fuckin nixt mate, pointin tae this wee specky gadge. This wee cunt's goat his fuckin name up oan the board, but he wid've jist fuckin sat thair n said fuck all if ah hudnae fuckin spoke like.

Ah wis fuckin game fir a swedge. If the cunts hud've fuckin come ahead it wis nae problem like. Ah mean, you ken me, ah'm no the type ay cunt thit goes lookin fir fuckin bothir likes; but ah wis the cunt wi the fuckin pool cue in ma hand, n the plukey cunt could huv the fat end ay it in his pus if he wanted, like. Obviously, ah wis cairryin ma fuckin chib n aw. Too fuckin right. Like ah sais, ah dinnae go lookin fir fuckin bother, but if any lippy cunt wants tae start, ah'm fuckin game. So the wee specky cunt's pit his fuckin dough in, n he's rackin up n that, ken? The plukey cunt jist sits doon n sais fuck all. Ah kept ma eye oan the hard cunt, or at least he wis a fuckin hard cunt it the school, ken. The cunt nivir sais a fuckin wurd. Kept his fuckin mooth shut awright; the cunt.

Tommy sais tae us: — Hi Franco, is that boy gittin lippy? Ye ken Tam, he's no fuckin shy, that cunt. They fuckin heard um like, these cunts; but they nivir fuckin sais nowt again. The plukey cunt n the so-called hard cunt. N it wid've been two against two, cause you ken Second Prize; dinnae git us wrong, ah lap the cunt up, but he's fuckin scoobied whin it comes tae a pagger. He's pished ootay his fuckin heid n he kin hardly haud the fuckin pool cue. This is fuckin half-past eleven oan a Wednesday mornin wir talkin aboot here. So it wid've been fuckin square-gos. But they cunts sais fuck all. Ah nivir fuckin rated the plukey cunt, but ah wis fuckin disappointed in the hard cunt, or the so-called hard cunt, like. He wisnae a fuckin hard man. A fuckin shitein cunt if the truth be telt, ken. Big fuckin disappointment tae me, the cunt, ah kin tell ye.

Cock Problems

It's fuckin grotesque tryin tae find an inlet. Yesterday ah hud tae shoot intae ma cock, where the most prominent vein in ma body is. Ah dinnae want tae get intae that habit. As difficult it is tae conceive ay it at the moment, ah may yet find other uses for the organ, besides pishing.

Now the doorbell's going. Fuckin hell. That bastard shite-arsed fuck-up of a landlord: Baxter's son. Auld Baxter, god rest the diddy cunt's soul, never really bothered aboot the rent cheque. Senile auld wanker. Whenever he came roond, ah wis charm personified tae the auld cunt. Ah'd take oaf his jaykit, sit um doon, and gie um a can ay Export. We'd talk aboot the hoarses and the Hibs teams ay the fifties wi the 'Famous Five' forward line ay Smith, Johnstone, Reilly, Turnbull and Ormond. Ah knew nowt aboot hoarses and Hibs in the fifties, but as they wir auld Baxter's only talking points, ah became well-versed in both subjects. Then ah'd rifle through the auld gadge's jaykit poakits n help masel tae some cash. He eywis carried a massive wad aroond wi um. Then ah'd either pey um his ain cash, or tell the poor bastard thit ah'd already squared the cunt up.

We even used tae phone up the auld gadge if we were a bit short. Like when Spud n Sick Boy crashed here, we'd tell him a tap was leaking or windae wis broken. Sometimes we'd even break the windae oorsels, like when Sick Boy threw the auld black n white telly through it, and git the docile cunt tae come roond so's we could rifle um. Thir wis a fuckin fortune in that cunt's poakits. It goat so's thit ah wis feart no tae rip um off, in case some fucker mugged um.

Now auld Baxter has gone tae the great gig in the sky; replaced by his hospice-humoured bastard ay a son. A cunt who expects rent fir this dive.

— RENT. Somebody's shouting through the letterbox.

— Rents!

It's no the landlord. It's Tommy. What the fuck does the cunt want at this time?

— Haud oan Tommy. Jist comin.

Ah shoot intae ma knob for the second consecutive day. As the needle goes in, it looks like a horrible experiment being conducted on an ugly sea-snake. The gig is getting sicker by the minute. The rush wastes nae time in racin tae ma box. Ah git a magic high, then think ah'm gaunnae puke. Ah under-estimated how pure this shite wis, and took a wee bit too much in that shot. Ah take a deep breath and get it thegither. Ah feel as if a thin stream ay air is comin in tae ma boady fae a bullet hole in ma back. This is not an OD situation. Calm doon. Keep that auld respirator going. Easy does it. This is nice.

Ah stagger tae ma feet, n let Tommy in. *That* wisnae easy.

Tommy looks offensively fit. Majorca tan still intact; hair sun-bleached, cut short and gelled back. Gold stud and hoop in one ear; mellow sky-blue eyes. It has to be said that Tommy's a fairly handsome cunt wi a tan. It brings oot the best in him. Handsome, easy-going, intelligent, and pretty tidy in a swedge. Tommy should make you jealous, but somehow he doesnae. This is probably because Tommy doesnae have the self-confidence tae recognise n make the maist ay his qualities; nor the vanity tae be a pain in the erse aboot them tae every other cunt.

— Split up wi Lizzy, he tells us.

It's hard tae work oot whether congratulations or commiser-ations are in order. Lizzy is a shag extraordinaire, but has a tongue like a sailor and a castrating stare. Ah think Tommy's still tryin tae sort oot his feelins. Ah kin tell that he's deep in thought because he husnae telt us what a daft cunt ah am tae be usin, husnae even mentioned the state ah'm in.

Ah struggle tae show concern through ma self-centred smack apathy. The outside world means fuck all tae us. — Pished oaf aboot it? ah ask.

— Dinnae ken. If ah'm bein honest, ah'll miss the sex maist. That n like, jist huvin somebody, ken?

Tommy needs people a loat mair thin maist.

Ma endurin memory ay Lizzy is fae the school. Me, Begbie n Gary McVie wir lyin in the Links at the bottom ay the running track, away fae the beady eyes ay that bastard Vallance, the housemaster, a Nazi cunt ay the highest order. We took up that position so's we could see the lassies race in thir shorts n blouses, n accumulate some decent wanking material.

Lizzy pit up a game race, but finished second tae the lanky strides ay big Morag 'Jam Rag' Henderson. We wir lyin oan oor stomachs, heids propped up oan elbays n hands, watchin Lizzy struggle along wi the expression ay vicious determination which characterised everything she did. Everything? Once Tommy's over his loss, ah'll ask him about the sex. Naw ah winnae . . . aye ah will. Anywey, ah hears this heavy breathin and turns tae notice Begbie slowly swivellin his hips; starin at the lassies, gaun: — That wee Lizzy MacIntosh . . . total wee ride . . . fuckin shag the erse oafay that any day ay the week . . . the fuckin erse oan it . . . the fuckin tits oan it . . .

Then he lets his face faw doon oantae the turf. Ah wisnae as wary ay Begbie then as ah am now. He wisnae the main man in they days, jist another contender, n he wis also a bit shy ay ma brar, Billy, at the time. Tae some extent, in fact tae every extent, ah cynically lived oaf Billy's reputation, bein a closet sap. Anywey, ah pulled Begbie ower oantay his back, exposing his spunk drippin, earth-dirty knob. The cunt hud surreptitiously dug a hole in the soft turf wi his flick knife, and hud been fuckin the field. Ah wis pishin masel. Begbie wis n aw. The cunt wis lighter in they days, before he started tae believe his ain, and it must be said, oor, propaganda aboot him bein a total psychopath.

— Ya dirty cunt, Franco! Gary sais.

Begbie pits his knob away, zips up, then grabs a handfae ay spunk n earth n rubs it in Gary's face.

Ah'm nearly endin masel as Gary goes radge; standin up n bootin the sole ay Begbie's trainer. Then he storms away in the cream puff. Whin ah think aboot it, this is really a Begbie rather than a Lizzy story, though it wis her brave performance against the Jam Rag that precipitated it.

Anywey, whin Tommy copped fir Lizzy a couple ay year back, maist cunts thought: Lucky fuckin bastard. Even Sick Boy has never shagged Lizzy.

Amazingly, Tommy still husnae mentioned smack. Even wi ma works lying aw ower the place, n he can probably tell that ah'm pretty bombed. Normally Tommy's daein a bad impersonation ay ma auld lady in such circumstances; yir killin yirsel/pack it in/ye kin live yir life withoot that garbage, and other such shite.

Now he sais: — What does that stuff dae fir ye Mark? His voice is genuinely enquiring.

Ah shrug. Ah dinnae want tae talk aboot this. Thirs cunts wi degrees n diplomas at the Royal Ed n the City peyed tae go through aw this counselling shite wi us. It's done fuck-all good. Tommy's persistent though.

— Tell us Mark. Ah want tae ken.

But then, when ye think aboot it, mibbe mates, whae've stuck by ye through thick n thin, usually fuckin thin, deserve at least an attempt at an explanation, if the counsellors/thought polis get one. Ah launch intae a spiel. Ah feel surprisingly good, calm and clear, talkin aboot it.

— Ah don't really know, Tam, ah jist dinnae. It kinday makes things seem mair real tae us. Life's boring and futile. We start oaf wi high hopes, then we bottle it. We realise that we're aw gaunnae die, withoot really findin oot the big answers. We develop aw they long-winded ideas which jist interpret the reality ay oor lives in different weys, withoot really extending oor body ay worthwhile knowledge, about the big things, the real things. Basically, we live a short, disappointing life; and then we die. We fill up oor lives wi shite, things like careers and relationships tae delude oorsels that it isnae aw totally pointless. Smack's an honest drug, because it strips away these delusions. Wi smack, whin ye feel good, ye feel immortal. Whin ye feel bad, it intensifies the shite that's already thair. It's the only really honest drug. It doesnae alter yir consciousness. It just gies ye a hit and a sense ay well-being. Eftir that, ye see the misery ay the world as it is, and ye cannae anaesthetise yirsel against it.

— Shite, Tommy sais. Then: — Pure shite. He's probably right n aw. If he asked us the question last week, ah'd huv probably said something completely different. If he asks us the morn, it wid be something else again. At this point in time though, ah'll hing wi the concept that junk'll dae the business whin everything else seems boring and irrelevant.

Ma problem is, whenever ah sense the possibility, or realise the actuality ay attaining something that ah thought ah wanted, be it girlfriend, flat, job, education, money and so on, it jist seems so dull n sterile, that ah cannae value it any mair. Junk's different though. Ye cannae turn yir back oan it sae easy. It willnae let ye. Trying tae manage a junk problem is the ultimate challenge. It's also a fuckin good kick.

— It's also a fuckin good kick.

Tommy looks at us. — Gies a go. Gies a hit.

— Fuck off Tommy.

— Ye sais it's a good kick. Ah pure wantae try it.

— Ye dinnae. C'moan Tommy, take ma word fir it. This jist seems tae encourage the cunt mair.

— Ah've goat the hireys. C'moan. Cook us up a shot.

— Tommy . . . fuck sake man . . .

— Ah'm tellin ye, c'moan. Supposed tae be fuckin mates, ya cunt. Cook us up a shot. Ah kin fuckin handle it. One fuckin shot isnae gaunnae hurt us. C'moan.

Ah shrug n dae as Tommy requests. Ah gie ma works a good clean, then ah cook up a light shot and help him take it.

— This is pure fuckin brilliant Mark . . . it's a fuckin

rollercoaster ride man . . . ah'm fuckin buzzin here . . . ah'm jist pure buzzin . . .

His reaction is shitein us up. Some cunts are just so predisposed tae skag . . .

Later, when Tommy comes doon and is ready tae go, ah tell um: — Yuv done it mate. That's you goat the set now. Dope, acid, speed, E, mushies, nembies, vallies, smack, the fuckin lot. Knock it oan the heid. Make that the first n last time.

Ah said that because ah wis sure the cunt wis gaunnae ask us fir some tae take away wi him. Ah've no goat enough tae spare. Ah've *never* goat enough tae spare.

— Too fuckin right, he sais, flingin oan his jaykit.

When Tommy's gone, ah notice fir the first time thit ma cock's itchin like fuck. Ah cannae scratch it though. If ah start scratchin it, ah'll infect the bastard. Then ah've goat some real problems.

Traditional Sunday Breakfast

Oh my god, where the fuck am I. Where the fuck . . . I just don't recognise this room at all . . . think Davie, think. I can't seem to generate enough saliva to free my tongue from the roof of my mouth. What an arsehole. What a cunt . . . what a . . . never again.

OH FUCK . . . NO . . . please. No, no fuckin NO . . .

Please.

Don't let this be happening to me. Please. Surely no. Surely yes.

Yes. I woke up in a strange bed in a strange room, covered in my own mess. I had pished the bed. I had puked up in the bed. I had shat myself in the bed. My heid is fucking buzzing, and my guts are in a queasy turmoil. The bed is a mess, a total fucking mess.

I take the bottom sheet up, then remove the duvet cover and wrap them together; the pungent, toxic cocktail in the middle. It's bundled into a secure ball, with no sign of leakage. I turn the mattress over to conceal the damp patch, and go to the toilet; showering the crap off my chest, thighs and arse. I now know where I am: Gail's mother's house.

Fucking hell.

Gail's mother's. How did I get here? Who brought me here? Back in the room, I see that my clothes are neatly folded. Oh christ.

Who the fuck undressed me?

Try tracing back. It's now Sunday. Yesterday was Saturday. The semi-final at Hampden. I had got myself into some fucking state before and after the match. We've no chance, I thought, you never do at Hampden against one of the Old Firm, with the crowd and the referees firmly behind the establishment clubs. So instead of getting worked up about it, I just decided to have a good crack and make a day of it. I don't want to think about the day I made of it. I don't even remember whether or not I actually went to the game. Got on the Marksman bus at Duke Street with the Leith boys; Tommy, Rents and their mates. Fuckin heid-bangers. I remember fuck all after that pub in Rutherglen before the match; the space-cake and the speed, the acid and the dope, but most of all the drink, the bottle of vodka that I downed before we met in the pub to get onto the bus to get back into the pub . . .

Where Gail came into the picture, I'm no really sure. Fuck. So I get back into the bed, the mattress and duvet seeming cold without the sheets. A few hours later, Gail knocks at the door. Gail and I have been going out together for five weeks but have not yet had sex. Gail had said that she didn't want our relationship to start off on a physical basis, as that would be how it would principally be defined from them on in. She'd read this in *Cosmopolitan*, and wanted to test the theory. So five weeks on, I've got a pair of bollocks like watermelons. There's probably a fair bit of spunk alongside that pish, shite and puke.

— You were is some state last night David Mitchell, she said accusingly. Was she genuinely upset or playing at being upset? Difficult to tell. Then: — What happened to the covers? Genuinely upset.

— Eh, a wee accident Gail.

— Well, never mind that. Come downstairs. We're just about to have breakfast.

She left, and I wearily got dressed and tentatively crept down the stairs, wishing I was invisible. I take the bundle down with me, as I want to take it home and get it cleaned.

Gail's parents are sitting at the kitchen table. The sounds and smells of a traditional Sunday breakfast fry-up being prepared are nauseating. My guts do a quick somersault.

— Well, someone was in a state last night, Gail's Ma says, but to my relief, teasingly, and without anger.

I still flushed with embarrassment. Mr Houston, sitting at the kitchen table, tried to smooth things over for me.

— Ah well, it does ye good tae cut loose once in a while, he commented supportively.

— It would do this one good tae be tied up once in a while, Gail said, realising a minor *faux pas* as I raised ma eyebrows at her, unnoticed by her parents. A wee bit bondage would do me fine. Chance would be fine fucking thing . . .

— Eh, Mrs Houston, I point to the sheets, in a bundle at my

feet on the kitchen floor. — . . . Ah made a bit of a mess of the sheet and the duvet cover. Ah'm going tae take them home and clean them. Ah'll bring them back tomorrow.

— Aw, don't you worry about that, son. Ah'll just stick them in the washing machine. You sit down and get some breakfast.

— Naw, but, eh . . . a really bad mess. Ah feel embarrassed enough. Ah'd like tae take them home.

— Dearie dear, Mr Houston laughed.

— Now no, you sit down, son, ah'll see tae them, Mrs Houston stole across the floor towards me, and made a grab for the bundle. The kitchen was her territory, and she would not be denied. I pulled it to me, towards my chest; but Mrs Houston was as fast as fuck and deceptively strong. She got a good grip and pulled against me.

The sheets flew open and a pungent shower of skittery shite, thin alcohol sick, and vile pish splashed out across the floor. Mrs Houston stood mortified for a few seconds, then ran, heaving into the sink.

Brown flecks of runny shite stained Mr Houston's glasses, face and white shirt. It sprayed across the linoleum table and his food, like he had made a mess with watery chip-shop sauce. Gail had some on her yellow blouse.

Jesus fuck.

— God sake . . . god sake . . . Mr Houston repeated as Mrs Houston boaked and I made a pathetic effort to mop some of the mess back into the sheets.

Gail shot me a look of loathing and disgust. I can't see our relationship developing any further now. I'll never get Gail into bed. For the first time, that doesnae bother me. I just want out of here.

Junk Dilemmas No. 65

Suddenly it's cauld; very fuckin cauld. The candle's nearly melted doon. The only real light's comin fae the telly. Something black and white's on . . . but the telly's a black and white set so it was bound tae be something black and white . . . wi a colour telly, it wid be different . . . perhaps.

It's freezing, but movement only makes ye caulder; by making ye more aware that there's fuck all you can do, fuck all you can really do, tae get warm. At least if ah stey still ah can pretend to masel ah have the power tae make masel warm, by just moving aroond or switching the fire oan. The trick is tae be as still as possible. It's easier than dragging yourself across the flair tae switch that fuckin fire oan.

Somebody else is in the room wi us. It's Spud, ah think. It's hard tae tell in the dark.

— Spud . . . Spud . . .

He sais nothing.

— It's really fuckin cauld man.

Spud, if indeed it is the cunt, still says nothing. He could be deid, but probably no, because ah think his eyes are open. But that means fuck all.

Grieving and Mourning In Port Sunshine

Lenny looked at his cards, then scrutinised the expressions on his friends' faces.

— Whae's haudin? Billy, c'moan then ya cunt. Billy showed Lenny his hand.

— Two fuckin aces!

— Spawny bastard! You spawny fuckin cunt Renton. Lenny slammed his fist into his palm.

— Jist gies that fuckin loot ower here, Billy Renton said, raking up the pile of notes that lay in the centre of the floor.

— Naz. Chuck us a can ower then, Lenny asked. When the can was thrown over he missed his catch and it hit the floor. He opened it, and much of its contents gushed over Peasbo.

— Moantae fuck ya doss cunt!

— Sorry Peasbo. It's that cunt, Lenny laughed as he pointed at Naz. — Ah sais tae um tae chuck us a can ower, no tae fling it at ma fuckin heid.

Lenny rose and went to the window.

— Still nae sign ay the cunt? Naz asked. — The game's fucked withoot the big money.

— Naw. The cunt's patter's fuckin rotten, Lenny said.

— Gie the cunt a bell. Find oot whit the fuckin story is, Billy suggested.

— Aye. Right.

Lenny went into the lobby and dialled Phil Grant's number. He was upset at playing for this toytown stake. He would have been well up by now if Granty had shown up with the money.

The phone just rang.

— Nae cunt's in, or if they are, they arenae answerin the fuckin phone, he told them.

— Ah hope the fucker husnae absconded wi the fuckin loot, Peasbo laughed, but it was an uneasy laugh, the first open acknowledgement of a collective unspoken fear.

— Better no huv. Cannae stick a cunt thit rips oaf his mates, Lenny snarled.

— Whin ye think aboot it though, it's Granty's poppy. He kin spend it oan whit he likes, Jackie said.

They looked at him with bemused belligerence. Eventually Lenny spoke.

— Away ye fuckin go.

— In a wey though, the cunt won it fair n square. Ah ken what we agreed. Build up a big kitty wi the club money tae add a bit ay spice tae the caird games. Then divvi up. Ah ken aw that. Aw ah'm sayin is thit in the eyes ay the law . . . Jackie explained his position.

— It's aw oor poppy! Lenny snapped. — Granty kens the fuckin Hampden roar.

— Ah ken that. Aw ah'm sayin is thit in the eyes ay the law . . .

— Shut yir fuckin mooth ya stirrin cunt, Billy interjected, — wir no talkin aboot the eyes ay the fuckin law here. Wir talkin aboot mates. If it wis up tae the eyes ay the fuckin law you'd huv nae furniture in yir hoose ya gypo cunt.

Lenny nodded approvingly at Billy.

— Wir jumpin tae fuckin conclusions here. Might be a perfectly good reason as tae why the cunt isnae here. Mibbe he's goat held up, Naz suggested, his pock-marked face taut and tense.

— Mibbe some cunt's mugged the cunt n taken the poppy, Jackie said.

— Nae cunt wid try tae mug Granty. He's the kind ay cunt thit mugs cunts, no gits mugged fae thum. If he comes in here pullin a stunt like that, ah'll tell um whair tae fuckin go. Lenny was in a state of some anxiety. This was the club money they were talking about.

— Jist sayin thit it's daft tae be cairryin that type ay cash aroond. That's aw ah'm sayin, Jackie stated. He was a little frightened of Lenny.

Granty had not missed a Thursday night card session in six years, unless he was on holiday. He was the reliable lynchpin of the school. Lenny and Jackie had both missed periods through doing time for assault and housebreaking respectively.

The club money, the holiday money, had been a remnant of

the time they had all gone to Loret De Mar on holiday together, as teenagers. Now older, they generally went in smaller groups, or with wives or girlfriends. The strange mixing up of the card money and the club money occurred a couple of years ago when they were drunk. Peasbo, then the treasurer, jokingly threw in a wad of the club money as his stake. They played with it, for a laugh. They liked the feel of playing with all that money, got such a buzz from it, that they divvied it up and played pretend games with it. Whenever they decided that they were into serious saving, they would stop playing cards for 'real' money, and play for 'club' money. It was just like playing for monopoly money.

There were times, particularly when someone 'won' the entire pot, like Granty last week, that the bizarre and dangerous nature of their actions crossed their mind. They were mates though, and it was generally assumed that they would never do the dirty on each other. However, logic as well as loyalty underpinned this assumption. They all had ties in the area, and could never leave it for good, and not for just the £2,000 in the kitty. Leaving the area was what it would mean if one ripped off the rest. They told themselves this over and over again. The real fear was theft. The money was more secure in a bank. It had been a silly indulgence gone mad, a collective insanity.

The next morning there still no sign of Granty, and Lenny was late signing on.

— Mister Lister. You only live around the corner from this office, and you only have to sign on once every fortnight. It's hardly an excessive demand, Gavin Temperley, the clerk, told him in pompous tones.

— Ah understand the position ay your fuckin oafice, Mister Temperley. But ah'm sure thit yill take intae consideration thit ah'm a fuckin busy man wi several flourishin enterprises tae look eftir.

— Shite, Lenny. Lazy cunt thit ye are. Ah'll see ye in the Crown. Ah'm oan first lunch. Be thair it the back ay twelve.

— Aye. Ye'll need tae gie us a bung though Gav. Ah'm fuckin brassic until this rent cheque hits the mat the morn.

— Nae problem.

Lenny went down to the pub and sat at the bar with his *Daily Record* and a pint of lager. He considered lighting a cigarette, then decided against it. It was 11.04 and he'd had twelve fags already. It was always the same when he was forced to rise in the morning. He smoked far too many fags. He could cut down by staying in bed, so he generally didn't get up until 2 p.m. These Government cunts were determined, he thought, to wreck both his health and finances by forcing him up so early.

The back pages of the *Record* were full of Rangers/Celtic shite as usual. Souness spys on some fucker in the English second division, McNeill says Celts' confidence is coming back. Nothing about Hearts. No. A wee bit about Jimmy Sandison, with the same quote twice, and the short passage finishing in mid-sentence. There's also a small space on why Miller of Hibs still thinks he's the best man for the job, when they've only scored three goals in the last thirty games or something like that.

Lenny turned to page three. He preferred the scantily clad women the *Record* featured to the topless ones in the *Sun*. You had to have some imagination.

From the corner of his eye he spotted Colin Dalglish.

— Coke, he said, without looking up from his paper.

Coke pushed up a barstool alongside Lenny's. He ordered a pint of heavy. — Heard the news? Fuckin sad eh?

— Eh?

— Granty . . . ye didnae hear? . . . Coke looked straight at Lenny.

— Naw. Wha . . .

— Deid. Potted heid.

— Yir jokin! Eh? Gies a fuckin brek ya cunt . . .

— Gen up. Last night, likes.

— Whit the fuck happened . . .

— Ticker. Boom. Coke snapped his fingers. — Dodgy hert, apparently. Nae cunt kent aboot it. Perr Granty wis workin wi Pete Gilleghan, oan the side likesay. It wis jist aboot five, n Granty wis helpin Pete tidy up, ready tae shoot the craw n that likes, whin he jist hauds his chist n cowps ower. Gilly gits an ambulance, n they take the perr cunt tae the hoespital, but he dies a couple ay ooirs later. Perr Granty. Good cunt n aw. You play cairds wi the guy, eh?

— Eh . . . aye . . . one ay the nicest cunts ye could hope tae meet. That's gutted us, that hus.

A few hours later, Lenny was guttered as well as gutted. He'd tapped twenty quid off Gav Temperley for the sole purpose of getting rat-arsed. When Peasbo entered the pub late afternoon, Lenny was slurring into the ear of a sympathetic barmaid and an embarrassed and sober-looking guy in a boilersuit with a Tennent's Lager logo on it.

— . . . one ay the nicest fuckin cunts ye could hope tae meet . . .

— Awright Lenny. Ah heard the news. Peasbo grabbed one of Lenny's broad shoulders heavily. A firm grip, to ensure that *one* of his mates was still there, and to make a partial assessment of his level of drunkenness.

— Peasbo. Aye. Still cannae fuckin believe it . . . one ay the nicest cunts ye could hope tae meet n aw . . . He turned slowly back to the barmaid and refocused his gaze on her. With his thumb protruding from a clenched fist, he then pointed over his shoulder at Peasbo. — . . . this cunt'll tell ye . . . eh Peasbo? See Granty? One ay the nicest cunts any cunt could ivir hope tae meet . . . eh Peasbo? Granty? Eh?

— Aye, it's a real shock. Ah still cannae believe it man.

— That's it! One day the boy's here, now wir nivir gaunnae see the perr cunt again . . . twenty-seven year auld. The game's no straight, ah'll tell ye that for fuck all. The game's no straight . . . sure n it's fuckin no . . .

— Granty wis twenty-nine, wis eh no? Peasbo quizzed.

— Twenty-seven, twenty-nine . . . who gies a fuck? Jist a young boy. It's his burd n that wee bairn thit ah feel sorry fir . . . ye git some ay they auld cunts . . . Lenny gestured angrily over to the corner across to a group of old guys playing dominos. — . . . they've hud thair lives! Long fuckin lives! Aw they dae is moan like fuck! Granty nivir complained aboot fuck all. One ay the nicest cunts ye could hope tae meet.

He then noted three younger guys, known as Spud, Tommy and Second Prize, sitting across the other side of the pub.

— N they fuckin junky mates ay Billy's brar. They cunts, aw fuckin dyin ay AIDS. Killing thumsels. Serves the cunts right. Granty fuckin valued life. They cunts ur flingin thairs away! Lenny glowered over at them, but they were too into their own conversation to notice him.

— C'moan now Lenny. Keep the heid. Nae cunt's sayin nought against nae cunt. They boys ur awright. That's Danny Murphy. Harmless cunt. Tommy Laurence, you ken Tommy, n that guy Rab, Rab McLaughlin, used tae be a good fitba player. Man United he went doon tae. They boys ur sound. Fuck sakes, thir mates ay that mate ay yours, the boy thit works fir the dole. What's his name, Gav.

— Aye . . . but these auld cunts . . . Conceding the point, Lenny switched his attention back over to the other side of the room.

— Ah, come oan Lenny, fuck it. Harmless cunts, no botherin anybody. Down that pint, n we'll go roond fir Naz. Ah'll bell Billy n Jackie.

The mood was gloomy round at Naz's flat in Buchanan Street. They had turned away from the issue of Granty's death, onto the subject of the outstanding cash.

— The Friday before divvy day n the cunt fuckin snuffs it. One thousand n eight hundred he wis haudin. Split six weys that's three hunner each, Billy moaned.

— No much we kin dae aboot it, Jackie ventured.

— Like fuck thir isnae. That dough gits divvied every fuckin year, the fortnight before trades. Ah've booked Benidorm oan the strength ay that. Ah'm fuckin brassic without it. Sheila'll huv ma baws fir a game ay pool if ah cancel oot. Nae fuckin wey man, Naz declared.

— Too fuckin right. Ah feel sorry fir Fiona n the bairn n that, obviously. Any cunt wid. Goes withoot sayin, likes. Boatum line is, it's oor fuckin poppy, no hers. Billy said.

— It's oor ain fuckin fault. Ah knew somethin like this wid happen, Jackie shrugged.

The doorbell went. In came Lenny and Peasbo.

— S awright fir you, ya cunt. You're fuckin flush, Naz challenged.

Jackie didn't respond. He picked up a can of lager from the pile Peasbo had dumped on the floor.

— Fuckin terrible news, eh boys? Peasbo said, as Lenny morosely slurped on his can.

— One ay the nicest cunts ye could hope tae meet, Lenny said.

Naz was grateful for Lenny's intervention. He was ready to commiserate about the money, when he realised that Peasbo had been referring to Granty.

— Ah ken ye shouldnae be selfish at a time like this, but thirs the question ay the poppy tae sort oot. Divvy day's next week. Ah've goat a hoaliday tae book. Ah need they hireys, Billy said.

— Some cunt you Billy, eh? Kin we no fuckin wait until the perr cunt's still no warm before we go oan aboot aw that shite? Lenny sneered.

— Fiona might blow the fuckin lot! She'll no ken it's oor dosh if nae cunt tells her. She'll be gaun through his fuckin things, n it'll be, aye, aye, what's this? Nearly two grand. Tidy. Then she'll be oaf tae the fuckin Caribbean or somewhere while we're sittin in the fuckin Links wi a couple ay boatils ay cider fir the trades.

— Yir patter's fuckin abysmal, Billy, Lenny told him.

Peasbo looked gravely at Lenny, who could feel a betrayal coming on.

— Hate tae say it Lenny, but Billy's no far wrong. Granty didnae exactly keep Fiona in the lap ay luxury, great cunt as he wis likesay. Ah mean, dinnae git us wrong, ah'd nivir hear a word said against the cunt, but ye find two grand in yir hoose, ye spend first, n ask questions eftir. You would. Ah'm fuckin sure ah wid. Every cunt wid, if the fuckin truth be telt.

— Aw aye? Whae's askin her fir it then? Fucked if ah'm gaunnae, Lenny hissed.

— We aw will. It's aw oor poppy, Billy said.

— Right. Eftir the funeral. Oan Tuesday, Naz suggested.

— Awright, Peasbo agreed.

— Aye, Jackie shrugged.

Lenny nodded in a weary compliance. It was, he conceded, their poppy . . .

Tuesday came and went. Nobody could work up the bottle to say anything at the funeral. They all got drunk and offered more laments to Granty. The cash issue was never mentioned until late on. They met, with evil hangovers, the following afternoon, and went to Fiona's place.

Nobody answered the door.

— Probably steyin at her Ma's, Lenny said.

The woman from the flat across the landing, a grey-haired lady in a blue print dress, came out.

— Fiona left this mornin boys. Canary Islands. Left the bairn at her Ma's. She seemed to enjoy breaking the news.

— Tidy, Billy muttered.

— That's that then, Jackie said with a shrug which was a bit too smug for the liking of most of his friends. — No much we kin dae aboot it.

He was then stunned by a blow to the side of his face, delivered by Billy, which knocked him over, and sent him sprawling down the stairs. He managed to break his fall by grabbing the banister, and looked up at Billy in horror from the bend in the stair.

The rest of them were almost as shocked as Jackie by Billy's actions.

— Easy Billy. Lenny grabbed Billy's arm, but kept his gaze on his face. He was anxious and intrigued to find out the source of his outrage. — Yir ootay order. S'no Jackie's fault.

— Aw is it no? Ah kept ma fuckin gob shut, but this smart cunt's pushed us far enough. He pointed at the still prostrate figure of Jackie, whose rapidly swelling face had gained a new furtiveness.

— Whit's the fuckin score here? Naz asked.

Billy ignored him, and looked straight at Jackie. — How long's it been gaun oan Jackie?

— Whit's the cunt oan aboot? Jackie said, but his watery voice lacked assurance.

— Canary Islands ma fuckin hole. Whair ur ye meetin Fiona?

— You're fuckin tapped Billy. Ye heard whit the wifey sais, Jackie shook his head.

— Fiona's ma Sharon's fuckin sister. Ye think ah go aroond wi ma fuckin ears shut? How long ye been fuckin pokin her, Jackie?

— That wis a fuckin one oaf . . .

Billy's outrage filled the stair, and he could feel it growing, swelling, in the breasts of the others. He stood over Jackie like a booming Old Testament god, scorning him in his judgement.

— One oaf ma hole! An whae's tae fuckin say thit Granty didnae ken? Whaes's tae say it wisnae that thit killed um? His so-called best fuckin mate, shaftin his burd!

Lenny looked at Jackie, shaking with anger. He then looked at the others, their eyes blazing. An unspoken contract was forged between them in a split-second.

Jackie's screams reverberated around the stairwell, as they booted and dragged him from landing to landing. He vainly tried to protect himself and, through his fear and pain, hoped that there would be something left of him to move out of Leith, when the ordeal was over.

Kicking Again

Inter Shitty

Oh ya cunt ye! Ma heid's fuckin nippin this mornin, ah kin fuckin tell ye. Ah make straight fir the fuckin fridge. Yes! Two boatils ay Becks. That'll dae me. Ah down the cunts in double quick time. Ah feel better right away. Huvtae fuckin watch the time, but.

She's still fuckin sleepin whin ah go back ben the bedroom. Look at her; lazy, fat cunt. Jist cause she's huvin a fuckin bairn, thinks it gies her the right tae lie aroond aw fuckin day . . . anywey, that's another fuckin story. So ah git fuckin packin . . . that cunt hud better huv washed ma fuckin jeans . . . the 501s . . . whair's they fuckin 501s? . . . thair they are. Jist as well fir her.

She's wakin up now. — Frank . . . what ur ye daein? Whair ur ye gaun? she sais tae us.

— Ah'm ootay here. Fuckin sharpish, ah sais, no lookin roond. Whair the fuck's they soacks . . . everything takes twice as fuckin long whin yir hungower n ah kin dae withoot this cunt nippin ma fuckin heid.

— Whair ur ye gaun? Whair!

— Ah telt ye, ah've goat tae fuckin nash. Me n Lexo pulled a bit ay business oaf. Ah'm sayin nae mair oan the fuckin subject, but it's best ah disappear fir a couple ay weeks. Any polis cunts come tae the door, yuv no seen us fir yonks. Ye think ah'm oan the fuckin rigs, right. Yuv no seen us, mind.

— But whair ur ye gaun Frank? Whair ur ye fuckin well gaun?

— That's fir me tae ken n you tae find oot. What ye dinnae fuckin well ken they cannae fuckin well beat oot ay ye, ah sais.

Then the fuckin boot gits up n starts fuckin screamin it us, saying thit ah cannae jist fuckin go like that. Ah punches it in the fuckin mooth, n boots it in the fuckin fanny, n the cunt faws tae the flair, moanin away. It's her fuckin fault, ah've telt the cunt thit that's what happens when any cunt talks tae us like that. That's the fuckin rules ay the game, take it or fuckin leave it.

— THE BAIRN! THE BAIRN! . . . she screams.

Ah jist goes: — THE BAIRN! THE BAIRN! back at her, likes. — Shut yir fuckin mooth aboot the fuckin bairn! She's jist lyin thair, screamin like some fuckin tube.

It's probably no even ma fuckin bairn anywey. Besides, ah've hud bairns before, wi other lassies. Ah ken whit it's aw aboot. She thinks it's aw gaunnae be fuckin great whin the bairn comes, but she's in fir a fuckin shock. Ah kin tell ye aw aboot fuckin bairns. Pain in the fuckin erse.

Shavin gear. That's what ah fuckin need. Kent thir wis somethin.

She's still gaun oan aboot how she's aw sair n tae git the fuckin doaktir n aw that. Ah've nae fuckin time fir that shite but, ah'm fuckin late is it is thanks tae that cunt. Goat tae fuckin nash.

— FRRRAAAANNNK! she shouts as ah git ootay the fuckin door. Ah wis thinkin tae masel, it's like the fuckin advert fir Harp lager: 'Time fir a sharp exit'; that wis me awright.

It wis fuckin stowed oot doon the pub, early fuckin doors n aw. Renton, the rid-heided cunt, pots the fuckin black baw tae take the game fi Matty.

— Rab! Pit ma fuckin name up fir the pool then. Whit's every cunt fuckin wantin? Ah git up tae the bar.

Rab, the Second Prize, as we caw the cunt, he's goat a fuckin stoatir ay an eye. Some fuckin liberty-taker's been oan the cunt's case.

— Rab. Whae the fuck did this tae ye?

— Aw, a couple ay guys up Lochend, ken. Ah wis bevvied. The cunt looks at us, aw fuckin sheepish like.

— Goat names?

— Naw, but dinnae worry, ah'll git the cunts man, it's aw sorted oot.

— Be sure ye fuckin dae. D'ye ken the cunts?

— Naw, by sight, like.

— Whin me n Rents git back fae fuckin London, we'll go up tae fuckin Lochend. Dawsy goat filled in up thair a wee bit back. Thir's some questions need fuckin answering, sure n thir fuckin is.

Ah turns tae Rents: — Aw set ma man?

— Rarin tae go, Franco.

Ah racks up n slaughters the cunt, leavin the fucker two baws oaf bein grannied. — Ye might be able tae fuckin handle the likes ay Matty n Secks, bit whin Hurricane Franco gits oan the fuckin table, ye kin firget it, ya rid-heided cunt, ah tells um.

— Pool's fir arseholes man, he sais. Humpty cunt. Everything that rid-heided cunt's shite at's fir arseholes, accordin tae that cunt.

Wuv goat tae be movin, so thirs nae sense in playing any mair. Ah looks ower tae Matty n pills oot a wad. — Hi Matty! Ken whit this is? Ah waves the notes it the cunt.

— Eh . . . aye . . . he sais.

Ah points tae the bar: — Ken whit that is?

— Eh . . . aye . . . the bar. The cunt's slow. Too fuckin slow. N ah ken how.

— Ken whit this is? ah points tae ma pint.

— Eh . . . aye . . .

— Well dinnae make us fuckin spell it oot fir ye then, ya cunt. Pint ay fuckin Special n a Jack Daniels n coke then, cunt!

He comes ower, n sais tae us: — Eh Frank, ah'm a wee bit short, ken . . .

Ah ken how, awright. — Mibbe ye'll fuckin grow, ah sais. The cunt takes the hint, n hits the bar. He's fuckin usin again, that's if the cunt ivir really stoaped in the first fuckin place. Whin ah git back fae London, ah'll need tae huv another wee word in this cunt's ear. Fuckin junkies. A waste ay fuckin space. Rents's still clean though. Ye kin tell by the wey he's tannin the bevvy.

Ah'm lookin forward tae this London brek. Rents's goat his mate's flat, that Tony cunt n his burd, the shag, fir a couple ay weeks. Thair oan hoaliday somewhair. Ah ken a couple ay boys doon thair fae the jail; ah'll look the cunts up, fir auld times' sake.

That Lorraine's servin Matty. She's a fuckin wee ride. Ah goes ower tae the bar.

— Hi, Lorraine! C'mere the now. Ah pushes her hair back at the side ay her face n pits ma fingers behind her ears. Burds like that. Erogenous fuckin zones n aw that. — Ye kin tell whithir or no somebody's hud sex last night by feelin behind thir ears. The heat, ken? ah explains.

She jist laughs, n so does Matty.

— Naw, but it's fuckin scientific n aw that, ken? Some cunt's ur fuckin clueless.

— Hus Lorraine hud sex last night then? Matty asks. The wee cunt looks fuckin awfay, like death warmed up.

— That's oor secret, eh doll? ah sais tae her. Ah've goat a feelin thit she's goat the hoats fir us, cause she ey goes that fuckin quiet, shy wey whin ah fuckin talk tae her. Once ah git back fae London, ah'll fuckin move in thair, pretty fuckin sharpish n aw, ya cunt.

Fucked if ah'm gaunnae stey wi that fuckin June eftir the bairn's here. N that cunt's deid if she's made us hurt that fuckin bairn. Ivir since she's been huvin that bairn, she thinks she kin git fuckin lippy wi us. Nae cunt gits fuckin lippy wi me, bairn or nae fuckin bairn. She kens that, n she still gits fuckin smart. See if anything's happened tae that fuckin bairn . . .

— Hi Franco, Rents sais, — we'd better be movin. Wuv goat that cairry-oot tae organise, mind.

— Aye, right. What ye gittin?

— Boatil ay voddy n a few cans.

Might've guessed. Hates a fuckin voddy, that rid-heided cunt.

— Ah'm gittin a boatil ay J.D. n eight cans ay Export. Ah might git Lorraine tae fill up a couple ay draftpaks n aw.

— Thill be a couple ay draftpaks gittin well filled up oan the train gaun doon, he sais. Sometimes ah dinnae understand that cunt's sense ay humour. Me n Rents go back a long fuckin wey, but it's like the cunt's changed, n ah'm no jist takin aboot the drugs n that shite. It's like, he's goat his weys n ah've goat mines. Still a great cunt though, the rid-heided bastard.

So ah gits the draftpaks, one fill ay spesh fir me, n one fill ay lager fir that rid-heided cunt. We gits the cairry-oot n jumps a Joe Baxi up the toon n down a quick pint at that pub in the station. Ah gits crackin tae this cunt it the bar; boy fi Fife, ah kent the cunt's brar in Saughton. No a bad gadge as ah remember. Harmless cunt likes.

The London train's fuckin mobbed. This really gits ma fuckin goat, this. Ah mean, ye pey aw that fuckin dough fir a ticket, they British Rail cunts urnae fuckin shy, n then thir's nae fuckin seats! Fuck that.

Wir strugglin wi they cans n boatils. Ma cairry-oot's aboot tae burst oot the fuckin bag. It's aw they cunts wi backpacks n luggage . . . n bairns' fuckin go-carts. Shouldnae huv bairns oan a fuckin train.

— Fuckin mobbed man, Rents sais.

— The fuckin trouble is, aw they cunts thit uv booked seats. It's no sae bad bookin fae Edinburgh tae London, capital fuckin cities n that, bit it's aw they cunts thit've booked fae Berwick n aw they fuckin places. The train shouldnae stoap n aw they places; it should jist be Edinburgh tae London, end ay fuckin story. If ah hud ma fuckin wey, that wid be it, ah kin fuckin tell ye. Some cunts ur lookin at us. Ah speak ma fuckin mind, whitivir any cunt sais.

Aw they booked seats. Fuckin liberty, so it is. It should be first fuckin come, first fuckin served. Aw this bookin seats shite . . . ah'll gie the cunts bookin fuckin seats . . .

Rents sits doon beside they two burds. Fuckin tidy n aw. Good fuckin choice by the rid-heided cunt!

— These seats ur free until Darlington, he sais.

Ah grabs the reservation cairds n sticks thum in ma tail. — Thir fuckin free the whole wey doon now. Ah'll gie the cunts bookin, ah sais, smilin at one ay the burds. Too fuckin right n aw. Forty quid a fuckin ticket. No shy they British Rail cunts, ah kin fuckin tell ye. Rents jist shrugs his shoodirs. The posey cunt's goat that green basebaw cap oan. That's gaun oot the fuckin windae if the cunt fuckin faws asleep, ah kin fuckin tell ye.

Rents is tannin the voddy, n wir jist near Portybelly whin the cunt's awready made a big fuckin dent in it. Hates a voddy, that rid-heided cunt. Well, if that's the wey the cunt wants tae fuckin play it . . . ah grabs the J.D. n swigs it back.

— Here we go, here we go, here we go . . . ah sais. That cunt jist smiles. He keeps lookin ower it the burds, thir likesay American, ken. Problem wi that rid-heided cunt is thit he's no goat the gift ay the gab is far is burds go, likes, even if the cunt dis huv a certain style. No likesay me n Sick Boy. Mibbe it's wi him huvin brars instead ay sisters, he jist cannae really fuckin relate tae burds. Ye wait oan that cunt tae make the first fuckin move, ye'll be waitin a long fuckin time. Ah fuckin show the rid-heided cunt how it's done.

— No fuckin shy, they British Rail cunts, eh? ah sais, nudgin the burd next tae us.

— Pardon? it sais tae us, sortay soundin likes, 'par-dawn' ken?

— Whair's it yis come fae then?

— Sorry, I can't really understand you . . . These foreign cunts've goat trouble wi the Queen's fuckin English, ken. Ye huv tae speak louder, slower, n likesay mair posh, fir the cunts tae understand ye.

— WHERE . . . DO . . . YOU . . . COME . . . FROM?

That dis the fuckin trick. These nosey cunts in front ay us look roond. Ah stares back at the cunts. Some fucker's oan a burst mooth before the end ay this fuckin journey, ah kin see that now.

— Ehm . . . we're from Toronto, Canada.

— Tirawnto. That wis the Lone Ranger's mate, wis it no? ah sais. The burds jist look it us. Some punters dinnae fuckin understand the Scottish sense ay humour.

— Where are you from? the other burd sais. Pair ay rides n aw. That rid-heided cunt made a good fuckin move sittin here, ah kin tell ye.

— Edinburgh, Rents goes, tryin tae sound aw fuckin posh, ken. Fuckin smarmy rid-heided cunt. He's aw ready tae steam in now, aw Joe-fuckin-Cool, once Franco breks the fuckin ice.

These burds ur gaun oantay us aboot how fuckin beautiful Edinburgh is, and how lovely the fuckin castle is oan the hill ower the gairdins n aw that shite. That's aw they tourist cunts ken though, the castle n Princes Street, n the High Street. Like whin Monny's auntie came ower fae that wee village oan that Island oaf the west coast ay Ireland, wi aw her bairns.

The wifey goes up tae the council fir a hoose. The council sais tae her, whair's it ye want tae fuckin stey, like? The woman sais, ah want a hoose in Princes Street lookin oantay the castle. This wifey's fuckin scoobied likes, speaks that fuckin Gaelic is a first language; disnae even ken that much English. Perr cunt jist liked the look ay the street whin she came oaf the train, thoat the whole fuckin place wis like that. The cunts it the council jist laugh n stick the cunt n one ay they hoatline joabs in West Granton, thit nae cunt else wants. Instead ay a view ay the castle, she's goat a view ay the gasworks. That's how it fuckin works in real life, if ye urnae a rich cunt wi a big fuckin hoose n plenty poppy.

Anywey, they burds take a wee bevvy wi us, n Rents is pretty steamboats, cause ah'm feelin it n aw n ah kin drink that rid-heided cunt under the fuckin table any fuckin day ay the week. Mind you, ah wis oan the pish last night wi Lexo, eftir we pilled that joab it the jewellers it Corstorphine. That explains how ah feel that fuckin pished now. Whit ah really fancy now though, is a game ay cairds.

— Git the cairds oot Rents.

— Nivir brought any, he sais. Ah dinnae fuckin believe that cunt! Last thing ah fuckin sais tae um the other night wis: Mind the fuckin cairds.

—Ah telt ye tae mind the fuckin cairds, ya doss cunt! Whit wis the last fuckin thing ah sais tae ye the other night? Eh? Mind the fuckin cairds!

— Jist forgot, the cunt goes. Ah bet the rid-heided cunt's forgot they fuckin cairds oan purpose. It's fuckin borin withoot cairds eftir a bit.

That fuckin borin cunt starts readin a fuckin book; bad fuckin manners, then him n this Canadian burd, thir baith sortay students like, start talkin aboot aw the fuckin books thuv read. It's gettin oan ma fuckin tits. Wir supposed tae be doon here fir a fuckin laugh, no tae talk aboot fuckin books n aw that fuckin shite. See if it wis up tae me, ah'd git ivray fuckin book n pit thum on a great big fuckin pile n burn the fuckin loat. Aw books ur fir is fir smart cunts tae show oaf aboot how much shite thuv fuckin read. Ye git aw ye fuckin need tae ken ootay the paper n fae the telly. Posin cunts. Ah'll gie thum fuckin books . . .

Wi stoap it Darlington n these cunts git oan, checkin thir tickets against oor seat numbers. The train's still fuckin stowed, so they cunts ur fucked fir a seat.

— Excuse me, these are our seats. We booked them, this cunt sais, flashin a ticket in front ay us.

— I'm afraid there must be some mistake, Rents sais. The rid-heided cunt kin be quite fuckin stylish, ah huv tae gie um that; he's goat style. — There were no cards to indicate a seat reservation when we boarded the train at Edinburgh.

— But we've got the reserved tickets here, this cunt wi the John Lennon specs sais.

— Well, I can only suggest that you pursue your complaint with a member of the British Rail staff. My friend and I took these seats in good faith. I'm afraid we can't be held responsible for any errors made by British Rail. Thank you, and goodnight, he sais, startin tae laugh, the rid-heided cunt thit he is. Ah wis like too busy enjoyin the cunt's performance tae tell they cunts tae git tae fuck. Ah fuckin hate hassle, but this John Lennon cunt'll no be telt.

— We have tickets here. That's proof that these are our seats, the cunt sais. That's it.

— Hi you! ah sais. — Aye, you, lippy cunt! He turns roond. Ah stands up. — Ye heard whit the gadge sais. Oan yir fuckin bike, ya specky radge! C'moan . . . move it! ah points doon the fuckin train.

— Come on Clive, his mate sais. The cunts fuck off. Jist is fuckin well fir thaim. So ah thought that wis endy fuckin story, bit naw, these cunts come back wi this ticket gadge.

The ticket boy, ye kin see the cunt doesnae really gie a fuck, the perr cunt's jist daein his joab, starts gaun oan aboot it bein they cunts' seats, bit ah jist tells the boy straight.

— Ah'm no fuckin carin what they cunts've goat oan thir fuckin tickets, mate. Thir wis nae fuckin reservation notices oan they fuckin seats whin we fuckin sat doon in thum. Wir no fuckin movin now. That's aw thir is tae it. Ye charge enough fir yir fuckin tickets, make sure thirs a fuckin sign up the next time.

— Somebody must have taken it down, he sais. This cunt'll dae nowt.

— Mibbe they did, mibbe they didnae. That's no ma fuckin

business. Like ah sais, the seats wir free, n ah wis right fuckin in thair. End ay fuckin story.

The ticket boy jist gits intae an argument wi they cunts, eftir tellin thum thit thirs nowt he kin fuckin dae. Ah jist leave thum tae it. Thir threatenin tae complain aboot the guy, n he's gitting stroppy back.

One cunt in the seat in front's lookin roond again.

— You goat a fuckin problem mate? ah shouts ower. The cunt gits a beamer n turns roond. Shitein cunt.

Rents faws asleep. The rid-heided cunt's pished oot ay his fuckin skull. His draftpak's half-empty n maist ay the cans've been tanned. Ah takes his draftpak tae the bogs wi us, empties a bit oot, n fills it up tae the same level wi ma pish. That's what the cunt gits fir forgettin the fuckin cairds. Thir's aboot two parts lager, one part pish in it.

Ah gits back n slips it intae place. The cunt's fast asleep, so's one ay the burds. The other's goat her fuckin heid intae that book. Two rides. Dinnae ken whither ah'd rather shag the big fuckin blonde piece or the dark-heided yin the maist.

Ah wakes up that rid-heided cunt at Peterborough. — C'moan Rents. Yir fuckin strugglin wi that fuckin bevvy. A fuckin sprinter, that's aw you are. A sprinter'll nivir fuckin stand the pace wi a distance man.

— Nae problem . . . the cunt sais, takin a big fuckin swig oot ay the draftpak. He screws his face up. It's hard no tae fuckin pish masel.

— The lager's loupin. Seems tae huv gone dead flat, ken. Tastes like fuckin pish.

Ah'm daein ma best tae haud it in. — Stoap makin fuckin excuses, ya crappin cunt.

— Ah'll still drink it like, the cunt goes. Ah try tae look oot the windae, wi that daft cunt finishing the fuckin loat.

Ah'm really fuckin ootay it by the time we hit Kings Cross. They burds've fucked oaf; ah thoat we wir oantae a fuckin good thing thair n aw, n ah sortay loast Rents comin oaf the train. Ah've even goat that rid-heided cunt's bag instead ay ma ain. That cunt better huv mines. Ah dinnae even ken the fuckin address . . . but then ah clocks the rid-heided cunt talkin tae this wee cunt wi a plastic cup ootside the entrance tae the tube. Rents's goat ma fuckin bag. Lucky fir him, the cunt.

— Any change fir the boy Franco? Rents sais, n this daft-lookin wee cunt hauds oot the fuckin cup; lookin it us wi they fuckin sappy eyes.

— Git tae fuck ya gypo cunt! ah sais, knockin the cup oot ay his hand, n fuckin pishin masel it the daft cunt scramblin aroond oan the deck between cunts' legs, tae git his fuckin coins.

— Whair the fuck's this flat then? ah sais tae Rents.

— No far, Rents sais, lookin it us like ah wis fuckin . . . the wey that cunt looks it ye sometimes . . . he's gaunnae git a sair face one ay they fuckin days, mates or nae fuckin mates. Then the cunt jist turns away n ah follay um doon oantae the Victoria Line.

Na Na and Other Nazis

The Fit ay Leith Walk is really likes, mobbed oot man. It's too hot for a fair-skinned punter, likesay, ken? Some cats thrive in the heat, but the likes ay me, ken, we jist cannae handle it. Too severe a gig man.

Another total downer is being skint, likesay. Pure Joe Strummer, man. Aw ye dae is walk aroond n check people oot, ken. Every cat's dead palsy-walsy likesay, but once they suss that you're brassic lint, they sortay just drift away intae the shadows . . .

Ah clock Franco at Queen Sticky-Vicky's statue, talkin tae this big dude, a mean hombre called Lexo; a casual acquaintance, if ye catch ma drift. Funny scene, likesay, how aw the psychos seem tae ken each other, ken what ah mean, likes? Such alliances are unholy man, just unholy . . .

— Spud! Awright ya cunt! How's it gaun? The Beggar is one high catboy.

— Eh, no sae bad likesay, Franco . . . yirsel?

— Barry, he sais, turnin tae this square-shaped mountain beside um. — Ye ken Lexo, a statement likesay, no a question. Ah just sortay nods, ken, and the big hombre looks at us for a second, then turns and talks tae Franco again.

Ah can tell that those cats have, likesay, binliners tae slash open, n rubbish tae rummage through. So ah sortay sais, like: — Eh . . . goat tae nash like, catch yis later.

— Haud oan mate. How ye fixed? Franco asks us.

— Eh, basically man, ah'm totally brassic. Ah've goat thirty-two pence in ma poakit and a pound in ma account at the Abbey National. No really the kind ay investment portfolio tae cause the Charlotte Square dudes sleepless nights, likesay.

Franco slips us two tenners. Nice one, the Beggar-boy.

— Nae skag now, ya radge cunt! he gently chides us, likesay. — Gie us a bell at the weekend, or come doon fir us well.

Did ah ever say anything derogatory against ma man Franco? Well, likesay . . . he's no a bad punter. Pure jungle cat, ken, but even jungle cats sit doon n huv a wee purr tae themselves now and again, likesay, usually after they've likes, devoured somebody. Ah sortay cannae help wondering who Franco n Lexo's devoured, likesay. Frankie-baby wis doon in London wi Rents, hidin oot fae the labdicks. What had the boy been up tae? Sometimes it's better no tae ken. In fact, it's always better no tae ken, likesay.

Ah cut through Woolies, which is busy, likesay, really busy. The security dude's engrossed in chatting up this sexy catgirl on the checkout likesay, so ah pocket a set ay blank tapes . . . the pulse races, then slowly dips . . . it's a good feeling, likesay, the best . . . well maybe second best behind the smack hit and likesay comin wi a lassie. So good, that the adrenalin kick makes us want tae head up the toon, oan a choryin spree, like.

The heat, man, is . . . hot. That's the only way ye can really describe it, ken? Ah head for the shore, n sit oan a bench near the dole office. That double ten-spot feels good in ma poakit, likesay opens a few mair doors, ken? So ah sit lookin at the river. Thirs a big swan in the river, ken? Ah think aboot Johnny Swan, n gear. This swan though, is fuckin beautiful, likes. Ah wish ah'd got some bread, likesay, tae feed the punter wi.

Gav works fir the dole. Mibbe ah'll catch the cat oan his lunch brek, stand the dude a pint or two, likesay. Ah've been bought a few by him lately. Ah see Ricky Monaghan comin oot the dole. An okay gadge, ken.

— Ricky . . .

— Awright Spud. What ye up tae?

— Eh, no much gaun doon ma end catboy. Ye see the whole kit n kaboodle, likesay.

— Bad as that?

— Worse catboy, worse.

— Still oaf the collies?

— Four weeks n two days since ma last bit ay Salisbury Crag, ken? Countin every second man, countin every second. It's tick-tock, tick-tock, likesay, ken.

— Feelin better fir it?

S likesay only then thit ah realise that ah am; bored as fuck ken, but physically, likesay . . . aye. The first fortnight was an extended death trip man . . . but now, likes, ah could handle some hot sex wi a Jewish princess or a Catholic girl, complete wi white soacks, goatay be complete wi the white soacks. Ken?

— . . . Aye . . . ah do feel sortay better, likesay.

— Gaun tae Easter Road oan Setirday?

— Eh, naw . . . It's been likesay, donks, since ah went tae the fitba, ken. Mibbe ah could go though. Wi Rents . . . but Rents is in London the now . . . or Sick Boy n that. Go wi Gav, n buy um a couple ay pints . . . see the Cabs again. — . . . well, mibbe. See how it goes likesay, ken. Ye gaun?

— Naw. Ah sais last season thit ah wisnae gaun back until they goat rid ay Miller. We need a new manager.

— Yeah . . . Miller . . . we need a new cat in the manager's basket . . . Ah didnae even ken whae the manager wis, likesay, couldnae even tell ye the names ay the cats in the team, likes. Mibbe Kano . . . but ah think Kano might've moved oan. Durie! Gordon Durie!

— Durie still in the team?

Monny jist looks at us and kinday shakes his heid.

— Naw, Durie wis transferred ages ago, Spud. Eighty-six. Went tae Chelsea.

— Yeah, right man. Durie. Ah remember that cat scorin a cracker against Celtic. Or wis it Rangers? Same thing really though man, when ye think aboot it likesay . . . kinday different sides ay the same coin, ken?

He shrugs. Ah doubt ah've convinced the cat.

Ricky chums us, or it's likesay ah chums him . . . ah mean, eh, whae really kens whae's chummin whae in this cracked scene these days man? But whaever's chummin whae, it's destination Fit ay the Walk again. Life can be borin without skag. Rents is in London; Sick Boy's sniffin aroond up the toon aw the time, the famous old port just does not seem to be cool enough for that cat these days; Rab, the Second Prize likes, has just vanished and Tommy seems to have gone tae groond since he split fae that

Lizzy chick. That likesay leaves me n Franco . . . some life man, ah kin tell ye.

Ricky, Monny, Richard Monaghan, fellow Fenian freedom fighter, to be sure, to be sure, likesay fucks off, tae meet this lemon up the toon. This leaves yours truly on his Jack Jones, likesay. Ah decide tae visit Na Na in the sheltered housing gaffs at the bottom ay Easter Road, likes. Na Na hates it thair, even though she's likes, goat a barry pad. Wish ah could git one like that, ken. Dead smart, but only for aulder cats, likesay. Ye just pull a cord and an alarm goes, and this warden like, comes n sorts it aw oot fir ye, ken. That would be right up ma street man, wi Frank Zappa's daughter, that crazy chick, the Valley girl, Moon Unit Zappa as warden, likesay. A dead peachy scene that would be, ah kid you not catboy!

Na Na's pins are fucked up likes, and the quack sais that it was too radge, her strugglin up tae the toap flight ay stairs in her auld gaff at Lorne Strasse. Too right, heap big medicine man. If ye took the varicose veins oot ay Na Na's legs, likesay, thir wid be nae legs, nothin tae haud her up, ken? Ah've goat better veins in ma airms than she's goat in her scrambled eggs. She still gave the Doc some stick, likes; auld cats have been markin oot their territory, so tae speak, for likesay, donks, and git attached tae it. Sure as fuck, they arenae gaunnae gie it up withoot a scrap. Claws come oot, and fur flies, man. That's Na Na . . . Ms Mouskouri, as ah call her, ken?

There's a common-room for her block, likesay, which Na Na never uses, unless she's tryin tae cruise that Mr Bryce. The auld punter's family complained tae the Warden aboot her sexually harassing him. This Warden wifie tries tae mediate, likes, between ma Ma n Mr Bryce's daughter, but Na Na reduces the daughter tae tears by making snide remarks aboot the bad birthmark oan her face. Sortay one ay they wine stains, ken? It's likesay, thit Na Na picks oan people's weaknesses, particularly other women, and uses that against them, ken?

A series ay different locks click open, n Na Na smiles at us, n gestures us tae come in. Ah get a barry reception here, but ma Ma n sister git treated like, well, likesay, nothing. They dae everything fir Na Na n aw. But Na Na loves guys and hates lassies. She's hud, likesay, eight bairns by five different men, ken. An that's jist the ones we ken aboot.

— Hullo . . . Calum . . . Willie . . . Patrick . . . Kevin . . . Desmond . . . she lists the names ay some ay her grandchildren, still likes, missin oot mine. Doesnae bother me though, likesay, ah git called 'Spud' that often, even ma Ma calls us it, ah sometimes forget ma name tae.

— Danny.

— Danny. Danny, Danny, Danny. An ah caw Kevin Danny n aw. How could ah forget that yin, Danny Boy!

Well, likesay, how could she . . . *Danny Boy* and *Roses Ay Picardy* ur likesay the only songs she kens. Ken? She sortay sings at the toap ay her voice; a breathless, tuneless sound, wi her airms sortay raised intae the air fir effect, ken.

— George's here.

Ah look aroond the bend ay the L-shaped room n clock ma Uncle Dode, slumped in a chair, sippin a can ay Tennent's Lager.

— Dode, ah sais.

— Spud! Awright boss? How ye livin?

— Peachy catboy, peachy. Eh, yirsel likesay?

— Cannae complain. How's yir Ma?

— Er, still likesay gittin oan ma case as usual, ken?

— Hi! That's yir mother yir talkin aboot! The best friend ye'll ever huv. S'at no right Ma? he asks Na Na.

— Buckin right it is son!

'Buckin' is one ay Na Na's favourite words likesay, along wi 'pish'. Naebody says 'pish' like Na Na. She sortay drags oot the sssshhh, it's likesay, ye kin *see* the steam rising oaf the yellay jet as it hits the white porcelain, ken?

Uncle Dode gies her a big, indulgent sortay grin. Dode's

likesay half-caste, the son ay a West Indian sailor, ken, the product ay, likes, West Indian semen! Ken? Dode's auld boy pulled intae Leith long enough tae git Na Na up the kite. Then it was back tae the seven seas. Sounds a good life likes, a sailor's, likesay a burd in every port n that.

Dode's Na Na's youngest bairn.

She married ma Grandad first likes, a chancin auld cowboy fae County Wexford. The auld dude used tae sit ma Ma oan his lap n sing tae hur: Irish rebel songs, likesay. He hud hair growin oot ay his nostrils n she thought thit he wis ancient, the wey ankle-biters do, likes. The gadge could only huv been in his thirties, like. Anywey, this gadge sortay blew it likes, kinday fell fae the top-flair windae ay a tenement. He wis shaggin this other woman at the time, no Na Na likesay. Naebody could really tell whether it wis drunkenness, suicide, or likesay . . . well baith. Anywey, that yin left her wi three bairns, includin ma Ma.

Na Na's next (married) man wis a gravel-voiced dude whae hud once worked as a scaffolder, ken. The auld boy's still oan the scene in Leith. The gadge once told us in a pub that scaffoldin wis classed as a trade now, likes. Rents, whae wis a chippy at the time, told the boy that that wis a loaday shite, that it wis semi-skilled, n the boy took the cream puff, likesay. Ah still sometimes see um up the Volley, likes. He's no a bad auld punter. Lasted a year wi Na Na, but produced a bairn, wi another oan the wey, likesay.

Wee Alec, the co-op insurance man, whae'd jist been widowed, wis Na Na's next eh, victim, likesay. They said that Alec thought, ken, that the bairn Na Na wis cairyin wis his. He lasted three years, likesay, giein her another bairn, before the perr dude stormed oot, eftir likesay, catchin her shaggin another guy in the hoose.

He sortay likes, waited fir the boy in the stair, or so the story goes, likesay, wi this boatil. The guy pleaded fir mercy. Alec pit the boatil doon, sayin thit eh didnae, likes, need a weapon tae sort the likes ay that boy oot. The gadge's expression sortay changed, and he booted perr Alec aw ower the stair, draggin the perr cat intae the Walk, dazed and likesay, covered in blood, before flinging him oantae a pile ay rubbish stacked oan the kerb ootside a grocer's shoap.

Ma mother sais that Alec wis likesay, a decent wee man. He wis, ken, the only cat in Leith whae didnae ken that Na Na wis oan the game, likesay.

The last but one bairn Na Na hud wis a real mystery, likesay. That's ma Auntie Rita, whae's much nearer ma age than ma Ma's. Ah suppose ah've eywis hud the hots fir Rita, a cool chick, dead sortay sixties, ken? Naebody found oot whae Rita's faither wis, but then came Dode, whae Na Na hud whin she wis well intae her forties, ken?

When ah wis a sprog Dode eywis seemed a real spooky dude. You'd go up tae Na Na's oan a Setirday, likesay, fir yir tea, and there would be this nasty young black cat, starin at everybody, before creepin oaf, likesay roond the skirtin boards. They aw said that Dode hud this chip oan his shoodir, n ah thought so n aw, until ah began tae suss the kinday abuse the gadge wis takin, at school n in the streets n aw that. It wis naebody's business, ah kin tell ye man. Ah sortay jist laugh whin some cats say that racism's an English thing and we're aw Jock Tamson's bairns up here . . . it's likesay pure shite man, gadges talkin through their erses.

There's a strong tea-leaf tradition in ma family, likesay, ken? Aw ma uncles are oan the chorie. It wis eywis likesay, Dode, thit got the heaviest sentences for the pettiest crimes, ken. A fundamentally unsound gig man. Rents once sais, thirs nothin like a darker skin tone tae increase the vigilance ay the police n the magistrates: too right.

Anyway, me n Dode decide tae hop on doon tae the Percy for a pint. The pub's a wee bit crazy; normally the Percy's a quiet family type pub, but it's mobbed oot the day wi these Orange cats fi the wild west, who're through here for their annual march and rally at the Links. These cats, it has tae be said, have never really bothered us, but ah cannae take tae them. It's aw hate, likesay, ken. Celebratin auld battles seems, likesay, well, pretty doss. Ken?

Ah see Rents's auld man wi his brars and nephews. Rents's brar Billy, he's thair n aw. Rents's auld boy's a soapdodger and a Paris Bun, but he's no really intae this sortay gig any mair. His family fi Glesgie sure are though, and his family seems tae matter tae Rents's papa. Rents doesnae hit it oaf wi these cats; really sortay hates them, likesay. Doesnae like talkin aboot them. Different story wi Billy though. He's intae aw this Orange stuff, this sortay Jambo/Hun gig. He gies us a nod fae the bar, but ah don't think the cat really digs us, but.

— Awright Danny! Mr R. sais.

— Eh . . . sound Davie, sound likes. Heard fi Mark?

— Naw. He must be daein awright. Only time ye hear fi that wan is whin he's eftir somethin. He's only half jokin, and these young nephew kittens are lookin us ower in a baaad way, so we git a seat in a corner by the door.

Bad move . . .

Wir in the vicinity ay some unsound lookin cats. Some ur skinheids, some urnae. Some huv Scottish, others English, or Belfast accents. One guy's goat a Skrewdriver T-shirt oan, another's likesay wearin an *Ulster is British* toap. They start singin a song aboot Bobby Sands, slaggin him off, likesay. Ah dunno much aboot politics, but Sands tae me, seemed a brave dude, likes, whae never killed anybody. Likesay, it must take courage tae die like that, ken?

Then one guy, the Skrewdriver dude, seems frantically tryin tae gie us the stare, as desperately as we're tryin tae avoid eye contact, likesay. It's no that easy whin they start singing: 'Aint no black in the union jack'. We stay cool, but this cat won't be denied. His claws are oot. He shouts ower at Dode.

— Oi! Wot you fucking looking at nigger!

— Fuck you, Dode sneers. It's a route the cat's travelled down before. No me though. This is fuckin, likesay, heavy.

Ah hear some Glasgow boy sayin that these guys, likesay, urnae real Orangemen, thir Nazis n that, but maist ay the Orange bastards present are lappin these cunts up, encouragin them, likesay.

They aw start singing: — You black bastard! You black bastard!

Dode gets up n goes ower tae thir table. Ah jist sees Skrewdriver's mockin, distorted face change whin he realises, at the same time as ah do, that Dode's goat a heavy gless ashtray in his hand . . . this is violence . . . this is bad news . . .

. . . he thrashes the Skrewdriver dude's heid wi it, and the boy's dome sortay splits open as he faws oaf his stool ontae the flair. Ah'm sortay shakin wi fear, raw fear man, and one guy jumps at Dode, n they've goat um doon, so ah huv tae steam in. Ah pick up a gless and chin Rid Hand Ay Ulster, whae hauds his heid, even though the gless, likesay, doesnae even brek, but some cunt punches us in the guts wi such a sharp force it feels like ah've been stabbed man . . .

— Kill that Fenyin bastard! some cunt sais, and they've goat us pinned against the waw, likes . . . ah jist starts lashin oot wi fist and boot, no feelin anything . . . n ah'm sortay likes, enjoyin masel man, because this is likesay, no like the real violence when ye see somebody like Begbie gaun radge or that, it's likesay, comic stuff . . . cause ah cannae really fight likes, but ah don't really think these dudes are great shakes either . . . it's like they aw seem tae be gettin in each other's road . . .

Ah don't really know what happened. Davie Renton, Rents's dad, n Billy, his brar, must've pulled them oafay us, cause next thing ah'm sortay standin, pullin Dode, whae looks well fucked, ootside. Ah hears Billy sayin: — Git um oot Spud. Jist git um doon the fuckin road. Now ah feel really sair, aw ower, n ah'm sortay greetin like tears ay anger n fear but maistly frustration . . .

— This is . . . likesay . . . fuck . . . this is, this is . . .

Dode's been chibbed. Ah gits um ower the road. Ah kin hear people shoutin behind us. Ah jist focus oan Na Na's door, no darin tae look back. Wir in. Ah gits Dode up the stair. He's bleedin fae his side and his airm.

Ah phones an ambulance as Na Na's cradlin his heid sayin: — Thir still buckin daein it tae ye son . . . when will they leave ye alain, ma laddie . . . since he wis it school, since he wis it the buckin school . . .

Ah'm dead fuckin angry man, but at Na Na, ken? Wi a bairn likes ay Dode, ye'd think thit Na Na wid ken how anybody thit's different, thit sortay stands oot, likesay, feels, ken? Likesay the woman wi the wine stain n that . . . but it's aw hate, hate, hate wi some punters, and whair does it git us likesay, man? Whair the fuck does it git us?

Ah chums Dode tae the hoespital. His wounds wir likesay no as bad as they looked. Ah goes intae see um lyin oan a trolley eftir thuv, likes, patched um up.

— S awright Danny. Ah've hud a loat worse n the past, and ah'll huv a hellay a loat worse in the future.

— Dinnae say that man. Dinnae say that, ken?

He looks at us like ah'll never really understand, n ah ken that he's probably right.

The First Shag In Ages

They had spent most of the day getting stoned out of their boxes. Now they are getting pished in a tacky chrome-and-neon meat market. The bar is fussy in its range of overpriced drinks, but it misses by miles the cocktail-bar sophistication it is aiming at.

People come to this place for one reason, and one reason only. However, the night is still relatively young, and the camouflage of drinking, talking and listening to music does not, at this point, seem too obvious.

The dope and drink has fuelled Spud and Renton's post-junk libidos to a rampant extent. To them, every woman in the place seems to look outstandingly sexy. Even some of the men do. They find it impossible to focus on one person who might be a potential target, as their gaze is constantly arrested by someone else. Just being here reminds the both of them how long it has been since they've had a shag.

— If ye cannae git a Joe McBride in this place, ye might as well call it a day, Sick Boy reflects, his head bobbing gently to the sounds. Sick Boy can afford detached speculation, speaking, as he generally does in such circumstances, from a position of strength. Dark circles under his eyes attest to the fact that he has just spent most of the day shagging these two American women, who are staying at the Minto Hotel. There is no chance of either Spud, Renton or Begbie making up a foursome. They are both going back with Sick Boy, and Sick Boy alone. He is merely gracing them with his presence.

— They've got excellent coke man. Ah've never had anything like it, he smiles.

— Morningside speed man, Spud remarks.

— Cocaine . . . fuckin garbage. Yuppie shite. Although he has been clean for a few weeks, Renton has the smack-head's contempt for all other drugs.

— My ladies are returning. Ah'll have to leave you gentlemen to your sordid little activities. Sick Boy shakes his head disdainfully, then scans the bar with a haughty, superior expression on his face. — The working classes at play, he derisively snorts. Spud and Renton wince.

Sexual jealousy is an in-built component in a friendship with Sick Boy.

They try to imagine all the cocaine-crazed sex games he'll be playing with the 'manto at the Minto', as he refers to the women. That is all they can do, imagine. Sick Boy never goes into any details about his sexual adventures. His discretion, however, is only observed in order to torment his less sexually prolific friends rather than as a mark of respect for the women he gets involved with. Spud and Renton realise that three-in-a-bed scenes with rich tourists and cocaine are the preserve of sexual aristocrats like Sick Boy. This shabby bar is their level.

Renton cringes as he observes Sick Boy from a distance, thinking about the bullshit that is inevitably coming out of his mouth.

At least with Sick Boy, it is to be expected. Renton and Spud are horrified to note that Begbie has bagged off. He is chatting to a woman who has quite a nice face, Spud thinks; but a fat arse, Renton bitchily observes. Some women, Renton considers with a malicious envy, are attracted to the psychopathic type. They generally pay a high price for this flaw, leading horrible lives. As an example, he smugly cites June, Begbie's girlfriend, who is currently in hospital having their child. Proud that he didn't have to go far to make his point, he takes a swig of his Becks, thinking: I rest my case.

However, Renton is going through one of his frequent self-analytical phases and this smug complacency soon evaporates. Actually, this woman's arse isn't that fat, he reasons. He notes that he is operating his self-deception mechanism again. Part of him believes that he is by far the most attractive person in the bar. The reason for this being that he can always find something hideous in the most gorgeous individual. By focusing on that isolated ugly part, he can then mentally nullify their beauty. On the other hand, his own ugly bits don't bother him, because he is used to them, and in any case, can't see them.

Anyway, he is now jealous of Frank Begbie. Surely, he considers, I can't fall any further from grace. Begbie and his new-found love are talking to Sick Boy and the American women. These women look pretty smart, or at least their tan-and-expensive-clothes packaging does. It nauseates Renton to see Begbie and Sick Boy playing the great mates, as all they generally do is to get on each other's tits. He notes the depressing haste with which the successful, in the sexual sphere as in all others, segment themselves from the failures.

— That's you n me left, Spud, he observes.

— Likesay, eh, yeah . . . it looks that way, catboy.

Renton likes it when Spud calls other people 'catboy' but he hates being referred to in that way himself. Cats make him sick.

— Ye ken, Spud, sometimes ah wish ah wis back oan the skag, Renton says, mainly, he thought, to shock Spud, to get a reaction from his hash-stoned, wasted face. As soon as it comes out, though, he realises that he actually means it.

— Hey, likesay, fuckin heavy man . . . ken? Spud forces some air out from between tightened lips.

It dawns on Renton that the speed they'd done in the toilet, which he'd denounced as shite, is now taking effect. The problem with being off smack, Renton decides, is that they are stupid, irresponsible fuckers, taking anything that they can get their hands on. At least with smack, there is no room for all the other crap.

He has an urge to talk. The speed is a good lap ahead of the dope and alcohol in his system.

— Thing is though, Spud, whin yir intae skag, that's it. That's aw yuv goat tae worry aboot. Ken Billy, ma brar, likes? He's jist signed up tae go back intae the fuckin army. He's gaun tae fuckin

Belfast, the stupid cunt. Ah always knew that the fucker wis tapped. Fuckin imperialist lackey. Ken whit the daft cunt turned roond n sais tae us? He goes: Ah cannae fuckin stick civvy street. Bein in the army, it's like bein a junky. The only difference is thit ye dinnae git shot at sae often bein a junky. Besides, it's usually you that does the shootin.

— That, eh, likesay, seems a bit eh, fucked up like man. Ken?

— Naw but, listen the now. You jist think aboot it. In the army they dae everything fir they daft cunts. Feed thum, gie the cunts cheap bevvy in scabby camp clubs tae keep thum fae gaun intae toon n lowerin the fuckin tone, upsettin the locals n that. Whin they git intae civvy street, thuv goat tae dae it aw fir thumsells.

— Yeah, but likesay, it's different though, cause . . . Spud tries to cut in, but Renton is in full flight. A bottle in the face is the only thing that could shut him up at this point; even then only for a few seconds.

— Uh, uh . . . wait a minute, mate. Hear us oot. Listen tae whit ah've goat tae say here . . . what the fuck wis ah sayin . . . aye! Right. Whin yir oan junk, aw ye worry aboot is scorin. Oaf the gear, ye worry aboot loads ay things. Nae money, cannae git pished. Goat money, drinkin too much. Cannae git a burd, nae chance ay a ride. Git a burd, too much hassle, cannae breathe withoot her gittin oan yir case. Either that, or ye blow it, and feel aw guilty. Ye worry aboot bills, food, bailiffs, these Jambo Nazi scum beatin us, aw the things that ye couldnae gie a fuck aboot whin yuv goat a real junk habit. Yuv just goat one thing tae worry aboot. The simplicity ay it aw. Ken whit ah mean? Renton stops to give his jaws another grind.

— Yeah, but it's a fuckin miserable life, likesay, man. It's nae life at aw, ken? Likesay whin yir sick man . . . that is the fuckin lowest ay the low . . . the grindin bones . . . the poison man, the pure poison . . . Dinnae tell us ye want aw that again, cause that's likesay, fuckin bullshit. The response packs a bit of venom, especially by Spud's gentle, laid-back standards. Renton notes he's obviously touched a nerve.

— Aye. Ah'm talkin a loaday shite. It's the Lou Reed.

Spud gives Renton the kind of smile that would make old wifies in the street want to adopt him like a stray cat.

They clock Sick Boy preparing to leave with Annabel and Louise, the two Americans. He'd spent his obligatory half hour boosting Beggar's ego. That is, Renton decides, the sole function of any mate of Begbie's. He reflects on the insanity of being a friend of a person he obviously dislikes. It was custom and practice. Begbie, like junk, was a habit. He was also a dangerous one. Statistically speaking, he reflects, you're more likely to be killed by a member of your own family or a close friend, than by anyone else. Some tubes surround themselves with psycho mates imagining that this makes them strong, less likely to get hurt by our cruel world, when obviously the reverse is true.

On his way out the door with the American women, Sick Boy turns back, raising one eyebrow at Renton, Roger Moore style, as he vacates the bar. A speed-induced flash of paranoia hit Renton. He wonders if perhaps Sick Boy's success with women is based on his ability to raise the one eyebrow. Renton knows how difficult it is. He'd spent many an evening practising the skill in front of the mirror, but both brows kept elevating simultaneously.

The amount of drink consumed and the passage of time conspired to concentrate the mind. With an hour to go before closing time, somebody you wouldn't think about getting off with becomes acceptable. With half an hour left, they are positively desirable.

Renton's wandering eyes now keep stopping at this slim girl with straight, longish brown hair, slightly turned up at the edges. She has a good tan and delicate features tastefully picked out by makeup. She wears a brown top with white trousers. Renton feels the blood leave his stomach when the woman puts her hands in her pockets, displaying visible panty lines. That is the moment for him.

The woman and her friend are being chatted up by a guy with a round, puffy face, and an open-neck shirt which strains at his bloated guts. Renton, who has a cheerfully undisguised prejudice against overweight people, takes the opportunity to indulge it.

— Spud: deek the fat radge. Gluttonous bastard. Ah dinnae go fir aw that shite aboot it bein a glandular or metabolic thing. Ye dinnae see any fat bastards on tv footage fi Ethiopia. Dae they no huv glands ower thair? Stroll on. Spud just responds to his outburst with a stoned smile.

Renton thinks the girl has taste, because she cold-shoulders the fat guy. He likes the way she does it. Assertively and with dignity, not making a real arse out of him, but letting him know in no uncertain terms that she isn't interested. The guy smiles, extends his palms and cocks his head to the side, accompanied by a volley of derisive laughter from his mates. This incident makes Renton even more determined to talk to the woman.

Renton gestures to Spud to move over with him. Hating to make the first move, he is delighted when Spud starts talking to her mate, because Spud never normally takes the initiative in that way. The speed's obviously helping, however, even though he is somewhat distraught to hear that Spud is rabbiting on about Frank Zappa.

Renton tries an approach he considers is relaxed but interested, sincere but light.

— Sorry tae butt intae yir conversation. Ah jist wanted tae tell ye that ah admired yir excellent taste in kicking that fat bastard intae touch just now. Ah thought that ye might be an interesting person tae talk tae. If you tell us tae go the way of the fat bastard, ah won't be upset though. Ah'm Mark, by the by.

The woman smiles at him in a slightly confused and condescending way, but Renton feels that it at least beats 'fuck off' by a good few furlongs. As they talk, Renton begins to get self-conscious about his looks. The speed kick is running down a little. He worries that his hair looks daft, dyed black, as his orange freckles, the curse of the red-headed bastard, are prominent. He used to think that he looked like the Ziggy Stardust era Bowie. A few years ago, though, a woman told him that he was a dead ringer for Alec McLeish, the Aberdeen and Scotland footballer. Since then the tag had stuck. When Alec McLeish hangs up his boots, Renton has resolved to travel up to Aberdeen for his testimonial as a token of gratitude. He remembers an occasion where Sick Boy shook his head sadly, and asked how some cunt who looked like Alec McLeish could ever hope to be attractive to women.

So Renton has dyed his hair black and spiked it in an attempt to shed the McLeish image. Now he worries that any woman he gets off with will laugh her head off when he removes his clothes and she is confronted with ginger pubes. He has also dyed his eyebrows, and thought about dyeing his pubic hair. Stupidly, he had asked his mother for her advice.

— Dinnae be sae fuckin silly, Mark, she told him, nippy with the hormonal imbalance caused by the change in life.

The woman is called Dianne. Renton thinks that he thinks she is beautiful. Qualification is necessary, as his past experiences have taught him never to quite trust his judgement when there are chemicals racing around in his body and brain. The conversation turns to music. Dianne informs Renton that she likes the Simple Minds and they have their first mild argument. Renton does not like the Simple Minds.

— The Simple Minds huv been pure shite since they jumped on the committed, passion-rock bandwagon of U2. Ah've never trusted them since they left their pomp-rock roots and started aw this patently insincere political-wi-a-very-small-p stuff. Ah loved the early stuff, but ever since *New Gold Dream* thuv been garbage. Aw this Mandela stuff is embarrassing puke, he rants.

Dianne tells him that she believes that they are genuine in

their support of Mandela and the movement towards a multi-racial South Africa.

Renton shakes his head briskly, wanting to be cool, but hopelessly wound up by the amphetamine and her contention. — Ah've goat auld NME's gaun back tae 1979, well ah did huv but ah flung thum oot a few years back, and ah can recall interviews when Kerr slags off the political commitment by other bands, n sais that the Minds are just intae the music, man.

— People can change, Dianne counters.

Renton is a little bit taken aback by the purity and simplicity of this statement. It makes him admire her even more. He just shrugs his shoulders and concedes the point, although his mind is racing with the notion that Kerr has always been one step behind his guru, Peter Gabriel and that since Live Aid, it's become fashionable for rock stars to want to be seen as nice guys. However, he keeps this to himself and resolves to try to be less dogmatic about his views on music in the future. In the larger scheme of things, he's thinking, it doesn't matter a fuck.

After a while, Dianne and her pal go to the bogs to discuss and assess Renton and Spud. Dianne can't make her mind up about Renton. She thinks he's a bit of an arsehole, but the place is full of them and he seems a bit different. Not different enough to go overboard about though. But it was getting late . . .

Spud turns and says something to Renton, who can't hear him above a song by The Farm, which, Renton considers, like all their songs, is only listenable if you're E'd out of your box, and if you're E'd out of your box it would be a waste listening to The Farm, you'd be better off at some rave freaking out to heavy techno-sounds. Even if he could have heard Spud, his brain is now too fucked to respond, taking a well-earned rest from holding itself together to talk to Dianne.

Renton then starts talking personal shite to a guy from Liverpool who's up on holiday, just because the guy's accent and bearing remind of his mate Davo. After a while, he realises that the guy is nothing like Davo and that he was wrong to disclose to him such intimacies. He tries to get back to the bar, then loses Spud, and realises that he's well and truly out of it. Dianne becomes just a memory, a vague feeling of intent behind his drug stupor.

He goes outside to get some air and sees Dianne about to enter a taxi on her own. He wonders with a jealous anguish if this means that Spud's bagged off with her mate? The possibility of being the only one not to bag off horrifies him, and sheer desperation propels him unselfconsciously towards her.

— Dianne. Mind if ah share yir Joe Baxi?

Dianne looks doubtful. — Ah go to Forrester Park.

— Barry. Ah'm headed in that direction masel, Renton lied, then told himself: Well, ah am now.

They talked in the taxi. Dianne had had an argument wi Lisa, her pal, and decided to go home. Lisa was, as far as she knew, still bopping on the dancefloor with Spud and some other cretin, playing them off against each other. Renton's dough was on the other cretin.

Dianne's face took on a cartoon sour look as she told Renton what a horrible person Lisa was, cataloguing her misdemeanours, which to him seemed petty enough, with a venom he found slightly disturbing. He was appropriately crawling, agreeing that Lisa was all the selfish pricks under the sun. He changed the subject, as it was bringing her down, and that was no good to him. He told her jocular stories about Spud and Begbie, sanitising them tastefully. Renton never mentioned Sick Boy, because women liked Sick Boy and he had an urge to keep the women he met as far away from Sick Boy as possible, even conversationally.

When she was lighter-hearted he asked her if she minded if he kissed her. She shrugged, leaving him to determine whether this indicated indifference or an inability to make up her mind. Still, he reasoned, indifference is preferable to outright rejection.

They necked for a bit. He found the smell of her perfume

arousing. She thought that he was too skinny and bony, but he kissed well.

When they came up for air, Renton confessed that he didn't live near Forrester Park, he only said that so that he could spend more time with her. In spite of herself, Dianne felt flattered.

— Do you want to come up for a cup of coffee? she asked.

— That would be great. Renton tried to sound casually pleased rather than rapturous.

— Only a coffee mind, Dianne added, in such a way that Renton struggled to determine what sense she was defining terms in. She spoke slyly enough to put sex on the agenda for negotiation, but at the same time assertively enough to mean exactly what she said. He just nodded like a confused village idiot.

— We'll have to be really quiet. There's people asleep, Dianne said. This seemed less promising, Renton thought, envisaging a baby in the flat, with a sitter. He realised that he'd never done it with anybody that had had a baby before. The thought made him feel a bit strange.

While he could sense people in the flat, he couldn't pick up that distinctive smell of pish, puke and powder that babies have.

He went to speak. — Dia . . .

— Ssh! They're asleep, Dianne cut him off. — Don't wake them, or there'll be trouble.

— Whae's asleep? he whispered nervously.

— Ssh!

This was disconcerting for Renton. His mind raced through past horrors experienced first hand and from the accounts of others. He mentally flipped through a grim database which contained everything from vegan flatmates to psychotic pimps.

Dianne took him through to a bedroom and sat him down on a single bed. Then she vanished, returning a few minutes later with two mugs of coffee. He noted that his was sugared, which he usually hated, but he wasn't tasting much.

— Are we going to bed? she whispered with a strangely casual intensity, raising her eyebrows.

— Eh . . . that would be nice . . . he said, almost spluttering out some coffee. His pulse raced and he felt nervous, awkward and virginal, worrying about the potential effects of the drug and alcohol cocktail on his erection.

— We'll really have to be quiet, she said. He nodded.

He quickly pulled off his jumper and t-shirt, then his trainers, socks and jeans. Self-conscious of his ginger pubes, he got into the bed before sliding his underpants off.

Renton was relieved to get hard as he watched Dianne undress. Unlike him, she took her time, and seemed completely unselfconscious. He thought that her body looked great. He couldn't help a football mantra of 'here we go' playing repeatedly in his head.

— Ah want to go on top of you, Dianne said, throwing back the covers, exposing Renton's ginger pubes. Fortunately, she didn't seem to notice. Renton was pleased with his cock. It seemed so much bigger than usual. This was probably because, he realised, he'd become accustomed to not seeing it erect. Dianne was less impressed. She'd seen worse, that was about it.

They began touching each other. Dianne was enjoying the foreplay. Renton's enthusiasm for this was a pleasant change from most of the guys she'd been with, but she felt his fingers go to her vagina and she stiffened and pushed his hand away.

— I'm well lubricated enough, she told him. This made Renton feel a bit numb, it seemed so cold and mechanistic. He even thought at one stage that his erection had started to subside, but no, she was lowering herself onto it, and it was, miracle of miracles, holding firm.

He groaned softly as she enclosed him. They started moving slowly together, penetrating deeper. He felt her tongue in his mouth and his hands were lightly feeling her arse. It seemed, it had been, so long; he thought that he was going to come straight away. Dianne sensed his extreme excitement. Not another useless prick, please no, she thought to herself.

Renton stopped feeling her and tried to imagine that he was shagging Margaret Thatcher, Paul Daniels, Wallace Mercer, Jimmy Savile and other turn-offs, in order to bring himself off the boil.

Dianne took the opportunity, and rode herself into a climax, Renton lying there like a dildo on a large skateboard. It was only the image of Dianne biting into her forefinger, in an attempt to stifle the strange squeaks she made as she came, her other hand on his chest, that caused Renton to get there himself. Even the thought of rimming Wallace Mercer's arse couldn't have stopped him by that time. When he started to come, he thought that he'd never stop. His cock spurted like a water pistol in the hands of a persistently mischievous child. Abstinence had made the sperm-count go through the roof.

It had been close enough to a simultaneous climax for him to have described it in such a way, had he been one to kiss-and-tell. He realised the reason he'd never do this was because you always get more stud credibility from the enigmatic shrug and smile, than from divulging graphic details for the entertainment of radges. That was something he'd learned from Sick Boy. Even his anti-sexism was therefore overlayed with sexist self-interest. Men are pathetic cunts, he thought to himself.

As Dianne dismounted him, Renton was drifting off into a blissful sleep, resolving to wake in the night and have more sex. He would be more relaxed, but also more active, and would show her what he could do, now that he had broken this bad run. He compared himself to a striker who had just come through a lean spell in front of goal, and now couldn't wait for the next match.

He was therefore cut to the bone when Dianne said: — You have to go.

Before he could argue, she was out of the bed. She pulled on her pants to catch his thick spunk as it started to leave her and trickle down the insides of her thighs. For the first time he began to think about unprotected penetrative sex and the HIV risk. He'd taken the test, after he'd last shared, so he was clear. He worried about her, however; thinking that anyone who would sleep with him would sleep with anybody. Her intention to banish him had already shattered his fragile sexual ego, turning him from cool stud back into trembling inadequate in a depressingly short time. He thought that it would just be his luck to get HIV from one shag after sharing needles, although never the large communal syringes favoured in the galleries, over a period of years.

— But kin ah no stey here? He heard his voice sound puny and biscuit-ersed, in tones that Sick Boy would mock mercilessly, had he been present. Dianne looked straight at him and shook her head. — No. You can stay on the couch. If you're quiet. If you see anybody, this never happened. Put something on.

Once again, self-conscious of his incongruously ginger pubic hair, he was happy to oblige.

Dianne led Renton through to the couch in the front room. She left him shivering in his underpants before she returned with a sleeping-bag and his clothes.

— Sorry about this, she whispered, kissing him. They necked for a bit and he started to get hard again. When he tried to put his hand inside her dressing gown she stopped him.

— Ah have to go, she said firmly.

Dianne departed, leaving Renton feeling empty and confused. He got onto the couch, pulled the sleeping-bag around him and zipped up. He lay awake in the dark, trying to define the contents of the room.

Renton imagined Dianne's flatmates to be dour bastards who disapproved of her bringing someone back. Perhaps, he decided, she didn't want them to think that she would pick up a strange guy, bring him back and just fuck him like that. He bolstered his ego by telling himself that it was his sparkling wit and his unique, if flawed, beauty, which had swept her resistance away. He almost believed himself.

Eventually he fell into a fitful sleep, characterised by some strange dreams. While he was prone to such weird dreams, these disturbed him as they were particularly vivid and surprisingly easy to recall. He was chained to a wall in a white room lit by blue neon, watching Yoko Ono and Gordon Hunter, the Hibs defender, munching on the flesh and bones of human bodies which lay dismembered on a series of large formica-topped tables. They were both hurling horrendous insults at him, their mouths dripping with blood as they tore at strips of flesh and chewed heartily between curses. Renton knew that he was next on the tables. He tried to do a bit of crawling to 'Geebsie' Hunter, telling him that he was a big fan of his, but the Easter Road defender lived up to his uncompromising tag and just laughed in his face. It was a great relief when the dream changed and Renton found himself naked, covered in runny shite and eating a plate of egg, tomato and fried bread with a fully clothed Sick Boy by the Water of Leith. Then he dreamt that he was being seduced by a beautiful woman who was wearing only a two-piece swimsuit made out of Alcan foil. The woman was in fact a man, and they were fucking each other slowly through different holes in their bodies which oozed a substance resembling shaving foam.

He woke to the sound of cutlery clinking and the smell of bacon frying. He caught a glance of the back of a woman, not Dianne, disappearing into a small kitchen which was just off the living room. Then he felt a spasm of fear as he heard a man's voice. The last thing Renton wanted to hear, hungover, in a strange place, wearing only his keks, was a male voice. He played at being asleep.

Surreptitiously, under his eyelids, he noted a guy about his height, maybe smaller, edging into the kitchen. Although they spoke in low voices, he could still hear them.

— So Dianne's brought another friend back, the man said. Renton didn't like the slightly mocking intonation on the term 'friend'.

— Mmm. But shush. Don't you start being unpleasant, and jumping to the wrong conclusions again.

He heard them coming back into the front room, then leaving it. Quickly, he pulled on his t-shirt and jumper. Then he unzipped the bag and threw his legs off the couch and jumped into his jeans, almost in one movement. Folding the sleeping-bag neatly, he stuck the settee's displaced cushions back where they belonged. His socks and trainers were smelly as he put them on. He hoped, but in a futility that was obvious to him, that nobody else had noticed.

Renton was too nervy to feel badly wasted. He was aware of the hangover though; it lurked in the shadows of his psyche like an infinitely patient mugger, just biding its time before coming out to stomp him.

— Hello. The woman who wasn't Dianne came back in.

She was pretty with nice big eyes and a fine, pointed jawline. He thought he recognised her face from somewhere.

— Hiya. Ah'm Mark, by the way, he said. She declined to introduce herself. Instead, she sought more information about him.

— So you're a friend of Dianne's? Her tone was slightly aggressive. Renton decided to play safe and tell a lie which wouldn't sound too blatant, and therefore could be delivered with some conviction. The problem was that he had developed the junky's skill of lying with conviction and could now lie more convincingly than he told the truth. He faltered, thinking that you can always take the junk out of the punter before you can the junky.

— Well, she's more a friend of a friend. You know Lisa?

She nodded. Renton continued, warming to his lies, finding the comforting rhythm of deceit.

— Well, this is actually a wee bit embarrassing. It wis ma birthday yesterday, and ah must confess ah got pretty drunk. Ah managed tae lose ma flat keys and ma flatmate's in Greece oan holiday. That wis me snookered. I could have just went home and forced the door, but the state ah wis in, ah just couldnae think straight. Ah would probably have got arrested for breaking intae ma own flat! Fortunately, ah met Dianne, who was kind enough to let me sleep on the couch. You're her flatmate, right?

— Oh . . . well, in a way, she laughed strangely, as he struggled to find out the score. Something was not right.

The man came and joined them. He nodded curtly at Renton, who smiled weakly back.

— This is Mark, the woman told him.

— Awright, the guy said, noncommittally.

Renton thought that they looked about his age, perhaps a bit older, but he was hopeless with ages. Dianne was obviously a bit younger that the lot of them. Perhaps, he allowed himself to speculate, they had some perverse parental feelings for her. He had noted that with older people. They often try to control younger, more popular and vivacious people; usually due to the fact that they are jealous of the qualities the younger people have and they lack. These inadequacies are disguised with a benign, protective attitude. He could sense this in them, and felt a growing hostility towards them.

Then Renton was hit by a wave of shock which threatened to knock him incoherent. A girl came into the room. As he watched her, a coldness came over him. She was the double of Dianne, but this girl looked barely secondary school age.

It took him a few seconds to realise that it was Dianne. Renton instantly knew why women, when referring to the removal of their makeup, often say that they are 'taking their faces off'. Dianne seemed about ten years old. She saw the shock on his face.

He looked at the other couple. Their attitude to Dianne was

parental, precisely because they *were* her parents. Even through his anxiety, Renton still felt such a fool for not seeing it sooner. Dianne was so much like her mother.

They sat down to breakfast with a bemused Renton being gently cross-examined by Dianne's parents.

— So what is it you do, Mark? the mother asked him.

What he did, at least work-wise, was nothing. He was in a syndicate which operated a giro fraud system, and he claimed benefit at five different addresses, one each in Edinburgh, Livingston and Glasgow, and two in London, at Shepherd's Bush and Hackney. Defrauding the Government in such a way always made Renton feel virtuous, and it was difficult to remain discreet about his achievements. He knew he had to though, as sanctimonious, self-righteous, nosey bastards were everywhere, just waiting to tip off the authorities. Renton felt that he deserved this money, as the management skills employed to maintain such a state of affairs were fairly extensive, especially for someone struggling to control a heroin habit. He had to sign on in different parts of the country, liaise with others in the syndicate at the giro-drop addresses, hitch down at short notice to interviews in London on a phone tip-off from Tony, Caroline or Nicksy. His Shepherd's Bush giro was in doubt now, because he had declined the exciting career opportunity to work in the Burger King in Notting Hill Gate.

— Ah'm a curator at the museums section of the District Council's Recreation Department. Ah work wi the social history collection, based mainly at the People's Story in the High Street, Renton lied, delving into his portfolio of bogus employment identities.

They looked impressed, if slightly baffled, which was just the reaction he'd hoped for. Encouraged, he attempted to score further Brownie points by projecting himself as the modest type who didn't take himself seriously, and self-deprecatingly added:
— Ah rake around in people's rubbish for things that've been

discarded, and present them as authentic historical artefacts ay working people's everyday lives. The ah make sure that they dinnae fall apart when they're oan exhibition.

— Ye need brains fir that, the father said, addressing Renton, but looking at Dianne. Renton couldn't make eye-contact with the daughter. He was aware that such avoidance was more likely to arouse suspicion than anything else, but he just couldn't look at her.

— Ah wouldnae say that, Renton shrugged.

— No, but qualifications though.

— Aye, well, ah've goat a degree in history fae Aberdeen University. This in fact, was almost true. He'd got into Aberdeen University, and found the course easy, but was forced to leave mid-way through the first year after blowing his grant money on drugs and prostitutes. It seemed to him that he thus became the first ever student in the history of Aberdeen University to fuck a non-student. He reflected that you were better making history than studying it.

— Education's important. That's what we're always telling this one here, said the father, again taking the opportunity to make a point to Dianne. Renton didn't like his attitude, and liked himself even less for this tacit collusion with it. He felt like a pervert uncle of Dianne's.

It was just as he was consciously thinking: Please let her be sitting her Highers, that Dianne's mother smashed that prospect of damage limitation.

— Dianne's sitting her O Grade History next year, she smiled, — and French, English, Art, Maths and Arithmetic, she continued proudly.

Renton cringed inside for the umpteenth time.

— Mark's not interested in that, Dianne said, trying to sound superior and mature, patronising to her parents, the way kids deprived of power who become the 'subject' of a conversation do. The way, Renton shakily reflected, that *he* did often enough, when his auld man and auld doll got started. The problem was Dianne just sounded so surly, so like a child, she achieved the opposite effect of the one she was aiming for.

Renton's mind was working overtime. *Stoat the baw, they call it. Ye kin git put away fir it. Too right ye kin, wi the key flung away. Branded a sex criminal; git ma face split open in Saughton oan a daily basis. Sex Criminal. Child Rapist. Nonce. Short-eyes.* He could hear the psycho lags now, cunts, he reflected, like Begbie: — Ah heard thit the wee lassie wis jist six. — They telt me it wis rape. — Could've been your bairn or mine. Fuck me, he thought, shuddering.

The bacon he was eating disgusted him. He'd been a vegetarian for years. This was nothing to do with politics or morality; he just hated the taste of meat. He said nothing though, so keen was he to keep in the good books of Dianne's parents. He drew the line at touching the sausage, however, as he reckoned that these things were loaded with poison. Thinking of all the junk he had done, he sardonically reflected to himself: You have to watch what you put into your body. He wondered whether Dianne would like it, and started sniggering uncontrollably, through nerves, at his own hideous *double entendre*.

Feebly, he attempted to cover up by shaking his head and telling a tale, or rather, re-telling it. — God, what an idiot ah am. Ah wis in some state last night. I'm not really used to alcohol. Still, I suppose you're only twenty-two once in a lifetime.

Dianne's parents looked as unconvinced as Renton by the last remark. He was twenty-five going on forty. Nonetheless, they listened politely. — Ah lost ma jacket and keys, like ah wis saying. Thank god for Dianne, and you folks. It's really hospitable of you to let me stay the night and to make such a nice breakfast for me this morning. Ah feel really bad about not finishing this sausage. It's just that ah'm so full. Ah'm no used tae big breakfasts.

— Too thin, that's your trouble, the mother said.

— That's what comes ay living in flats. East is east, west is west, but home is best, the father said. There was a nervous silence at this moronic comment. Embarrassed, he added: — That's what they say anyway. He then took the opportunity to change the subject. — How are ye going tae get into the flat?

Such people really scared the fuck out off Renton. They looked to him as if they hadn't done anything illegal in their lives. No wonder Dianne was like the way she was, picking up strange guys in bars. This couple looked so obscenely wholesome to him. The father had slightly thinning hair, there were faint crow's feet at the mother's eyes, but he realised that any onlooker would put them in the same age bracket as him, only describing them as healthier.

— Ah'll jist huv tae force the door. It's only oan a Yale. Silly really. Ah've been meaning tae get a mortice for ages. Good thing ah didnae now. There's an entry-phone in the stair, but the people next door will let me in.

— Ah could help you out there. I'm a joiner. Where do you live? the father asked. Renton was a little fazed, but happy that they had bought his bullshit.

— It's no problem. Ah was a chippy masel before ah went tae the Uni. Thanks for the offer though. This again, was true. It felt strange telling the truth, he'd got so comfortable with deception. It made him feel real, and consequently vulnerable.

— Ah wis an apprentice at Gillsland's in Gorgie, he added, prompted by the father's raised eyebrows.

— Ah ken Ralphy Gillsland. Miserable sod, the father snorted, his voice more natural now. They had established a point of contact.

— One ay the reasons ah'm no longer in the trade.

Renton went cold as he felt Dianne's leg rubbing against his under the table. He swallowed hard on his tea.

— Well, ah must be making a move. Thanks again.

— Hold on, ah'll just get ready and chum you intae town. Dianne was up and out of the room before he could protest.

Renton made half-hearted attempts to help tidy up, before the father ushered him onto the couch and the mother busied herself in the kitchen. His heart sank, expecting the ah'm-wide-fir-your-game-cunt line when they were alone. Not a bit of it though. They talked aboot Ralphy Gillsland and his brother Colin, who, Renton found himself pleased tae hear, had committed suicide, and other guys they both knew from jobs.

They talked football, and the father turned out to be be a Hearts fan. Renton followed Hibs, who hadn't enjoyed their best season against their local rivals; they hadn't enjoyed their best season against anybody, and the father wasted no time in reminding him of it.

— The Hibbies didnae do too well against us, did they?

Renton smiled, glad for the first time, for reasons other than sexual ones, to have shagged this man's daughter. It was amazing, he decided, how things like sex and Hibs, which were nothing to him when he was on smack, suddenly became all-important. He speculated that his drug problems might be related to Hibs poor performances over the eighties.

Dianne was ready. With less makeup on than last night, she looked about sixteen, two years older than she was. As they hit the streets, Renton felt relieved to be leaving the house, but a little embarrassed in case anyone he knew saw them. He had a few acquaintances in the area, mainly users and dealers. They would, he thought, think that he'd gone in for pimping if they came across him now.

They took the train from South Gyle into Haymarket. Dianne held Renton's hand on the journey, and talked incessantly. She was relieved to be liberated from the inhibiting influence of her parents. She wanted to check Renton out in more detail. He could be a source of blow.

Renton thought about last night and wondered chillingly what

Dianne had done, and with whom, to gain such sexual experience, such confidence. He felt fifty-five instead of twenty-five, and he was sure that people were looking at them.

Renton looked scruffy, sweaty and bleary in last night's clothes. Dianne was wearing black leggings, the type so thin that they almost looked like tights, with a white mini-skirt over them. Either of the garments, Renton considered, would have sufficed on its own. One guy was looking at her in Haymarket Station as she waited for Renton to buy a *Scotsman* and a *Daily Record*. He noticed this and, strangely enraged, he found himself aggressively staring the guy down. Perhaps, he thought, it was self-loathing projected.

They went into a record shop on Dalry Road, and thumbed through some album sleeves. Renton was now pretty jumpy, as his hangover was growing at a rapid rate. Dianne kept handing him record sleeves for examination, announcing that this one was 'brilliant' and that one 'superb'. He thought that most of them were crap, but was too nervy to argue.

— Awright Rents! How's ma man? A hand hit his shoulder. He felt his skeleton and central nervous system briefly rip out of his skin, like wire through plasticine, then jump back in. He turned to see Deek Swan, Johnny Swan's brother.

— No bad Deek. How ye livin? he responded with an affected casualness which belied his racing heartbeat.

— No sae bad boss, no sae bad. Deek noted that Renton had company, and gave him a knowing leer. — Ah've goat tae nash likes. See ye aroond. Tell Sick Boy tae gie us a bell if ye see um. The bastard owes us twenty fuckin bar.

— You n me both mate.

— His patter's pure abysmal. Anywey, see ye Mark, he said turning to Dianne. — See ye doll. Yir man here's too rude tae introduce us. Must be love. Watch this punter. They smiled uneasily at this first external definition of them, as Deek departed.

Renton realised that he had to be alone. His hangover was growing brutal, and he just couldn't handle this.

— Eh, look Dianne . . . ah've goat tae nash. Meetin some mates doon in Leith. The fitba n that.

Dianne raised her eyes in knowing, weary acknowledgement, accompanying this gesture with what Renton thought were some strange clucking noises. She was annoyed that he was going before she could ask him about hash.

— What's your address? She produced a pen and a piece of paper from her bag. — No the Forrester Park one, she added, smiling. Renton wrote down his real address in Montgomery Street, simply because he was too out of it to think up a false one.

As she departed, he felt a powerful twinge of self-loathing. He was unsure as to whether it came from having had sex with her, or the knowledge that he couldn't possibly again.

However, that evening he heard the bell go. He was skint so he was staying in this Saturday night, watching *Braddock: Missing in Action 3* on video. He opened the door and Dianne stood before him. Made-up, she was restored in his eyes to the same state of desirability as the previous evening.

— Moan in, he said, wondering how easily he'd be able to adjust to a prison regime.

Dianne thought she could smell hash. She really hoped so.

Strolling Through The Meadows

The pubs, likesay, dead busy, full ay loco-locals and festival types, having a wee snort before heading off tae the next show. Some ay they shows look okay . . . a bit heavy oan the hirays though, likesay.

Begbie's pished his jeans . . .

— Pished yir keks, Franco? Rents asks him, pointing at a wet patch oan the faded blue denim.

— Like fuck ah huv! It's jist fuckin water. Washin ma fuckin hands. No thit you'd fuckin ken aboot that, ya rid-heided cunt. This cunt's allergic tae water, especially if ye mix it wi fuckin soap.

Sick Boy's scannin the bar for women . . . chick crazy that kid. It's like he gets bored in the company of punters eftir a while. Mibbe that's why Sick Boy's good wi women; like mibbe cause he has tae be. Yeah, that could be it. Matty's talkin quietly tae hissel, shakin his heid. Thirs likesay somethin wrong wi Matty . . . no jist smack. It's Matty's mind, it's like a bad depression, likes.

Renton and Begbie are arguing. Rents hud better watch what he's daein, likesay. That Begbie, man, it's likesay . . . that's a fuckin jungle cat. We're just ordinary funky feline types. Domestic cats, likesay.

— They cunts've goat the fuckin poppy. You're the cunt thits eywis fuckin gaun oan aboot killin the rich n aw that anarchy shite. Now ye want tae fuckin shite oot! Begbie sneers at Rents, and it's, likes, very ugly n aw; they dark eyebrows oan toap ay they darker eyes, that thick black hair, slightly longer than a skinheid.

— S no a question ay shitein oot Franco. Ah'm jist no intae it. Wir huvin a barry crack here. Wuv goat the speed n the E. Let's jist enjoy oorsels, mibbe go tae a rave club, instead ay wanderin aboot the fuckin Meadows aw night. Thuv goat a big fuckin theatre tent thair, n a fuckin fun fair up. It'll be crawlin wi polis. It's too much fuckin hassle man.

— Ah'm no gaun tae any fuckin rave clubs. You sais yirsel thit thir fir fuckin bairns.

— Aye, but that wis before ah went tae yin.

— Well ah'm no fuckin gaun tae yin. So let's fuckin pub crawl well, n git some cunt in the fuckin bogs.

— Nah. Ah cannae be ersed.

— Fuckin shitein cunt! Yir still fuckin shitein yir keks aboot the other weekend in the Bull and Bush.

— Naw ah'm no. It wis jist unnecessary, that's aw. The whole fuckin thing.

Begbie looked at Rents, and likes, really tensed up in his seat. He's straining forward, n ah thoat the dude wis gaunnae gub the Rent Boy, likesay, ken.

— Eh? Eh! Ah'll fuckin unnecessary ye, ya radge cunt!

— C'moan Franco. Take it easy man, Sick Boy says.

Begbie seems tae realise that he's ower the top, likesay, even fir him. Keep these claws in catboy. Show the world some soft pads. This is a bad cat, a big, bad panther.

— We fill in some fuckin Sherman Tank. Whaes he tae you? The smart cunt deserved ivraything he goat! Besides, ah didnae see you fucking lookin the other wey whin we wir in the fuckin snug at the Barley divvyin up the fuckin loot.

— The guy ended up unconscious in the hoespital, he loast a loat ay fuckin blood. It wis in the *News* . . .

— The cunt's awright now though! It fuckin sais! Nae fuckin herm done tae nae cunt. N even if thir wis, so fuck? Some fuckin rich American cunt whae shouldnae even fuckin be here in the first place. Whae gies a fuck aboot that cunt? N you ya cunt, you've chibbed some cunt before; Eck Wilson, at the school, so dinnae you fuckin start gaun aw fuckin squeamish.

That sortay shuts Rents up cause he likesay hates talkin aboot that, but it sortay happened, ken? That wis jist lashin oot at some cat that wis scratchin ye like, no likesay plannin tae dae some radge ower. Beggars likesay cannae see the difference but. It wis bad though, really sick likesay . . . the Yank, the boy likes, jist wouldnae hand ower the wallet, even when Begbie pulled the chib, likesay . . . the last words ah heard the dude say wis: You won't use that.

Begbie went fucking crazy, goat that carried away likesay, wi the bladework, ken, we nearly forgoat the wallet likes. Ah goat intae the guy's poakits and fished it oot while Begbie wis bootin um in the face. Blood wis flowin intae the latrine, mixin wi the pish. Ugly, ugly, ugly man, likesay, ken? Ah still shake thinkin aboot it. Ah lie in bed n likes, shudder. Everytime ah see a punter, likesay, whae looks like our catboy, Richard Hauser of Des Moines, Iowa, USA, ah freeze. Whenever ah hear a Yank voice in the toon, ah jump. Violence is fuckin ugly man. The Beggar, dear old Franco, he raped us likesay, raped us aw that night, sort ay shafted us up oor erses n peyed us oaf, like we wir hoors man, ken likes? Bad cat Beggar. A wild, wild cat.

— Whae's comin? Spud? Begbie's talkin tae us. He's bitin his bottom lip.

— Eh, likesay . . . eh . . . violence n that . . . isnae really ma sortay gig . . . ah'll jist stey n git bombed . . . likesay, ken?

— Another shitein cunt, he turns away fae me . . . no disappointed, like he sort ay expects nothin fae us in this kinday gig likesay . . . which is mibbe good n mibbe no sae good, but who really kens the score aboot anything these days, likesay?

Sick Boy says somethin aboot bein a lover, no a fighter, and Begbie's aboot tae say somethin, whin Matty goes: — Ah'm game.

This diverts Begbie's attention fae Sick Boy. The Beggar Boy then starts tae praise Matty, likes, n calls us aw the shitein cunts under the sun; but it's like tae me thit Matty's the shitein cunt, likesay, because he's the groover that goes along wi everything Franco sais . . . ah've never really liked Matty . . . one fucked up punter. Mates take the pish oot ay each other likes, bit whin Matty slags ye, it's likesay, ye kin feel mair thin that, ye kin feel . . . likesay . . . hate, ken? Jist bein happy. That's the crime whin Matty's aboot. He cannae bear tae see a gadge happy, likesay.

Ah realise that ah never see Matty oan his ain, likesay. It's likesay sometimes jist me n Rents . . . or jist me n Tommy . . . or jist me n Rab . . . or jist me n Sick Boy . . . or even jist me and Generalissimo Franco . . . but never jist me n Matty. That sortay sais something, likesay.

These bad cats leave the basket tae stalk their prey, and the atmosphere is like . . . brilliant. Sick Boy brings oot some E. White doves, ah think. It's mental gear. Most Ecstasy hasnae any MDMA in it, it's just likesay, ken, part speed, part acid in its effects . . . but the gear ah've hud is always jist likesay good speed, ken? This gear is pure freaky though, pure Zappaesque man . . . that's the word, Zappaesque . . . ah'm thinkin aboot Frank Zappa wi Joe's Garage n yellow snow n Jewish princesses n Catholic girls n ah think that it wid be really great tae huv a woman . . . tae love likesay . . . no shaggin likes, well no jist shaggin . . . but tae love, cause ah sortay feel like lovin everybody, but no sortay wi sex . . . jist huvin somebody tae love . . . but likesay Rents' goat that Hazel n Sick Boy . . . well, Sick Boy's goat tons ay burds . . . but these catpersons don't seem any happier than moi . . .

— The other man's grass is always greener, the sun shines brighter on the other side . . . ah'm fuckin singing likesay, ah never sing . . . ah've goat some gear n ah'm singing . . . ah'm thinkin aboot Frank Zappa's daughter, Moon, likesay . . . she'd dae us fine . . . hingin oot wi her auld man . . . in the recording studio . . . jist tae see likesay the creative process, ken, the creative process . . .

— This is fuckin mad . . . goat tae move or ah'll git gouchy . . . Sick Boy's goat his hands in his heid.

Strolling Through The Meadows

Renton's shirt's unbuttoned n he's sortay tweakin his nipples, likesay . . .

— Spud . . . look at ma nipples . . . they feel fuckin weird man . . . nae cunt's goat nipples like mine . . .

Ah'm talkin tae him aboot love, n Rents says that love doesnae exist, it's like religion, n likesay the state wants ye tae believe in that kinday crap so's they kin control ye, n fuck yir heid up . . . some cats cannae enjoy thirsels withoot bringing in politics, ken . . . but he doesnae bring us doon . . . because, it's likesay he doesnae believe it hissel . . . because . . . because wi laugh at everything in sight . . . the mad guy at the bar wi the burst blood-vessels in his coupon . . . the snobby English Festival-type lemon whae looks like somebody's just farted under her nose . . .

Sick Boy sais: — Let's hit the Meadows n take the fuckin pish ootay Begbie n Matty . . . straight, boring, draftpak, schemie cunts!

— Ris-kay catboy, ris-kay . . . he's pure radge, likesay . . . ah sais.

— Let's do it for the fans, Rents sais. Him n Sick Boy picked this up fae a Hibs programme advertising the Isle Of Man pre-season soccer tournament. It's got Hibs top cat Alex Miller looking really stoned in the picture, wi the caption that sais, likesay, 'Let's Do It For The Fans'. Whenever thir's drugs aroond . . . that's what they say.

We float ootay the pub n cross over tae the Meadows. We start tae sing, likesay Sinatra, in exaggerated American Noo Yawk voices:

Yoo en I, were justa like-a kapil aff taahts
strollin acrass the Meadows
pickin up laahts aff farget-me-naahts.

Thir's likesay two lassies comin doon the path towards us . . . we ken them . . . it's likesay that wee Roseanna n Jill . . . two pure honey cats, fae that posh school, is it Gillespie's or Mary Erskine's? . . . they hing aboot the Southern likesay, for the sounds, the drugs, the experiences . . .

. . . Sick Boy outstretches his airms and sortay grabs wee Jill in a bear hug, n Rents likesay does the same wi Roseanna . . . ah'm left jist looking at the clouds likesay, Mr Spare Prick at a hoors convention.

Thir neckin away thegither. This is cruel man, cruel. Rents breks away first, but keeps his airm roond Roseanna. It's a sortay joke wi Rents likesay . . . mind you . . . that wee bird Rents goat off wi at Donovan's she wisnae that auld. What wis her name, Dianne? Bad cat, Rents. Sick Boy, well Sick Boy's likesay bundled wee Jill against a tree.

— How ye daein doll? Whit ye up tae? he asks her.

— Goin to the Southern, she sais, a bit stoned . . . a little stoned princess, Jewish? No a blemish oan her face . . . wow, those chicks try tae act cool, but thir a bit nervous ay Rents n Sick Boy. They'll let those superstar wasted junkies dae anything wi them, likes. Real cool chicks would slap their pusses, likesay, and jist watch the bastards crumble intae a heap. These lassies are playin at it . . . gaun through an upset-yir-posh-Ma-n-Dad phase . . . no thit Rents wid take advantage ay this, mind you, ah suppose he awready has, but Sick Boy's a different matter. His hands are inside that wee Jill's jeans . . .

— Ah know about you girls, that's whair yis hide the drugs . . .

— Simon! I've not got anything! Simon! Siiimoon! . . .

Sensin a freak oot, he sortay lets the lassie go. Every cat laughs nervously, tryin tae aw pretend it wis a big game likesay, then they go.

— Mibbe see you dolls the night! Sick Boy shouts after them.

— Yeah . . . down the Southern, Jill shouts, walking backwards.

Sick Boy sortay likes, slaps his thigh. — Should've taken they wee rides back tae the gaff n banged thum senseless. Wee slags wir fuckin gantin oan it. It wis like he sais this tae hissel rather than me n Rents.

Rents starts shoutin and pointin.

— Si! There's a fuckin squirrel at yir feet! Kill the cunt!

Sick Boy's nearest tae it, n tries tae entice it tae him, but it scampers a bit away, movin really weird, archin its whole boady likesay. Magic wee silvery grey thing . . . ken?

Rents picks up a stane and flings it at the squirrel. Ah feel likes, sick, ma hert misses a beat as it whizzes past the wee gadge. He goes tae pick up another, laughin like a maniac, but ah stoap um.

— Leave it man. Squirrel's botherin nae cunt likesay! Ah hate it the wey Mark's intae hurtin animals . . . it's wrong man. Ye cannae love yirsel if ye want tae hurt things like that . . . ah mean . . . what hope is thir? The squirrel's likes fuckin lovely. He's daein his ain thing. He's free. That's mibbe what Rents cannae stand. The squirrel's free, man.

Rents is still laughin as ah haud oantay um. Two posh lookin wifies, gie us the eye as they pass us. They look likesay, disgusted. Rents gits a glint in his eye.

— GIT A HAUD AY THE CUNT! he shouts at Sick Boy, but makin sure that the wifies kin hear um. — WRAP IT IN CELLOPHANE SO'S IT DISNAE SPLIT WHIN YE FUCK IT!

The squirrel's dancin away fae Sick Boy, but the wifies turn roond and look really repelled by us, like we wir shite, ken? Ah'm laughin now n aw, bit still haudin oantay Rents.

— Whae's that foostie-minged fucker starin at? Fuckin tea-room hag! Rents says, loud enough fir the wifies tae hear.

They turn and increase thir pace. Sick Boy shouts: — FUCK OFF GOBI DESERT FANNY! Then he turns tae us n sais, — Ah dinnae ken what these auld hounds are cruisin us for. Naebody's gaunnae fuck them, even doon here at this time. Ah'd rather stick it between a couple ay B&Q sandin blocks.

— Fahk aff! You'd shag the crack ay dawn if it hud hairs oan it, Rents said.

Ah think he felt bad aboot this as soon as he said it, likesay, cause Dawn wis a wee bairn thit died, Lesley's bairn, it died ay that cot death n that, likesay, n everybody sortay kens it wis likesay Sick Boy thit gied her the bairn . . .

Aw Sick Boy sais though, is: — Fuck off spunk-gullet. You're the city dog pound man here. Every burd ah've fucked, and there has been plen-tee, has been worth fucking.

Ah remember this burd fae Stenhoose, thit Sick Boy once took hame whin he wis pished . . . couldnae really likesay say she wis anything special . . . ah suppose every cat's got thir sortay achilles heel, ken.

— Eh, remember that Stenhoose chick, eh, what's-her-name?

— Dinnae *you* start talkin! *You* couldnae git a fuckin ride in a brothel wi yir cock sandwiched between American Express n Access cairds.

We start slaggin each other, then wir walkin fir a bit, bit ah start thinkin ay wee Dawn, the bairn, n that squirrel, like free n botherin naebody . . . n they wid jist kill it, like that ken, n fir what? It makes us feel really sick, n sad, n angry . . .

Ah'm gittin away fae they people. Ah turn n walk away. Rents comes eftir us. — C'moan Spud . . . fuck sakes man, what is it?

— Youse wir gaunnae kill that squirrel.

— S only a fuckin squirrel, Spud. Thir vermin . . . he sais. He pits his airm roond ma shoodirs.

— It's mibbe nae mair vermin thin you or me, likesay . . . whae's tae say what's vermin . . . they posh wifies think people like us ur vermin, likesay, does that make it right thit they should kill us, ah goes.

— Sorry, Danny . . . s only a squirrel. Sorry mate. Ah ken how ye feel aboot animals. Ah jist, like . . . ye ken whit ah mean Danny, it's like . . . fuck, ah mean, ah'm fucked up, Danny. Ah dinnae ken. Begbie n that . . . the gear. Ah dinnae ken what ah'm daein wi ma life . . . it's aw jist a mess, Danny. Ah dinnae ken whit the fuckin score is. Sorry man.

Rents husnae called us 'Danny' for ages, now he cannae stoap callin us it. He looks really upset, likesay.

— Hey . . . hang loose catboy . . . it's jist likesay animals n that, likes . . . dinnae worry aboot that shit . . . ah wis jist thinkin ay innocent wee things, like Dawn the bairn, ken . . . ye shouldnae hurt things, likes . . .

He likesay, grabs a haud ay us n hugs us. — Yir one ay the best, man. Remember that.That's no drink n drugs talkin, that's me talkin. It's jist thit ye git called aw the poofs under the sun if ye tell other guys how ye feel aboot them if yir no wrecked . . . Ah slaps his back, n it's likesay ah want tae tell him the same, but it would sound, likesay, ah wis jist sayin it cause he sais it tae me first. Ah sais it anywey though.

We hear Sick Boy's voice at oor backs. — You two fuckin buftie-boys. Either go intae they trees n fuck each other, or come n help us find Beggars n Matty.

Wi break oor embrace n laugh. Wi both ken that likesay Sick Boy, for aw the cat's desire tae rip open every binliner in toon, is one ay the best n aw.

Blowing It

Courting Disaster

The magistrate's expression seems tae oscillate between pity n loathing, as he looks doon at me n Spud in the dock.

— You stole the books from Waterstone's bookshop, with the intention of selling them, he states. Sell fuckin books. Ma fuckin erse.

— No, ah sais.

— Aye, Spud sais, at the same time. We turn aroond n look at each other. Aw the time we spent gittin oor story straight n it takes the doss cunt two minutes tae blow it.

The magistrate lets oot a sharp exhalation. It isnae a brilliant job the cunt's goat, whin ye think aboot it. It must git pretty tiresome dealin wi radges aw day. Still, ah bet the poppy's fuckin good, n naebody's asking the cunt tae dae it. He should try tae be a wee bit mair professional, a bit mair pragmatic, rather than showin his annoyance so much.

— Mr Renton, you did not intend to sell the books?

— Naw. Eh, no, your honour. They were for reading.

— So you read Kierkegaard. Tell us about him, Mr Renton, the patronising cunt sais.

— I'm interested in his concepts of subjectivity and truth, and particularly his ideas concerning choice; the notion that genuine choice is made out of doubt and uncertainty, and without recourse to the experience or advice of others. It could be argued, with some justification, that it's primarily a bourgeois, existential philosophy and would therefore seek to undermine collective societal wisdom. However, it's also a liberating philosophy, because when such societal wisdom is negated, the basis for social control over the individual becomes weakened and . . . but I'm rabbiting a bit here. Ah cut myself short. They hate a smart cunt. It's easy to talk yourself into a bigger fine, or fuck sake, a higher sentence. Think deference Renton, think deference.

The magistrate snorts derisively. As an educated man ah'm sure he kens far mair aboot the great philosophers than a pleb like me. Yiv goat tae huv fuckin brains tae be a fuckin judge. S no iviry cunt thit kin dae that fuckin joab. Ah can almost hear Begbie sayin that tae Sick Boy in the public gallery.

— And you, Mr Murphy, you intended to sell the books, like you sell everything else that you steal, in order to finance your heroin habit?

— That's spot on man . . . eh . . . ye goat it, likesay, Spud nodded, his thoughtful expression sliding into confusion.

— You, Mister Murphy, are an habitual thief. Spud shakes his shoodirs as if tae say, its no ma fault. — The reports state that you are still addicted to heroin. You are also addicted to the act of theft, Mr Murphy. People have to work hard to produce the goods you repeatedly steal. Others have to work hard to earn the money to purchase them. Repeated attempts to get you to cease these petty, but persistent crimes, have so far proved fruitless. I am therefore going to give you a custodial sentence of ten months.

— Thanks . . . eh, ah mean . . . nae hassle, likesay . . .

The cunt turns tae me. Fuck sakes.

— You, Mr Renton, are a different matter. The reports say that you are also a heroin addict; but have been trying to control your drug problem. You claim that your behaviour is related to depression experienced due to withdrawal from the drug. I am prepared to accept this. I am also prepared to accept your claim that you intended to push Mr Rhodes away, in order to stop him from assaulting you, rather than to cause him to fall over. I am therefore going to suspend a sentence of six months on the condition that you continue to seek appropriate treatment for this addiction. Social services will monitor your progress. While I can accept that you had the cannabis in your possession for your own use, I cannot condone the use of an illegal drug; even though you claim you take it in order to combat the depression you suffer from as the result of heroin withdrawal. For the possession of this controlled drug, you will be fined one hundred pounds. I suggest that you find other ways to fight depression in the future. Should you, like your friend Daniel Murphy, fail to take the opportunity presented to you and appear before this court again, I shall have no hesitation in recommending a custodial sentence. Do I make myself clear?

Clear as a bell, you fuckin docile cunt. I love you, shite-for-brains.

— Thank you, your honour. I'm only too well aware of the disappointment I've been to my family and friends and that I am now wasting valuable court time. However, one of the key elements in rehabilitation is the ability to recognise that the problem exists. I have been attending the clinic regularly, and am undergoing maintenance therapy having been prescribed methadone and temazepan. I'm no longer indulging in self-deception. With god's help, I'll beat this disease. Thank you again.

The magistrate looks closely at us tae see if thirs any sign ay mockery oan ma face. No chance it'll show. Ah'm used tae keepin deadpan whin windin up Begbie. Deadpan's better than dead. Convinced it's no bullshit, the doss cunt dismisses the session. Ah walk tae freedom; perr auld Spud gits taken doon.

A polisman gestures tae him tae move.

— Sorry mate, ah sais, feelin cuntish.

— Nae hassle man . . . I'll git oaf the skag, and Saughton's barry fir hash. It'll be a piece ay pish likesay . . . he sais, as he's escorted away by a po-faced labdick.

In the hall ootside the courtroom, ma Ma comes up tae us n hugs us. She looks worn oot, wi black circles under her eyes.

— Aw laddie, laddie, whit ah'm ah gaunnae dae wi ye? she sais.

— Silly bastard. That shite'll kill ye. Ma brother Billy shakes his heid.

Ah wis gaunnae say something tae the cunt. Nae fucker asked him tae come here, and his crass observations are equally unwelcome. However, Frank Begbie came ower as ah wis aboot tae speak.

— Rents! Nice one ma man! Some fuckin result, eh? Shame aboot Spud, but it's better thin we fuckin expected. He'll no dae ten months. Be oot in fuckin six, wi good behaviour. Less, even.

Sick Boy, looking like an advertising executive, pits his airm aroond ma Ma, and gies us a reptilian smile.

— This calls fir a fuckin celebration. Deacon's? Franco suggests. Like junkies, we file out after him. Nobody hus the motivation tae dae anything else, and pish wins by default.

— If you knew what you've done tae me n yir faither . . . ma Ma looked at us, deadly serious.

— Stupid fucker, Billy sneered, — nickin books oot ay shoaps. This cunt wis gettin ma fuckin goat.

— Ah've been nickin books oot ay fuckin shoaps fir the last six years. Ah've goat four grand's worth ay books at Ma's n in ma flat. Ye think ah boat any ay thaim? That's a four-grand profit oan nickin books, doss cunt.

— Aw Mark, ye didnae, no aw they books . . . Ma looked heartbroken.

— But that's me finished now, Ma. Ah eywis sais thit the first time ah goat caught; that wis it over. Yir snookered eftir that.

Time tae hang up yir boots. Finito. Endy story. Ah was serious aboot this. Ma must've thought so tae, cause she changes tack.

— And watch your language. You as well, she turned tae Billy. — Ah dunno whair yis got that fae, cause yis nivir heard it in ma hoose.

Billy raises his eyebrows dubiously at me, and ah'm gieing him the same gesture back, a rare display ay sibling unity between us.

Everybody gits a bit pished quickly. Ma embarrasses Billy n me, by talkin aboot her periods. Jist because she wis forty-seven n still goat periods, she hud tae make sure everybody kent aboot it.

— Ah wis flooded. Tampons ur useless wi me. Like tryin tae stoap a burst water main wi an *Evening News*, she laughed loudly, throwing her heid back in that sickening, sluttish too-many-Carlsberg-Specials-at-the-Leith-Dockers-Club gesture ah knew so well. Ah realise that Ma's been drinkin this morning. Probably mixin it wi the vallies.

— Awright Ma, ah sais.

— Dinnae tell us yir auld mother's embarrassing ye? She grabs ma thin cheek in between her thumb n forefinger. — Ah'm jist gled thit thuv no taken ma wee bairn away. He hates bein called that. Ye'll always be ma wee bairns, the two ay yis. Remember whin ah used tae sing ye yir favourite song, whin ye wir a wee thing in yir pushchair?

Ah clamped ma teeth tightly thegither, as ah felt ma throat go dry and the blood drain fae ma face. Surely tae fuck, naw.

— Momma's little baby loves shortnin shortnin, momma's little baby loves shortnin bread . . . she sang tunelessly. Sick Boy gleefully joined in. Ah wished that ah hud gone doon instead ay that lucky cunt Spud.

— Wid momma's little baby like another pint? Begbie asked.

— Aye, yis might bloody sing as well. Ye might bloody sing, ya fuckin bastards! Spud's Ma had come intae the pub.

— Really sorry aboot Danny, Mrs Murphy . . . ah began.

— Sorry! Ah'll gie yis sorry! If it wisnae for you n this crowd ay bloody rubbish, ma Danny widnae be in the fuckin jail right now!

— Come oan now Colleen hen. Ah ken yir upset, but that's no fair. Ma stood up.

— Ah'll tell ye bloody fair! It wis this yin! She pointed venomously at me. — This yin goat ma Danny oantae that stuff. Bloody standin up thair, fill ay his fancy talk in the court. This yin thair, and that bloody pair. Sick Boy and Beggars were included, tae ma relief, in her anger.

Sick Boy said nothing, but raised himself slowly in the chair with an I've-never-been-so-insulted-in-all-my-life expression, followed by a sad, patronising shake of his head.

— That's fuckin oot ay order! Begbie snapped ferociously. There were no sacred cows for that cunt, not even auld ones fae Leith whose laddies had jist been sent tae jail. — Ah nivir touch that shite, and ah've telt Rents n Spu . . . Mark n Danny thit thir radges daein it! Sick . . . Simon's been clean fir fuckin months. Begbie stood up, fuelled by his own indignation. He thrashed at his own chest with his fist, as if to stop himself from striking Mrs Murphy, and screamed in her face: — AH WIS THE FACKIN CUNT TRYIN TAE GIT UM OAF IT!

Mrs Murphy turned away and ran oot ay the pub. The expression oan her face got tae us; it wis one ay total defeat. No only hud she loast her son tae prison, she'd hud her image ay him compromised. Ah felt fir the woman, and resented Franco.

— Aye, she's the billy ay the washhoose, that yin, Ma commented, but adding wistfully, — ah kin feel fir her though. Her laddie gaun tae jail. She looked at me, shaking her head. — For aw the hassle, ye wouldnae be withoot them. How's your wee yin, Frank? She turned to Begbie.

I cringed to think about how easily people like ma Ma were taken in by punters like Franco.

— Barry, Mrs Renton. Gittin some some fuckin size.

— Call us Cathy. Ah'll Mrs Renton yis! Yis make us feel ancient!

— Ye are, ah commented. She ignored us completely, and naebody else laughed, no even Billy. Indeed, Begbie and Sick Boy looked at us like disapproving uncles do tae a cheeky brat whae it isnae their place tae chastise. Ah'm now relegated tae the same status as Begbie's bairn.

— Wee laddie, is it Frank? Ma asks her fellow parent.

— Aye, too right. Ah sais tae Ju, ah sais, if it's a lassie it's gaun right back.

Ah could just see 'Ju' now, wi that grey, porridge-coloured skin, greasy hair and thin body with the sagging flesh still hanging off it, her face frozen neutral, deathly; unable tae smile or frown. The valium taking the edge off her nerves as the bairn lets rip with another volley of shudder-inducing screams. She'll love that child, as much as Franco'll be indifferent tae the perr wee cunt. It'll be a smothering, indulgent, unquestioning, forgiving love, which will ensure that the kid turns oot tae be jist like its daddy. That kid's name wis doon fir H.M. Prison Saughton when it was still in June's womb, as sure as the foetus of a rich bastard is Eton-bound. While this process is going on, daddy Franco will be whair he is now: the boozer.

— Ah'll be an auld grandma masel soon! God, ye widnae believe it. Ma Ma looked at Billy with awe and pride. He simpered proudly. Since he'd got his lemon, Sharon, up the stick, he was my Ma and faither's golden boy. Forgotten is the fact thit that cunt's brought the labdicks tae the hoose mair times thin ah hud ivir done; at least ah hud the decency no tae shite oan ma ain doorstep. This now means fuck all. Just because he's signed up fir the fuckin army again, six bastard years this time, and bairned some slag. Ma Ma n faither ought tae be askin the cunt what the fuck he's daein wi his life. But naw. It's aw proud smiles.

— If it's a lassie Billy, git her tae take it back, Begbie repeated, slurring this time. The bevvy wis getting to him. Another cunt whae's been oan the pish since fuck knows when.

— That's the spirit Franco, Sick Boy slapped Begbie on the back, tryin tae encourage the radge, tae gie him mair rope so that he'll come oot with another crass Begbie classic or two. We collect aw his stupidest, most sexist and violent quotes tae use whin impersonating him whin he's no aroond. We kin make oorsels almost ill wi convulsive laughter. The game hus an edge: thinking aboot how he'd respond if he found oot. Sick Boy hus even started makin faces behind his back. One day, either one ay us or the baith ay us'll go too far, and be marked by fist, bottle or subjected tae 'the discipline ay the basebaw bat'. (One ay Begbie's choice quotes.)

We taxied doon tae Leith. Begbie hud began grumbling aboot 'toon prices' and hud started tae pursue a totally irrational advocacy ay Leith as an entertainment centre. Billy agreed, wantin tae get closer tae hame, reasoning that his pregnant burd wid be mair easily appeased if the placatory phone call came fi a local pub.

Sick Boy would huv heartily denounced Leith, hud ah no done so first. The cunt therefore took great delight in phoning the taxi. We goat intae a pub at the Fit ay the Walk, one thit ah've nivir liked, but one thit we always seemed tae git stuck in. Fat Malcolm, behind the bar, goat us a double voddy oan the house.

— Heard ye goat a result. Well done that man.

Ah shrugged. A couple ay auldish guys wir treatin Begbie like he wis a Hollywood star; listening indulgently tae one ay his stories that wisnae particularly funny, and this they'd probably heard many times before anyway.

Sick Boy bought a roond ay drinks, makin a total meal ay it, ostentatiously waving his money aboot.

— BILLY! LAGER? MRS RENTON . . . EH CATHY! WHAT'S THAT? GIN N BITTER LEMON? he shouted back at the corner table fae the bar.

Ah realised thit Begbie, now involved in a conspiratorial tale wi an ugly, box-heided wanker, the type who ye avoid like the plague, hud slipped Sick Boy the dough tae git the bevvy up.

Billy wis arguing wi Sharon oan the phone.

— Ma fuckin brar gits oaf fi gittin sent doon! Nickin books, assaultin a member ay the shoap's staff, possession ay drugs. The spawny cunt gits a result. Even ma Ma's here! Ah'm entitled tae celebrate, fuck sake . . .

He must have been desperate if he wis reduced tae playin the brotherly love caird.

—Thair's Planet Ay The Apes, Sick Boy whispered tae us, noddin ower at a guy whae drank in the pub. He looked like an extra fi that film. As always, he wis pished n tryin tae find company. Unfortunately, his eye caught mine, n he came ower tae us.

— Interested in hoarses? he asks.

— Naw.

— Interested in fitba? he slurs.

— Naw.

— Rugby? he's soundin desperate now.

— Naw, ah sais. Whether he wis oan the make or jist wanted company wis difficult tae determine. Ah don't think the cunt knew hissel. He hud lost interest in me anywey, n turned tae Sick Boy.

— Interested in hoarses?

— Naw. Ah hate fitba n rugby n aw. Films ah like though. Especially yon *Planet Ay The Apes*? Ivir seen that yin? Ah lap that up.

— Aye! Ah remember that yin! *Planet Ay The Apes*. Charlton Fuckin Heston. Roddy Mc . . . what's the boy's name? Wee cunt. Ye ken whae ah'm talkin aboot. He kens whae ah'm talkin aboot! Planet Ay The Apes turns tae us.

— McDowall.

— That's the cunt! He says triumphantly. He turns tae Sick Boy again. — Whair's yir wee burd the day?

— Eh? Whae's that? Sick Boy asks, totally scoobied.

— That wee blonde piece, the one ye wir in here wi the other night.

— Aw, aye, her.

— Tidy wee bit ay fanny . . . if ye dinnae mind us sayin, likesay. Nae offence likes, pal.

— Naw, nae problem mate. Yours fir fifty bar, n that's nae joke. Sick Boy's voice droaps.

— You serious?

— Aye. Nae kinky stuff, jist a straight hump. Cost ye fifty bar.

Ah couldnae believe ma ears. Sick Boy wisnae jokin. He wis gaun tae try tae set up Planet Ay The Apes wi wee Maria Anderson, this junky he'd been fucking on and oaf for a few months. The cunt wanted tae pimp her oot. Ah felt sickened at what he'd come tae, what we'd aw come tae, and started tae envy Spud again.

Ah pull um aside. — Whit's the fuckin score?

— The score is ah'm looking eftir numero uno. Whit's your fuckin problem? When did you go intae social work?

— This is fuckin different. Ah dinnae ken whit the fuck's gaun oan wi you mate, ah really dinnae.

— So you're Mister fuckin Squeaky Clean now, eh?

— Naw, bit ah dinnae fuck ower any cunt else.

— Git ootay ma face. Tell us it wisnae you thit turned Tommy oantae Seeker n that crowd. His eyes wir crystal clear and treacherous, untainted by conscience or compassion. He turned away n moved back ower tae Planet Ay The Apes.

Ah wis gaunny say thit Tommy hud a choice; wee Maria disnae. Aw that would huv done wis precipitate an argument aboot whair choice began and ended. How many shots does it take before the concept ay choice becomes obsolete? Wish tae fuck ah knew. Wish tae fuck ah knew anything.

As if oan cue, Tommy came intae the pub; follayed by Second Prize, whae wis guttered. Tommy's started using. He nivir used before. It's probably our fault; probably ma fault. Speed wis eywis Tommy's drug. Lizzy's kicked um intae touch. He's awfay quiet, awfay subdued. Second Prize isnae.

— The Rent Boy knocks it oaf! Hey! Ya fuckin cunt thit ye are! he shouts, crushin ma hand.

A chorus ay 'there's only one Mark Renton' echoes throughout the pub. Auld, toothless Willie Shane is giein it laldy. So's Beggars's grandfaither, a nice auld cunt wi one leg. Beggars and two ay his psychotic friends whae ah dinnae even ken ur singing, so's Sick Boy n Billy, even ma Ma.

Tommy slaps us oan the back. — Nice one ma man, he sais. Then: — Goat any smack?

Ah tell um tae forget it, leave it alane while he still can. He tells us, aw the cocky cunt like, thit he can handle it. Seems tae me ah've heard that line before. Ah've spun it masel, n probably ah'll dae so again.

Ah'm surrounded by the cunts thit ur closest tae us; but ah've nivir felt so alone. Nivir in ma puff.

Planet Ay The Apes hus insinuated hissel intae the company. The thought ay that cunt shaggin wee Maria Anderson is not aesthetically appealing. The thought ay that cunt shaggin anybody isnae aesthetically appealing. If he tries tae talk tae ma Ma, ah'll gless the fucker's primate pus.

Andy Logan comes intae the pub. He's an exuberant cunt who reeks ay petty crime and prison. Ah met Loags a couple ay years ago when we were baith workin as park attendants at a council golf course, and pocklin loads ay cash. It wis the ticket checker in the park patrol van whae pit us oantae the scam. Lucrative times; ah nivir used tae touch ma wages. Ah like Loags, bit oor friendship nivir developed. Aw he could talk aboot wir these times.

Everybody wis at it, the reminiscing game. Each conversation began wi 'mind the time whin . . .' and we were talkin aboot perr auld Spud now.

Flocksy came intae the boozer and gestured us ower tae the bar. He asked us fir skag. Ah'm oan the programme. It's mad. It wis ironic thit ah git nicked fir stealin books whin ah'm tryin tae git sorted oot. Its this methadone though, it's a fuckin killer. Gies us the heebie-jeebies. Ah hud it bad in the bookshoap whin that baw-faced cunt hud tae try tae play the hero.

Ah tell Flocksy ah'm oan the maintenance, n he jist fucks off without sayin another word.

Billy clocked us talkin tae um n follays the cunt ootside, but ah bombs ower n pulls his airm.

— Ah'm gaunnae brek that fuckin trash up . . . he hisses through his teeth.

— Leave um, he's awright. Flocksy's headin doon the road, oblivious tae aw this, oblivious tae everything except the procurement ay smack.

— Fuckin trash. Ye deserve eveything ye fuckin git hingin aboot wi that scum.

He goes back in n sits doon, bit only because he sees Sharon n June comin doon the road.

When Begbie clocks June in the pub, he glowers accusingly at her.

— Whair's the bairn?

— He's at ma sisters, June sais timidly.

Begbie's belligerent eyes, open mouth and frozen face turn away from her, trying to absorb this information and decide whether he feels good, bad or indifferent about it. Eventually he turns tae Tommy and affectionately tells him that he's some cunt.

What huv ah goat here? Billy's fuckin nosey, reactionary bastard's outrage. Sharon lookin at us like ah've goat two heids. Ma, drunk and sluttish, Sick Boy . . . the cunt. Spud in the jail. Matty in the hospital, and nae cunt's been tae see um, nae cunt even talks aboot um, it's like he never existed. Begbie . . . fuck sakes, glowing, while June looks like a pile ay crumpled bones in that hideous shell-suit, an unflattering garment at the best ay times, but highlighting her jagged shapelessness.

Ah go tae the bog and when ah finish ma pish ah ken ah cannae go back in thair tae face that shite. Ah sneak out through the side door. It's still fourteen hours n fifteen minutes until ah kin git ma new fix. The state-sponsored addiction: substitute methadone for smack, the sickly jellies, three a day, for the hit. Ah've no known many junkies oan that programme whae didnae take aw three jellies at once and go oot scorin. The morn's mornin, that's how long ah've goat tae wait till. Ah decide ah cannae wait that long. Ah'm off tae Johnny Swan's for ONE hit, just ONE FUCKIN HIT tae get us ower this long, hard, day.

Junk Dilemmas No. 66

It's a challenge tae move: but it shouldnae be. Ah can move. It has been done before. By definition, we, humans, likes, are matter in motion. Why move anyway, when you have everything you need right here. Ah'll soon huv tae move though. Ah'll move when ah'm sick enough; ah know that through experience as well. Ah jist cannae conceive ay ever being that sick that ah'll want tae move. This frightens me, because ah'll need tae move soon.

Surely ah'll be able tae dae it; surely tae fuck.

Deid Dugs

Ah . . . the enemy ish in shite, as the old Bond would have said, and what a fuckin sight the cunt looks as well. Skinheid haircut, green bomber-jaykit, nine-inch DMs. A stereotypical twat; and there's the woof-woof trailing loyally behind. Pit Bull, shit bull, bullshit terrier . . . a fuckin set ay jaws on four legs. Aw, it's pishing by a tree. *Here boy, here boy.*

The sport ay living over a park. Ah fix the beast in ma telescopic sights; it could just be my imagination, but they seem tae be a wee bitty out these days, veering tae the right. Still, Simone is a good enough marksman tae compensate for this malfunction in his trusted technology, this old .22 air rifle. Ah swing ower tae the skinheid, targeting his face. Ah then travel up and doon his body, up and doon, up and doon . . . *take it easy baby . . . take it one more time* . . . nobody has ever given the bastard this much attention, this much care, this much . . . yes, love, in his puff. It's a great feeling, knowing that you have the power to inflict such pain, fae yir ain front room. *Call me the unsheen ashashin Mish Moneypenny.*

It's the Pit Bull ah'm eftir though; ah want tae get him tae turn on his master, tae sever the touching man-beast relationship along with his owner's testicles. I hope the shit-bull's got mair bollocks than that stupid Rottweiler ah shot the other day. Ah blasted the big cunt in the side ay the face, and did the pathetic bastard turn on his glakit master in the shell-suit? Did he heckers laik, as Vera and Ivy oot ay *Coronation Street* would say. The cunt just started whimpering.

They call me the Sick Boy, the scourge of the schemie, the blooterer of the brain-dead. This one's for you Fido, or Rocky, or Rambo, or Tyson or whatever the fuck your shite-brained, fuck-wit of an owner has dubbed you. This is fir aw the bairns you've slaughtered, faces you've disfigured and shite you've deposited in our streets. Above all though, it's for the shite you've done in the parks, shite which always finds its way onto Simone's body whenever he puts in a sliding tackle in his midfield role for Abbeyhill Athletic in the Lothian Sunday Amateurs' League.

They're now alongside each other, man and beast. Ah squeeze the trigger and take a step back.

Brilliant! The dug yelps and leaps at the skinhead, attaching its jaws ontae the cunt's airm. *Good shooting Shimon*. Why shank you Sean.

— SHANE! SHANE! YA CUNT! AH'LL FUCKIN KILL YE! SHAAYYNNE! the boy's screamin, and bootin at the dug, but his Docs are nae use against this monster. It has just clamped him, and these things do not let go; the only attraction ay huvin them for doss cunts is their ferocity. The boy is really gaun mental, first strugglin, then tryin tae stey still, because it's too sair tae struggle; alternatively threatening then pleading with this fucking compassionless killing machine. An auld cunt comes ower tae try tae help, but backs oaf as the dug swivels his eyes roond and growls through its nose, as if to say: You're next cunt.

Ah'm doon the stair at high speed, aluminium baseball bat in ma hand. This is what ah've been waitin for, this is what it's all about. Man the hunter. Ma mooth's dry wi anticipation; the Sick Boy is on safari. *A little problem for you to short out, Shimon*. I think I can handle that, Sean.

— HELP US! HELP US! the skinhead squeals. He's younger than ah thought.

— S awright mate. Stay cool, ah tell um. Have no fear, Simone's here.

Ah stealthily creep up behind the dug; ah don't want the fucker tae break its grip and go for me, even though there is very little chance ay that. Blood is oozing fae the guy's airm and the dug's mooth, saturating the side ay the boy's jaykit. The guy thinks ah'm gaunnae batter the dug's nut wi the bat, but that would be like sending Renton or Spud tae sexually satisfy Laura McEwan.

Instead ah gently lift the dug's collar up and stick the bat's handle under it. Ah twist, and twist . . . *Twist and shout* . . . Still the cunt hauds oan. This skinheid's falling tae his knees, nearly ready tae black oot wi the pain. Ah just keep twisting, and ah can feel the thick muscles in the dug's neck beginning tae yield, tae relax. Ah keep twisting. *Let's twist again, like wi did last suhmah.*

The dug lets oot a series ay hideous gasps through its nose and muffled jaws, as ah throttle the cunt tae death. Even in its death throes, and after, when it's as still as a sack ay tatties, it keeps its grip. Ah take the bat fae its collar, tae help us lever its jaws open, freeing the gadge's airm. By this time the polis have arrived, and ah've wrapped the boy's airm wi the rest ay his jaykit.

The skinhead is singing ma praises tae the polis n the ambulanceman. He's upset at Shane, he still cannae understand what turned this loving pet whae 'wouldnae hurt a fly', the cunt actually said that, mouthed that hideous cliché, intae a deranged monster. *Theshe beashts can turn at any time.*

As they led him into the ambulance, the young cop shook his heid. — Fuckin stupid works. These things are just killers. It's a big ego-trip for these daft cunts tae own them, but they always go berserk sooner or later.

The aulder polisman is gently interrogative aboot ma need tae huv a baseball bat, and ah tell him it's for home security, as there have been a lot of break-ins in the area. Not that Simone, I explain, would ever dream of talking the law into his own hands, but, well, it just gives one a certain peace of mind. Ah wonder if anybody this side of the Atlantic has ever bought a baseball bat with playing baseball in mind.

— Ah can understand that, the auld cop says. I'll bet you can, you dippet cunt. *The offishers of the law are rather shilly, eh Sean? Not particularly impreshiff, Shimon.*

The guys are telling me that I'm a brave gadge, and that they will be recommending a commendation. *Why shank you offisher, but it'sh nothing really.*

The Sick Boy is going round tae Marianne's the night for some sick fun. Doggy style must certainly be on the menu, if only as a tribute to Shane.

I am as high as a kite and horny as a field of stags. It's been a fucking beautiful day.

Searching for the Inner Man

Ah've never been incarcerated for junk. However, loads ay cunts have had stabs at rehabilitating me. Rehabilitation is shite; sometimes ah think ah'd rather be banged up. Rehabilitation means the surrender ay the self.

Ah've been referred tae a variety of counsellors, wi backgrounds ranging fae pure psychiatry through clinical psychology to social work. Doctor Forbes, the psychiatrist, used non-directive counselling techniques, basing his approach largely on Freudian psychoanalysis. This involved getting us tae talk aboot ma past life and focus oan unresolved conflicts, the assumption presumably bein that the indentification and resolution ay such conflicts will remove the anger which fuels ma self-destructive behaviour, that behaviour manifesting itself in ma use ay hard drugs.

A typical exchange:

Dr Forbes: You mentioned your brother, the one with the, eh, disability. The one that died. Can we talk about him?

(pause)

Me: Why?

(pause)

Dr Forbes: You're reluctant to talk about your brother?

Me: Naw. It's just that ah dinnae see the relevance ay that tae me bein oan smack.

Dr Forbes: It seems that you started using heavily around the time of your brother's death.

Me: A loat happened aroond that time. Ah'm no really sure how relevant it is tae isolate ma brar's death. Ah went up tae Aberdeen at the time; the Uni. Ah hated it. Then ah started oan the cross-channel ferries, tae Holland. Access tae aw the collies ye could hope fir.

(pause)

Dr Forbes: I'd like to go back to Aberdeen. You say you hated Aberdeen?

Me: Aye.

Dr Forbes: What was it about Aberdeen you hated?

Me: The University. The staff, the students and aw that. Ah thought they were aw boring middle-class cunts.

Dr Forbes: I see. You were unable to form relationships with people there.

Me: No sae much unable, as unwilling, although ah suppose it means the same, for your purposes (noncommittal shrug fae Dr Forbes) . . . ah hudnae any interest in any fucker thair.

(pause)

Ah mean ah didnae really see the point. Ah knew ah wisnae gaunnae stey fir long. If ah wanted a blether, ah'd go tae the pub. If ah wanted a ride ah'd go tae a prostitute.

Dr Forbes: You spent time with prostitutes?

Me:	Aye.
Dr Forbes:	Was this because you lacked confidence in your ability to form social and sexual attachments with women at the University? (pause)
Me:	Naw, ah did meet a couple ay lassies.
Dr Forbes:	What happened?
Me:	Ah wis only interested in sex, rather than a relationship. Ah didnae really huv the motivation tae disguise that fact. Ah saw these women purely as a means ay satisfying ma sexual urges. Ah decided it wis mair honest tae go tae a prostitute instead, rather than play a game ay deception. Ah wis quite a moral fucker in these days. So ah blew ma grant money oan prostitutes, and nicked food and books. That's what started the thievin. It wisnae really the junk, though that obviously didnae help.
Dr Forbes:	Mmmm. Can we go back to your brother, the one with the handicap. How did you feel about him?
Me:	No really sure . . . look, the guy wis jist ootay it. He wisnae thair. Totally paralysed. Aw he'd dae wis tae sit in that chair wi his heid turned tae the side. Aw he could dae wis blink n swallow. Sometimes he made wee noises . . . he wis like an object, rather than a person. (pause) Ah suppose ah resented um whin ah wis younger. Ah mean, ma Ma would just take um oot in this pram. This big, outsized thing in a fuckin pram, likes. It made me n ma big brar, Billy, the laughin stock wi the other kids. Wid git: 'Your brother's a spastic' or 'Your brother's a zombie' and aw that sortay shite. Jist bairns, ah ken, but it

doesnae seem like that at the time. Because ah wis tall n awkward as a wee laddie, ah started tae believe thit thir wis something wrong wi me n aw, that ah wis somehow like Davie . . .
(long pause)

Dr Forbes: So you felt a resentment towards your brother.

Me: Aye, as a bairn, a wee laddie, like. Then he went intae the hoespital. Ah suppose it wis, likes, problem solved, ken. Sortay ootay sight, ootay mind. Ah visited um a few times, but thir didnae seem tae be any point. Nae interaction, ken? Ah jist saw it as a cruel twist ay life. Perr Davie goat dealt the shitest possible hand. Fuckin sad, but ye cannae greet aboot it fir the rest ay yir puff. He wis in the best place fir um, gittin well looked eftir. Whin he died, ah felt guilty aboot resentin um, guilty aboot mibbe no huvin made a bit mair ay an effort. What kin ye dae though?
(pause)

Dr. Forbes: Have you talked about these feelings before?

Me: Naw . . . well, mibbe mentioned it tae ma Ma n faither . . . . . .

That was how it used tae go. A loat ay issues brought up; some trivial, some heavy, some dull, some interesting. Sometimes ah telt the truth, sometimes ah lied. When ah lied, ah sometimes said the things that ah thought he'd like tae hear, n sometimes said something which ah thought would wind him up, or confuse him.

Fucked if ah could see the connection between any ay that and me takin smack, but.

Ah did learn a few things though, based oan Forbes's disclosures and ma ain researches into psychoanalysis and how ma behaviour should be interpreted. Ah have an unresolved relationship wi ma deid brother, Davie, as ah huv been unable tae work oot or express ma feelings about his catatonic life and subsequent death. Ah have oedipal feelings towards ma mother and an attendant unresolved jealousy towards ma faither. Ma junk behaviour is anal in concept, attention-seeking, yes, but instead of withholding the faeces tae rebel against parental authority, ah'm pittin smack intae ma body tae claim power over it vis-à-vis society in general. Radge, eh?

Aw this might or might no be true. Ah've pondered ower a loat ay it, and ah'm willin tae explore it; ah don't feel defensive aboot any ay it. However, ah feel that it's at best peripheral tae the issue ay ma addiction. Certainly, talking about it extensively has done fuck all good. Ah think Forbes is as scoobied as ah am.

Molly Greaves, the clinical psychologist, tended to look at ma behaviour and ways of modifying it, rather than determining its causes. It seemed like Forbes had done his bit, now it was time tae get us sorted oot. That wis when ah started oan the reduction programme, which simply didnae work, then the methadone treatment, which made us worse.

Tom Curzon, the counsellor fae the drugs agency, a guy wi a social work rather than medical background, was intae Rogerian client-centred counselling. Ah went tae the Central Library and read Carl Rogers's *On Becoming A Person*. Ah thought that the book wis shite, but ah huv tae admit that Tom seemed tae get us closer tae what ah believe the truth might be. Ah despised masel and the world because ah failed tae face up tae ma ain, and life's, limitations.

The acceptance ay self-defeating limitations seemed then tae constitute mental health, or non-deviant behaviour.

Success and failure simply mean the satisfaction and frustration ay desire. Desire can either be predominantly intrinsic, based oan oor individual drives, or extrinsic, primarily stimulated by advertising, or societal role models as presented through the media and popular culture. Tom feels that ma concept ay success and failure only operates on an individual rather than an individual and societal level. Due tae this failure tae recognise societal reward, success (and failure) can only ever be fleeting experiences for me, as that experience cannae be sustained by the socially-supported condoning of wealth, power, status, etc., nor, in the case ay failure, by stigma or reproach. So, according tae Tom, it's nae good tellin us that ah've done well in ma exams, or got a good job, or got off wi a nice burd; that kind ay acclaim means nowt tae us. Of course, ah enjoy these things at the time, or for themselves, but their value cannae be sustained because there's nae recognition ay the society which values them. What Tom's trying tae say, ah suppose, is that ah dinnae gie a fuck. Why?

So it goes back tae ma alienation from society. The problem is that Tom refuses tae accept ma view that society cannae be changed tae make it significantly better, or that ah cannae change tae accommodate it. Such a state ay affairs induces depression on ma part, aw the anger gets turned in. That's what depression is, they say. However, depression also results in demotivation. A void grows within ye. Junk fills the void, and also helps us tae satisfy ma need tae destroy masel, the anger turned in bit again.

So basically ah agree wi Tom here. Whair we depart is that he refuses tae see this picture in its total bleakness. He believes that ah'm suffering fae low self-esteem, and that ah'm refusing tae acknowledge that by projecting the blame oantae society. He feels that ma means ay emasculating the rewards and praise (and conversely condemnation) available tae me by society is not a rejection ay these values per se, but an indication that ah dinnae feel good enough (or bad enough) aboot masel tae accept them. Rather than come oot and say: Ah don't think ah have these qualities (or ah think ah'm better than that), Ah say: It's a loaday fuckin shite anywey.

Hazel said tae us, jist before she telt us that she didnae wantae see us again, whin ah started using for the umpteenth time: — You just want tae fuck up on drugs so that everyone'll think how deep and fucking complex you are. It's pathetic, and fucking boring.

In a sense ah prefer Hazel's view. Thir is an element ay ego in it. Hazel understands ego needs. She's a windae dresser in a department store, but describes hersel as a 'consumer display artist' or something like that. Why should ah reject the world, see masel as better than it? Because ah do, that's why. Because ah fuckin am, and that's that.

The upshot ay this attitude is that ah was sent tae this therapy/counselling shite. Ah didnae want aw this. It wis this or the jail. Ah'm startin tae think that Spud goat the soft option. This shite muddies the waters for us; confuses rather than clarifies issues. Basically, aw ah ask is that cunts mind their ain business and ah'll dae the same. Why is it that because ye use hard drugs every cunt feels that they have a right tae dissect and analyse ye?

Once ye accept that they huv that right, ye'll join them in the search fir this holy grail, this thing that makes ye tick. Ye'll then defer tae them, allowin yersel tae be conned intae believin any biscuit-ersed theory ay behaviour they choose tae attach tae ye. Then yir theirs, no yir ain; the dependency shifts from the drug to them.

Society invents a spurious convoluted logic tae absorb and change people whae's behaviour is outside its mainstream. Suppose that ah ken aw the pros and cons, know that ah'm gaunnae huv a short life, am ay sound mind etcetera, etcetera, but still want tae use smack? They won't let ye dae it. They won't let ye dae it, because it's seen as a sign ay thir ain failure. The fact that ye jist simply choose tae reject whit they huv tae offer. Choose us. Choose life. Choose mortgage payments; choose washing machines; choose cars; choose sitting oan a couch watching mind-numbing and spirit-crushing game shows, stuffing fuckin junk food intae yir mooth. Choose rotting away, pishing and shiteing yersel in a home, a total fuckin embarrassment tae the selfish, fucked-up brats ye've produced. Choose life.

Well, ah choose no tae choose life. If the cunts cannae handle that, it's thair fuckin problem. As Harry Lauder sais, ah jist intend tae keep right on to the end of the road . . .

House Arrest

This bed is familiar, or rather, the wall opposite it is. Paddy Stanton looks doon at us wi his seventies sideboards. Iggy Pop sits smashing a pile ay records wi a claw hammer. Ma auld bedroom, in the parental home. Ma heid struggles tae piece thegither how ah've goat here. Ah can remember Johnny Swan's place, then feeling like ah wis gaunnae die. Then it comes back; Swanney n Alison takin us doon the stairs, gittin us intae a taxi n bombin up tae the Infirmary.

Funny thing wis, jist before this, ah remembered boastin thit ah'd niver OD'd in ma puff. Thir's a first time fir everything. It wis Swanney's fault. His gear's normally cut tae fuck, so ye always bung that wee bit mair intae the cooking spoon tae compensate. Then whit does the cunt dae? He hits ye wi some pure shit. Literally takes yir breath away. Daft cunt that he is, Swanney must've gave thum ma Ma's address. So eftir a few days in the hoespital gittin ma breathin stabilised, here ah am.

Here ah am in the junky's limbo; too sick tae sleep, too tired tae stay awake. A twilight zone ay the senses where nothing's real except the crushing, omnipresent misery n pain in your mind n body. Ah notice with a start that ma Ma's actually sitting on my bed, looking silently at me.

As soon as ah'm aware ay this, she could be sitting oan ma chest for the level ay crushing discomfort ah feel.

She puts her hand oantae ma sweaty brow. Her touch feels horrible, creepy, violating.

— Yir oan fire laddie, she sais softly, shaking her heid, concern etched oantay her face.

Ah raise a hand above the covers tae brush hers aside. Misinterpreting ma gesture, she grabs ma hand in both ay hers and squeezes tightly, cripplingly. Ah want tae scream.

— Ah'll help ye son. Ah'll help ye fight this disease. Ye'll stay here wi me n yir faither until yir better. Wir gaunnae beat this son, wir gaunnae beat it!

Her eyes have an intense, glazed look about them and her voice has a crusading zeal.

Shoo'nuff momma, shoo'nuff.

— Ye'll git through it though son. Doctor Mathews sais that it's jist really like a bad flu, this withdrawal, she tell us.

When wis the last time auld Mathews hud cauld turkey? Ah'd like tae lock that dangerous auld radge in a padded cell fir a fortnight, and gie um a couple ay injections ay diamorphine a day, then leave the cunt for a few days. He'd be beggin us fir it eftir that. Ah'd jist shake ma heid and say: Take it easy mate. What's the fuckin problem? It's jist like a bad flu.

— Did he gie us temazepan? ah ask.

— Naw! Ah telt um, nane ay that rubbish. Ye wir worse comin oaf that thin ye wir wi heroin. Cramps, sickness, diarrhoea . . . ye wir in a hell ay a state. Nae mair drugs.

— Mibbe ah could go back tae the clinic, Ma, ah hopefully suggest.

— Naw! Nae clinics. Nae methadone. That made ye worse, son, ye said so yirsel. Ye lied tae us, son. Tae yir ain mother n faither! Ye took that methadone n still went oot scorin. Fae now oan son it's a clean brek. Yir stayin here whair ah kin keep an eye oan ye. Ah've loast one laddie already, ah'm no losin another yin! Tears welled up in her eyes.

Poor Ma, still blaming hersel fir that fucked-up gene that caused ma brother Davie tae be born a cabbage. Her guilt, eftir struggling wi him fir years, at pittin him in the hoespital. Her devastation at his death last year. Ma kens whit everybody thinks ay her, the neighbours n that. They see her as flighty and brazen, because ay her blonde hair-dye, clathes too young fir her, and her liberal consumption ay Carlsberg Specials. They think thit her n ma faither used Davie's profound handicap tae git oot ay the Fort n git this nice Housing Association flat by the river, then cynically dumped the poor cunt in the residential care.

Fuck the facts, these trivial things, they petty jealousies become part ay the mythology in a place like Leith, a place fill ay nosey cunts who willnae mind their ain business. A place ay dispossessed white trash in a trash country fill ay dispossessed white trash. Some say that the Irish are the trash ay Europe. That's shite. It's the Scots. The Irish hud the bottle tae win thir country back, or at least maist ay it. Ah remember gettin wound up when Nicksy's brar, down in London, described the Scots as 'porridge wogs'. Now ah realise that the only thing offensive about that statement was its racism against black people. Otherwise it's spot-on. Anybody will tell you; the Scots make good soldiers. Like ma brar, Billy.

They suspect the auld man here as well. His Glasgow accent, the fact thit since being made redundant fi Parson's he's punted gear in the markets at Ingliston n East Fortune instead ay sittin in Strathie's Bar moanin his fuckin box oaf aboot everything.

They mean well, and they mean well tae me, but there's nae way under the sun that they can appreciate what ah feel, what ah need.

Protect me from those who wish tae help us.

— Ma . . . ah appreciate whit yir tryin tae dae, but ah need jist one score, tae ease masel oaf it. Jist the one, likes, ah plead.

— Forget it son. Ma auld man hus come intae the room withoot us hearin um. The auld girl nivir even gits a chance tae speak. — Your tea's oot. You'd better shape up pal, ah'm tellin ye.

He looks stony-faced, his chin jutting forward, his airms by his sides, as if in readiness tae huv a square go wi us.

— Aye . . . . right, ah mumble miserably, fae under the duvet. Ma pits a protective hand oan ma shoodir. We've both regressed.

— Mucked up everythin, he accuses, then reads oot the charges: — Apprenticeship. University. That nice wee lassie ye wir seein. Aw the chances ye hud Mark, n ye blew them.

He disnae need tae say aboot how he nivir hud they chances growin up in Govan n leavin school at fifteen n takin an apprenticeship. That's implicit. When ye think aboot it though, it isnae that much different fae growin up in Leith n leaving school at sixteen n takin an apprenticeship. Especially as he nivir grew up in an era ay mass unemployment. Still, ah'm in nae shape tae argue, n even if ah wis, it's pointless wi Weedjies. Ah've never met one Weedjie whae didnae think that they are the only genuinely suffering proletarians in Scotland, Western Europe, the World. Weedjie experience ay hardship is the only relevant experience ay it. Ah try another suggestion.

— Eh, mibbe ah'll go back doon tae London. Git a joab likes. Ah'm almost delirious. Ah imagine that Matty's in the room. — Matty . . . Ah think ah said it. The fuckin pain's starting tae.

— Yir in cloud cuckoo land son. Yir gaun naewhair. If ye shite, ah wahnt tae know aboot it.

There wisnae much chance ay that. The rock ah hud compacting in ma bowels would huv tae be surgically removed. Ah'd huv tae start forcin doon the Milk ay Magnesia solution and keep at it fir days tae git a result thair.

Whin the auld man shot the craw, ah managed tae cajole ma Ma intae giein us a couple ay her valium. She wis oan them fir six months after Davie died. The thing is, because she kicked them, she now regards hersel as an expert oan drug rehabilitation. This is smack, fir fuck's sake, mother dear.

I am tae be under house arrest.

The morning wisnae pleasant, but it wis a picnic compared tae the eftirnin. The auld man came back fae his fact-finding mission. Libraries, health-board establishments and social-work offices had been visited. Research hud been undertaken, advice hud been sought, leaflets procured.

He wanted tae take us tae git tested fir HIV. Ah don't want tae go through aw that shite again.

Ah git up fir ma tea, frail, bent and brittle as ah struggle doon the stairs. Every move makes ma blood soar tae ma throbbing heid. At one stage ah thought that it wid just burst open, like a balloon, sending blood, skull fragments and grey matter splattering oantae Ma's cream woodchip.

The auld girl sticks us in the comfy chair by the fire in front ay the telly, and puts a tray oan ma lap. Ah'm convulsing inside anyway, but the mince looks revolting.

— Ah've telt ye ah dinnae eat meat Ma, ah sais.

— Ye eywis liked yir mince n tatties. That's whair ye've gone wrong son, no eating the right things. Ye need meat.

Now there is apparently a causal link between heroin addiction and vegetarianism.

— It's good steak mince. Ye'll eat it, ma faither says. This is fuckin ridiculous.

Ah thought there and then about making for the door, even though ah'm wearing a tracksuit and slippers. As if reading ma mind, the auld man produces a set ay keys.

— The door stays locked. Ah'm fittin a lock oan yir room as well.

— This is fuckin fascism, ah sais, wi feelin.

— Dinnae gies yir crap. Ye kin cry it whit ye like; if that's whit it takes, that's whit you'll get. An mind yir language in the hoose.

Ma bursts intae a passionate rant: — Me n yir faither son, s no as if we wanted this. S no likesay that at aw. It's because we love ye son, yir aw wuv goat, you n Billy. Faither's hand faws oan toap ay hers.

Ah cannae eat ma food. The auld man isnae prepared tae go tae the extent ay force-feeding us, so he's forced tae accept the fact that good steak mince is going tae waste. No really tae waste, as he hus mine. Instead ah sip oan some cauld Heinz tomatay soup, which is aw ah kin take whin ah'm sick. Ah seemed tae leave ma body fir a while, watching a game show oan the box. Ah could hear ma auld man talking tae ma auld girl, bit ah couldnae take ma eyes fae the ugly-looking game-show host and turn ma heid tae face ma parents. Faither's voice seems almost tae be comin fae the set.

— . . . said here that Scotland's goat eight per cent o the UK population but sixteen per cent o the UK HIV cases . . . *What's the scores, Miss Ford?* . . . Embra's goat eight per cent o the Scottish population but ower sixty per cent o the Scottish HIV infection, by far the highest rate in Britain . . . *Daphne and John have scored eleven points, but Lucy and Chris, have fifteen!* . . . they say thit they discovered this blood-testin punters in Muirhoose fir summit else, hepatitis or that, n discovered the scale o the problem . . . *oooh . . . oooh . . . well, tough luck to the very sporting losers, give 'em a hand then, give 'em a hand* . . . the scumbags thit did this tae the boey, if ah git thir names, ah'll git a squad thegither n sort them oot masel, obviously the polis arenae interested, lettin thum deal that shite oan the streets . . . *won't be going away empty handed* . . . even if he is HIV it's no an automatic death sentence. That's aw ah'm saying Cathy, it's no an automatic death sentence . . . *Tom and Sylvia Heath of Leek in Staffordshire* . . . he sais he's no been sharin needles, but he's been proved a liar in the past . . . *it says here Sylvia darling, that you met Tom when he was looking under your bonnet, oooh* . . . wir jist sayin 'if' now Cathy . . . *he was fixing your car which had gone in for a service, oh, I see* . . . hopefully he hud mair sense . . . *first game's called 'Shoot To Kill'* . . . but it isnae an automatic death sentence . . . *and who better to show us the ropes than my old mate, from the Royal Archery Society of Great Britain, the one and only Len Holmes!* . . . that's aw ah'm sayin Cathy . . .

Ah started tae feel a crippling nausea and the room began tae spin. Ah fell oot ay the chair n puked tomatay soup aw ower the fireside rug. Ah don't remember getting pit tae bed. *There goes my first love woo-hoo* . . .

Ma body was being twisted and crushed. It wis like ah hud collapsed in the street and a skip hud been lowered oan top ay us, n a squad ay vicious workies wir loading it up wi heavy building materials, while at the same time sticking sharp rods underneath to skewer ma body. *With the guy I used to* . . .

What's the fuckin time? Ah wonder what the fuck 7:28. *I can't forget her* . . .

Hazel

My heart is breaking woo-hoo when I see her . . .

Ah throw back the weighty duvet and look at Paddy Stanton. Paddy. Whit am ah gaunny dae? Gordon Durie. Juke Box. What's the fuckin score here? Why did ye leave us Juke Box, ya cunt? Iggy . . . you've been thair. Help us man. HELP ME.

What did you say aboot it aw?

YOU'RE NO FUCKIN HELP YA CUNT . . . NO FUCKIN HELP AT AW . . .

Blood flows oantae the pillow. Ah've bitten ma tongue. Severely severed by the looks ay it. Every cell in ma body wants tae leave it, every cell is sick hurting marinated in pure fuckin poison

cancer

death

sick sick sick

death death death

AIDS AIDS fuck yis aw FUCKIN CUNTS FUCK YIS AW SELF-INFLICTED PEOPLE WI CANCER – NAE CHOICE FIR THAIM   DESERVING
AIN FAULT   AUTOMATIC DEATH SENTENCE
THROWIN AWAY YIR LIFE   DOESNAE NEED TAE BE AN AUTOMATIC DEATH SENTENCE   DESTROY
REHABILITATE
FASCISM
NICE WIFE
NICE BAIRNS
NICE HOOSE
NICE JOAB
NICE
NICE TA SEE YA, TA SEE YA. . . .
NICE NICE NICE   BRAIN DISORDER
DEMENTIA
HERPES THRUSH PNUEMONIA
WHOLE LIFE AHEAD AY YE MEET A NICE LASSIE N SETTLE DOON . . .

She's still ma first lurve

BROAT IT OAN YIRSEL.

Sleep.

More terrors. Am ah asleep or awake? Who fuckin knows or cares? No me. The pain's still here. Ah know one thing. If ah move, ah'll swallow ma tongue. Nice bit ay tongue. That's what ah cannae wait for ma Ma giein us, just like in the old days. Tongue salad. Poison your children.

Ye'll eat that tongue. That's a nice, tasty bit ay tongue thair son.

YE'LL EAT THAT TONGUE.

If ah don't move, ma tongue will slide down ma gullet anyway. Ah can feel it moving. Ah sit up, consumed by a blind panic, and retch, but thir's nowt comin up. Ma heart's thrashing in my chest, and sweat's lashing from my emaciated frame.

Is this sllllleeeeeeeeeeppppppp.

Oh fuck. Thir's somethin in this room wi me it is comin oot the fuckin ceiling above the bed.

It's a baby. Wee Dawn, crawlin along the ceilin. Greetin. But it's lookin doon it us now.

— You let me fuckin diieeeeee, it sais. It's no Dawn. No the wee bairn.

Naw, ah mean, this is fuckin crazy.

The bairn has sharp, vampire teeth wi blood drippin fae them. It's covered in a sick yellow-green slime. It's eyes are the eyes ay every psychopath ah've ever met.

— Yefuckinkilledme litmefuckindie junkedupootyirfuckinheids watchinthefuckinwaws ya fuckindopeyjunkycunt ah'llfuckinripyefuckinopen n feedoanyirfuckinmiserablesickgreyjunkyflesh startinwiyirjunkycockcauseahdiedafuckinvirginahllnivirgitafuckinridenivirgittaewearfuckinmakeupncoolclathesnivirgittaebeanythin causeyoufuckinjunkycuntsnivircheckedus yisletusfuckindiefuckinsuffocatetaefuckindeath yiskenwhitthatfeelslikeyacunts causeahvegoatafuckinsoulnahkinstillknowfuckinpainnyousecunts youseselfishfuckinjunkycuntswiyirfuckinskagtookitawawayfius soahmgaunnychewyourfuckindiseasedprickoafWANTAFUCKINBLOWJOBWANTAFUCKINBLOWJOBWANTAFAAAAAAAAACKIN

It springs fae the ceilin doon oan top ay us. Ma fingers rip and tear at the soft, plasticine flesh and messy gunge but the ugly shrill voice is still screamin n mockin n ah jerk n jolt n feel like the bed's sprung vertical n ah'm fawin through the fuckin flair . . .

Is this ssslllllleeeeeeeeepppppp.

There goes ma first lurve.

Then ah'm back in the bed, still haudin the bairn, softly cradlin it. Wee Dawn. Fuckin shame.

It's jist ma pillay. There's blood oan ma pillay. Mibbe it wis fae ma tongue; mibbe wee Dawn hus been here.

Thir must be less tae life than this.

More pain, then more sleep/pain.

When ah re-assemble intae consciousness ah'm aware that a period ay time has passed. How much ah don't know. The clock sais: 2:21.

Sick Boy is sitting in the chair looking at us. He has an expression ay mild concern overlaid wi a benign and patronising contempt. As he sips his cup ay tea and munches oan a chocolate digestive, ah realise that ma Ma and faither are also in the room.

What's the fuckin score?

The fuckin score is

— Simon's here, Ma announces, confirming that ah'm no hallucinating unless the mirage has audio as well as visual content. Like Dawn. Each dawn I die.

Ah smile at him. Dawn's dad. – Awright Si.

The bastard is charm itself. Jocular and matey banter about fitba wi ma Hun auld man, coming ower like the concerned GP family friend wi ma auld girl.

— It's a mug's game, Mrs Renton. Ah'm no tryin tae say thit ah'm blameless masel, far from it, but there comes a point whin ye jist huv tae turn yir back on that nonsense and say no.

Just say no. It's easy. Choose Life. Skin Kay-uh boi Eroin.

My parents find it impossible to believe that 'Young Simon' (who's four months aulder than me, and ah never git called 'Young Mark') could possibly have anything to do wi drugs, beyond the odd youthful experimental flirtation. Young Simon is identified with conspicuous success in their eyes. There's Young Simon's girlfriends, Young Simon's smart clathes, Young Simon's suntan, Young Simon's flat up the toon. Even Young Simon's jaunts to London are seen as more colourful chapters in the trendy, swashbuckling adventures of Leith Bannanay Flats's lovable cavalier, while my trips south invariably have a seedy and unsavoury association in their eyes. Young Simon can do no wrong though. They see the cunt as some sort ay *Oor Wullie* for the video generation.

Does Dawn intrude intae Sick Boy's dreams? No.

Although they have never came out and said it, ma Ma n faither suspect that ma drug problems ur due tae ma association wi 'the laddie Murphy'. This is because Spud is a lazy, scruffy bastard, who's naturally spaced out and seems as if he's oan drugs, even when he's clean. Spud is incapable ay upsettin a spurned lover wi a bad hangover. On the other hand Begbie, total fuckin crazy psycho Beggars, is held up as an archetypal model of manhood Ecosse. Yes, there may be poor bastards picking bits ay beer glass oot ay thir faces when Franco goes oan the rampage, but the laddie works hard and plays hard etcetera, etcetera.

After being treated like a simple cunt for an hour or so by all present, ma parents leave the room, convinced that Sick Boy is truly drug-free and not intending to slip their off-spring any H, more's the fuckin pity.

— Like auld times up here, eh? he sais, looking around at ma posters.

— Hing oan, ah'll bring oot the Subbuteo and the dirty books. We used to wank off tae porno mags as wee laddies. Stud thit he is these days, Sick Boy hates tae be reminded ay his fledging sexual development. Typically, he changes the subject.

— You've goat a right lam oan, he sais. What the fuck does the cunt expect in the circumstances?

— Too fuckin right ah huv. Ah'm fuckin sick here, Si. Yiv goat tae score us some smack.

— Nae chance. Ah'm steyin clean Mark. If ah start hingin roond losers like Spud, Swanney n that, ah'm back tae usin again in nae time at aw. No way José, he blaws through pursed lips n shakes his heid.

— Thanks mate. Yir aw fuckin heart.

— Stoap fah-kin whingein. Ah ken how bad it is. Ah went through this a few times n aw remember. Yiv been oaf it a couple ay days now. Yir nearly through the fuckin worst. Ah ken it's sair, bit if ye start shootin now, that's the gig fucked. Keep takin the vallies. Ah'll score ye some hash fir the weekend.

— Hash? Hash! You're a fuckin comedian. Might as well try tae combat third world famine wi a packet ay frozen peas.

— Naw, but listen tae us man. Once the pain goes away, that's whin the real fuckin battle starts. Depression. Boredom. Ah'm tellin ye man, ye'll feel so fuckin low ye'll want tae fuckin top yirsell. Ye need something tae keep ye gaun. Ah started bevvyin like fuck eftir ah came oaf the gear. Ah wis creamin a boatil ay tequila a day at one stage. Second Prize wis embarrassed in ma company! Ah'm oaf the bevvy now, n seein a few birds.

Eh handed us a picture. It showed Sick Boy wi this gorgeous looking lassie.

— Fabienne. French likes. Ower oan hoaliday. That wis taken up the Scott Monument. Ah'm gaun ower tae her bit in Paris next month. Then it's oaf tae Corsica. Hur folks've goat a wee place thair. Fuckin subliminal scene man. Hearin a woman speak in French when yir shaggin her is such a big turn oan.

— Aye, but whit's she saying? Ah bet it's somethin like: Your deek eez so how you say, tynee, 'ave you starteed yet . . . Ah bet that's whit she speaks in French fir.

He gave us that patient, patronising have-you-quite-finished smile.

— Oan that particular subject, ah wis talkin tae Laura McEwan last week. She indicated tae me that you had problems in that self-same area. Told us ye couldnae raise a smile the last time she ended up wi ye.

Ah raise a smile, and shrug. Ah thought ah'd got away with that disaster.

— Says thit ye couldnae satisfy yersel, nivir mind any cunt else, wi that fuckin thimble yuv goat the nerve tae call a penis.

Thir isnae much ah kin say tae Sick Boy on the subject ay cock size. His is bigger, no doubt about it. Whin we wir younger we used tae git pictures taken ay oor knobs in the passport photo booth at Waverley Station. Then we'd stick the photaes doon behind the glass panels in the auld grey bus shelters fir people tae look at. Wi used tae call thum oor public art exhibitions. Conscious ay the fact thit Sick Boy wis bigger, ah'd put ma dick as far up tae the camera lens as ah could. Unfortunately, the cunt soon tippled us n started daein the same.

Oan the particular subject ay ma disaster wi Laura McEwan thir wis even less tae say. Laura's a nutter. Intimidating at the best ay times. Ah've goat mair scar tissue oan ma boady fi one night wi her, than ah ever goat fi needles. Ah'd made aw the excuses ah could aboot that event. It's so depressing that people willnae let they things go. Sick Boy's determined tae let every fucker ken what a crap shag ah am.

— Awright, ah admit, that wis a pish-poor performance. But ah wis bevvied n stoned, n it wis her thit dragged me intae the bedroom, no the other wey roond. What the fuck did she expect?

He sniggered at me. The bastard always gave ye the impression he hud even mair choice slaggin material that he wis haudin back for another occasion.

— Well mate, jist think whit yir missin. Ah wis sniffin aroond in the gairdins the other day. Schoolies everywhere. Ye light up a joint and thir like flies aroond a crap. The manto's hoachin. Thir's foreign fanny aw ower the place, some ay them gaggin oan it. Ah've even seen a few wee honeys in Leith, fir fuck sakes. And speakin ay wee honeys, Mickey Weir wis fuckin brilliant at Easter Road oan Saturday. Aw the boys wir askin whair yiv been. Mind, thir's Iggy Pop and The Pogues gigs comin up shortly. It's aboot fuckin time that you goat yirsel thegither n started livin yir fuckin life. Ye cannae hide away in darkened rooms fir the rest ay yir puff.

Ah wisnae really interested in the cunt's shite.

— Ah really need jist one wee fix Si, tae ease us oaf the gear. Even a swallay ay methadone . . .

— If yir a good boy, ye might git a bit ay watered doon Tartan Special. Yir Ma wis sayin thit she might take ye tae the Dockers' Club oan Friday night; if yir oan yir best behaviour.

When the patronising cunt left, ah missed him. He nearly took us oot ay masel. It *wis* like auld times, but in a sense, that only served tae remind us ay how much things hud changed. Something hud happened. Junk hud happened. Whether ah lived wi it, died wi it, or lived withoot it, ah knew that things could never be the same again. Ah huv tae git oot ay Leith, oot ay Scotland. For good. Right away, no jist doon tae London fir six months. The limitations and ugliness ay this place hud been exposed tae us and ah could never see it in the same light again.

Ower the next few days, the pain abated slightly. Ah even started tae dae some cooking. Every cunt under the sun thinks thit thir Ma's the best cook in the world. Ah thought so tae, until ah went tae live oan ma ain. Ah realised then thit ma Ma's a shite cook. So ah've started tae make the tea. The auld man sneers at 'rabbit food' but ah think he secretly enjoys ma chillis, curries and casseroles. The auld girl seems vaguely resentful at ma encroachment intae whit she sees us her territory, the kitchen, and bleats aboot the need fir meat in a diet; but ah think she enjoys the scran n aw.

However, the pain is being replaced by an ugly, stark, black depression. Ah've never known such a sense ay complete and utter hopelessness, punctuated only by bouts ay raw anxiety. It immobilises me to the extent that ah'm sittin in the chair hating a tv programme, yet ah feel something terrible will happen if ah try tae switch ower. Ah sit burstin fir a pish, but too feart tae go up tae the bog in case thir's something lurking on the stairs. Sick Boy hud warned us aboot this, and ah'd experienced it in the past masel; but nae amount ay pre-warning or previous experience can fully prepare ye fir it. It makes the worse alcohol hangover seem like an idyllic wet dream.

My heart is breaking woo-hoo. The flick of a switch. Thank god for the remote control handset. You can move into different worlds at the press of a button. When I see her holding The replacement of worn-out sports equipment the guy sais something about a glaring lack of comprehensive detailed input and output measures which can be aggregated to enable the benefits to be evaluated and validated, at an area level, in terms of their effectiveness and efficiency, and this is something which the taxpayer, who after all will have to foot the bill will

— Coffee Mark? Ye wantin a coffee? Ma asks.

Ah can't respond. Yes please. No thanks. Ah do n ah dinnae. Say nothing. Let Ma decide whether or not I should have a coffee. Devolve or delegate that level of power, or decision making, to her. Power devolved is power retained.

— Ah goat a nice wee dress fir Angela's wee yin, Ma sais, holding up what could indeed only be described as a nice wee dress. Ma doesn't seem to realise that ah don't know who Angela is, let alone the child who will be the intended recipient of this nice wee dress. Ah just nod and smile. Ma's life and mines shot off on different tangents years ago. The point of contact is strong but obscure. Ah could say: Ah bought a nice wee bit ay skag oafay Seeker's mate, the buck-tooth cunt whaes name escapes me. That's it: Ma buys dresses fir people ah don't know, ah buy skag fae people she disnae know.

Faither's growing a moustache. With his close-cropped hair he will look like a liberated homosexual, a clone. Freddie Mercury. He disnae understand the culture. Ah explain it tae him and he's dismissive.

The next day, however, the moustache is gone. Faither now

'cannae be bothered' growing it. Claire Grogan's singing 'Don't Talk To Me About Love' on Radio Forth and Ma's making lentil soup in the kitchen. I've been singing Joy Division's 'She's Lost Control' in my head all day. Ian Curtis. Matty. I think of them intertwined in some way; but the only thing they have in common is a death wish.

That's aw that's worth mentioning aboot that day.

By the weekend, it isnae quite sae bad. Si hud goat us some blaw, but it wis standard Edinburgh hash, which is generally shite. Ah make some space-cake oot ay it, and that improves it. Ah even git a bit trippy in ma room in the eftirnoon. Ah still didnae feel up tae gaun oot though, especially tae the fuckin Dockers' Club n wi ma Ma n faither, bit ah resolved tae make the effort fir thair sakes, as they needed a brek. Ma n faither seldom missed a Saturday night at the club.

Ah stroll self-consciously doon Great Junction Street, the auld man nivir takin his eyes oaf us in case ah try tae dae a runner. Ah run intae Mally at the Fit ay the Walk, n we crack away fir a bit. The auld man intervenes, ushering us along, n lookin at Mally as if he wanted tae brek this evil pusher's legs. Poor Mally, whae widnae even touch a joint. Lloyd Beattie, whae used tae be a good mate ay oors years ago, before every cunt found oot he'd been shaggin his ain sister, gied us a meek nod.

In the club, people huv big smiles for the auld man n auld lady and strained ones fir me. Ah wis conscious ay some whispers n nods, followed by silences as we took a table. Faither slaps us oan the back n winks n Ma gies us a heart-wrenchingly tender and smotheringly indulgent smile. Nae doubt aboot it, thir no bad auld cunts. Ah love the fuck oot ay the bastards, if the truth be telt.

Ah think aboot how they must feel aboot me huvin turned oot the wey ah huv. Fuckin shame. Still, ah'm here. Perr Lesley's nivir gaunnae see wee Dawn grow up. Les and Sick fuck n Lesley, they say she's in the Southern General in Glesgie now, oan life-support. Paracetamol joab. She went through tae Glesgie tae git away fae the smack scene in Muirhoose n ended up movin intae Possil wi Skreel n Garbo. There's nae escape fir some fuckers. Hara-kiri wis Les's best option.

Swanney wis his customary sensitive self: — Fuckin Weedjies git aw the best gear these days. Thair oan that pure pharmaceutical shite while we're reduced tae crushin up any fuckin jack n jills wi kin git oor hands oan. Good gear's wasted oan these cunts, maist ay thum dinnae even inject. Smokin and snortin skag, a fuckin waste, he hissed contemptuously. — N that fuckin Lesley: she should be turnin the White Swan oantae that gear. Does she punt any ay it ma wey? Naw. She just sits feelin sorry fir hersel aboot her bairn. Shame n that, ken, dinnae git us wrong. Thing is, thir's opportunities n aw. Freedom fae the responsibility ay bein a single parent n that. Ye'd think she'd lap up the chance tae spread her wings.

Freedom fae responsibility. That sounds good. Ah'd like freedom fae the responsibility ay sittin in this fuckin club.

Jocky Linton comes ower tae join us. Jocky's pus is shaped like an egg oan its side. He's goat thick black hair flecked wi silver. He wears a blue shirt which is short-sleeved and exposes his tattoos. Oan one airm he's goat 'Jocky & Elaine — True Love Will Never Die' and 'Scotland' wi a Lion Rampant oan the other. Unfortunately, true love did bite the dust and Elaine shot the craw a long time ago. Jocky's now livin wi Margaret whae obviously hates the tattoo, but everytime he goes tae git another one pit ower it, he bottles oot, makin excuses aboot the fear ay HIV wi the needles. It's obviously shite, a feeble cop-oot because he still huds a candle fir Elaine. The thing ah remember maist aboot Jocky is his singing at pairties. He used tae sing George Harrison's *My Sweet Lord*, that wis his perty-piece. Jocky niver quite mastered the lyrics tae it though. He only kent the title and 'ah really want tae see you Lord' and the rest wis da-da-da-da-da-da-da.

— Day-vie. Cah-thy. Loo-kin-gor-jis-the-night-doll. Dinnae-you-be-tur-nin-yer-back-Ren-tin-or-ah'll-be-ruh-nin-ah-way-wi-her! Gles-kay-kee-lay-thit-ye-ur. Jocky spat out his syllables Kalashnikov style.

The auld girl tries tae look coy, her expression makin us feel a bit queasy inside. Ah jist hide behind a pint ay lager and fir once in ma puff am gled tae observe the total silence that the club bingo game imposes. Ma customary irritation at huvin ma every word policed by morons is now a replaced by a feeling ay sheer bliss.

Ah should have hud a house, bit ah didnae want tae speak, tae draw any attention tae masel whatsoever. It seemed though that fate — n Jocky — wir determined no tae respect ma desire fir anonymity. The cunt notices ma caird.

— HOUSE! That's-you-Mark. He's-goat-hoose. OWER-HERE! Wis-nae-eve-in-gaunn-ae-shout-oot. Cu-moan-son. Git-a-fu-kin-grip-ay-yir-sel.

Ah smile benignly at Jocky, all the time wishing a prompt and violent death oan the nosey cunt.

The lager is like the contents ay a bunged-up latrine, shot through wi CO_2. Eftir one gulp, a violent, wretching, spasm seizes us. Faither slaps ma back. Ah cannae touch ma pint eftir this, but Jocky n the auld man are flinging them back steadily. Margaret comes in, and before very long, she and the auld girl are makin good progress oan the vodka n tonics n the Carlsberg Specials. The band strikes up, which ah at first welcome as a respite fae talkin.

Ma Ma n faither git up tae dance tae 'Sultans Of Swing'.

— Ah like that Dire Straits, Margaret observes. — They appeal tae young ones, but aw ages like them.

Ah'm almost tempted tae vigorously refute this cretinous statement. However, ah content masel wi talking fitba wi Jocky.

— Rox-burgh wants shoot-in. That's-the-worst-Scot-lind-squad-ah've-ivir-seen, Jocky states, jaw jutting forward.

— S no really his fault. Ye kin only pish wi the cock yiv goat. Whae else is thir?

— Aye, right-e-nuff . . . but-ah'd-like-tae-see-John-Raw-birt-sin-git-un-ext-ten-did-run. Des-erves-it. Scot-lind's-maist-kin-sist-tint-strik-ir.

We continue our ritualistic argument, me trying tae find even a semblance ay passion which would breathe life intae it, and failing miserably.

Ah note that Jocky n Margaret hud been briefed tae ensure thit ah didnae try tae slip away. They aw took shifts tae mind us, the four ay them nivir up dancin at the same time. Jocky n ma Ma tae 'The Wanderer', Margaret n ma faither tae 'Jolene', Ma n faither again tae 'Rollin Down The River', Margaret n Jocky tae 'Save The Last Dance For Me'.

As the fat singer launches intae 'Song Sung Blue', the auld lady pulls us oantae the danceflair like ah wis a rag doll. Sweat spills oot ay us under the lights as Ma struts her stuff n ah self-consciously twitch. The humiliation intensifies as ah realise that the cunts ur daein a Neil Diamond medley. Ah huv tae go through 'Forever In Blue Jeans', 'Love On The Rocks' and 'Beautiful Noise'. By the time 'Sweet Caroline' comes oan, ah'm ready tae collapse. The auld lady forces us tae ape the rest ay the radges in the place by waving ma hands in the air as they sing:

— HAAANDS . . . TOUCHING HAANDS . . . REACHING OUUUT . . . TOUCHING YOOOU . . . TOUCH-ING MEEE . . .

Ah glance back at the table, n Jocky is in his element, a Leith Al Jolson.

Eftir this ordeal, thirs another tae follow. The auld man slips us a tenner and tells us tae git a round in. Social-skills development and confidence-building training are obviously on the agenda tonight. Ah take the tray up tae the bar n join the queue. Ah look over tae the door, feeling the crisp note in my hand. A few grains worth. Ah could be at Seeker's or Johnny Swan's, the Mother Superior's, in half an hour; shootin ma wey oot ay this nightmare. Then ah clock the auld man standing by the doorway, looking us ower like he wis a bouncer n ah wis a potential troublemaker. Only his role was tae stoap us fae leavin, rather than tae fling us oot.

This is a perverse gig.

Ah turn back intae the queue n ah see this lassie Tricia McKinlay whae ah'd been at school wi. Ah'd rather no talk tae anybody, but ah cannae ignore her now, as her smile is expanding in recognition.

— Awright Tricia?

— Aw, hiya Mark. Long time no see. How ye daein?

— No sae bad. Yirsel?

— Ye see it aw. This is Gerry. Gerry, this is Mark, he wis in ma class at school. Seems a long time ago now, eh?

She introduces me to a surly, sweaty gorilla who grunts in ma direction. Ah nod.

— Aye. Certainly does.

— Still see Simon? Aw the manto ask eftir Sick Boy. It makes us ill.

— Aye. He wis up at the hoose the day. He's away tae Paris soon. Then Corsica.

Tricia smiles and the gorilla looks on in disapproval. The guy has a face that just disapproves ay the world in general and looks ready for a square go wi it. Ah'm sure he's one ay the Sutherlands. Tricia could definitely huv done better for herself. Loads ay punters at school used tae fancy her. Ah used tae hing aroond her in the hope that people would think ah wis gaun oot wi her, in the hope that ah *would* be, by a sortay osmosis. Ah once started tae believe ma ain propaganda, and goat a healthy slap in the pus when ah tried tae put my hand up her jersey when we were up the disused railway line. Sick Boy fucked her though, the cunt.

— He eywis goat aroond did oor Simon, she sais wi a wistful smile.

Daddy Simone.

— Sure did. Stoat the baw, pimpin, drug-dealin, extortin money fae people. That's oor Simon. The bitterness in ma voice surprised us. Sick Boy wis ma best mate, well, Sick Boy n Spud . . . n maybe Tommy. Why am ah giein the cunt such a bad press? Is it solely because ay his neglect ay parental duties, or indeed his lack of acknowledgement ay parental status? It's more likely because I envy the cunt. He doesnae care. Because he doesnae care, he cannae be hurt. Never.

Whatever the reason, it freaks Tricia.

— Eh . . . well, right, eh, see ye Mark.

They leave quicky, Tricia cairryin the tray ay drinks and the Sutherland gorilla (or ah think he wis a Sutherland) lookin back at us, his knuckles nearly scrapin the varnish oan the dance flair.

It wis oot ay order bad-mouthin Sick Boy like that. Ah jist hate it whin the cunt gits oaf scot-free and ah'm painted as the big villain ay the piece. Ah suppose that's jist ma perception ay things. Sick Boy hus his anxieties, his personal pain. He also probably hus mair enemies thin me. He undoubtedly does. Still, what the fuck.

Ah take the drinks tae the table.

— Awright son? Ma asks us.

— Brand new Ma, brand new, ah sais, tryin tae sound like Jimmy Cagney n failin pathetically; like ah dae wi maist things. Still, failure, success, what is it? Whae gies a fuck. We aw live, then we die, in quite a short space ay time n aw. That's it; end ay fuckin story.

Bang to Rites

It's a beautiful day. That seems to mean

Concentrate. On the job at hand. Ma first burial. Somebody sais: — C'moan Mark, a gentle voice. Ah step forward and grab a length of the cord.

Ah help ma faither n ma uncles, Charlie n Dougie, tae lower the remains ay ma brother intae the groond. The army's pit up the hireys fir this do. Leave it to us, the softly-spoken Army Welfare Officer told Ma. Leave it to us.

Yes, this is the first burial ah've been at. Usually it's cremations these days. Ah wonder what's in the boax. No much ay Billy, that's fir sure. Ah look ower at ma Ma n Sharon, Billy's burd, who are being comforted by an assortment ay aunties. Lenny, Peasbo n Naz, Billy's mates, ur here, along wi some ay his squaddie pals.

Billy Boy, Billy Boy. Hello, hello, we are the. It's nothing tae dae wi

Ah keep thinking ay that auld Walker Brothers number, the one Midge Ure covered: *There's no regrets, no tears goodbye, I don't want you back* etcetera, etcetera.

Ah cannae feel remorse, only anger and contempt. Ah seethed when ah saw that fuckin Union Jack oan his coffin, n watched that smarmy, wimpy cunt ay an officer, obviously oot ay his depth here, tryin tae talk tae ma Ma. Worse still, these Glasgow cunts, the auld boy's side, are through here en masse. They're fill ay shite aboot how he died in the service ay his country n aw that servile Hun crap. Billy was a silly cunt, pure and simple. No a hero, no a martyr, jist a daft cunt.

A fit ay giggles hits us, threatening tae completely overwhelm us. Ah nearly cowped ower laughing hysterically, when ma faither's brar, Charlie, grabbed us by the airm. He looked hostile, but that cunt always does. Effie, his wife, pulls the fucker away sayin, — The boey's upset. It's jist his wey Chick. The boey's upset.

Get a fuckin wash ya soapdodgin Weedjie cunts.

Billy Boy. That's what these cunts called him as a laddie. It wis: Awright Billy Boey? Wi me, skulking behind the couch, it wis a grudging: Aye son.

Billy Boy, Billy Boy. Ah remember you sitting oan toap ay us. Me helplessly pinned tae the flair. Windpipe constricted tae the width ay a straw. Praying, as the oxygen drained fae ma lungs and brain, that Ma would return fae Presto's before you crushed the life oot ay ma skinny body. The smell ay pish fae your genitals, a damp patch on your short troosers. Was it really that exciting, Billy Boy? Ah hope so. Ah cannae really grudge ye it now. You always had a problem that way; those inappropriate discharges of faeces and urine that used tae drive Ma tae distraction. Who's the best team, you'd ask us, crushing, digging or twisting harder. No respite for me until ah sais: Hearts. Even after we'd fucked yous seven-nil on New Year's Day at Tynecastle, you still made me say Hearts. Ah suppose ah should have been flattered that an utterance from me carried more weight than the actual result.

Ma beloved brother was on Her Majesty's Service, on patrol near their base at Crossmaglen in Ireland, the part under British rule. They had left their vehicle to examine this road block, when POW! ZAP! BANG! ZOWIE!, and they were no more. Just three weeks before the end ay this tour of duty.

He died a hero they sais. Ah remember that song: 'Billy Don't Be A Hero'. In fact, he died a spare prick in a uniform, walking along a country road wi a rifle in his hand. He died an ignorant victim ay imperialism, understanding fuck all about the myriad circumstances which led tae his death. That wis the biggest crime, he understood fuck all about it. Aw he hud tae guide um through this great adventure in Ireland, which led tae his death, wis a few vaguely formed sectarian sentiments. The cunt died as he lived: completely fuckin scoobied.

His death wis good fir me. He made the *News at Ten*. In Warholian terms, the cunt had a posthumous fifteen minutes ay fame. People offered us sympathy, n although it wis misguided, it wis nice tae accept anywey. Ye dinnae want tae disappoint folk.

Some ruling class cunt, a junior minister or something, says in his Oxbridge voice how Billy wis a brave young man. He wis exactly the kind ay cunt they'd huv branded as a cowardly thug if he wis in civvy street rather than on Her Majesty's Service. This fucking walking abortion says that his killers will be ruthlessly hunted down. So they fuckin should. Aw the wey tae the fuckin Houses ay Parliament.

Savour small victories against this white-trash tool of the rich that's no no no

Billy being tormented by the Sutherland Brothers and entourage, who certainly made him quiver ha fuckin ha as they danced around him singing: YOUR BROTHER'S A SPASTIC, one of the great Leith street hits of the seventies, generally performed when the legs got too tired to sustain the twenty-two-a-side game ay fitba. Were they talking about Davie, or perhaps even me? Didnae matter. They didnae see me looking doon fae the bridge. Billy, your head stayed bowed. Impotence. How does it feel Billy Boy? Not good. I know because

It's weird by the graveside. Spud's here somewhere, clean, jist oot ay Saughton. Tommy n aw. It's crazy, Spud lookin healthy, n Tommy lookin like death warmed up. Complete role reversal. Davie Mitchell, a good mate ay Tommy's, a guy whae ah once worked wi oan site as an apprentice chippy way back, hus shown up. Davie caught HIV fae this lassie. Brave ay the cunt tae come. That's fuckin real bravery. Begbie, just when ah could make use ay the cunt's evil presence and capacity tae cause chaos, is oan hoaliday in Benidorm. Ah could do with his immoral support vis-à-vis my Weedjie relations. Sick Boy's still in France, livin oot his fantasies.

Billy Boy. Ah remember sharing that room. How the fuck ah did it for aw they years beats

The sun has a power. You can understand why people worship it. It's there, we know the sun, we can see it, and we need it.

You had first call on the room Billy. Fifteen months ma senior. Might is right. You'd bring gaunt-faced, vicious-eyed, gum-chewing lassies back to fuck, or at least heavy pet. They'd look at me with android contempt as you banished me, whoever was with me, and my Subbuteo into the lobby. Ah particularly recall the needless crunching of one Liverpool and two Sheffield Wednesday players under your heel. Unnecessary, but then total domination requires its symbolism, eh no Billy Boy?

Ma cousin Nina looks intensely shaftable. She's goat long, dark hair, and is wearing an ankle-length, black coat. Seems tae be a bit ay a Goth. Noting some ay Willie's squaddy pals and ma Weedjie uncles gettin oan well, ah find masel whistling 'The Foggy Dew'. One squaddy wi big, protruding front teeth, cottons oan and looks at us in surprise n then anger, so ah blaws the cunt a kiss. He stares at me for a bit, then looks away, shit up. Good. Wabbit season.

Billy Boy, ah wis your other spastic brother, the one who'd never had a ride, as you'd tell your mate Lenny. Lenny'd laugh and laugh until he'd almost have an asthma attack. It wisnae particularly Billy no you stupid, fuckin cunt

Ah give Nina a broad wink and she smiles, embarrassed. Ma faither's been clocking this and he steams ower tae me.

— Wahn fuckin bit ay crap oot ay you n that's us finished. Right?

His eyes were tired, sunk deep intae thir sockets. Thir wis a sad and unsettling vulnerability aboot him ah'd nivir seen before. Ah wanted tae say so much tae the man, but ah resented him fir allowing this circus tae take place.

— See ye up the hoose, faither. Ah'm gaun tae see Ma.

An overhead conversation in the kitchen, fuck-knows when.

Faither goes: — Thir's something wrong wi that laddie Cathy. Sittin in aw the time. It's no natural. Ah mean, look at Billy.

Ma sais back: — The laddie's jist different Davie, that's aw.

Different fae Billy. Not a Billy Boy. You won't know him by his noise, but by his silence. When he comes for you, he won't come screaming, announcing his intentions, but he'll come. Hello, hello. Goodbye.

Ah git a lift fae Tommy, Spud n Mitch. They urnae fir comin in. They depart quickly. Ah see ma auld lady, delirious, bein helped oot ay the taxi by her sister Irene, and sister-in-law Alice. The Weedjie aunties are clucking around in the background, ah can hear these horrible accents; bad enough oan a man, fuckin revolting oan a woman. These hatchet-faced auld boots dinnae look comfortable. Obviously, thir mair in their niche at the funeral ay an elderly relative whin thir's goodies up fir grabs.

Ma grabs the airm ay Sharon, Billy's burd, whae's goat a big bun in her oven. Why the fuck dae people ey grab each other's airms at funerals?

— He wid'uv made an honest wimmin ay ye hen. You wir eywis the one fir him. The wey she sais it, it was like she was trying tae convince herself as much as Sharon. Perr Ma. Two years ago, she hud three sons, now she's only got one, whae's a junky. The game's no straight.

— Dae ye think the army'll huv anything fir me? ah heard Sharon asking ma Auntie Effie, as we got intae the hoose. — Ah'm cairryin his bairn . . . it's Billy's bairn . . . she pleads.

— Dae ye think the moon's made oot ay green fuckin knob cheese? ah remark.

Fortunately, everyone seems too loast in thumsels tae pick it up.

Like Billy. He started to ignore me when I became invisible.

Billy, ma contempt for you jist grew over the years. It displaced the fear, jist sortay squeezed it oot, like pus fae a pluke. Of course, there's the blade. A great leveller, very good at negating physical assets; as Eck Wilson found oot tae his cost in second year. You loved us for that, once you got ower yir shock. Respected and loved me as a brother fir the first time. Ah despised you mair than ever.

You knew that your strength became superfluous once ah'd discovered the blade. You knew that, ya crappin bastard. The blade and the bomb. Just like the Naw. No the fuckin bomb. No

Ma embarrassment and discomfort grows. People fill their glasses and say what a great cunt Billy wis. Ah cannae really think ay anything good tae say aboot him, so ah shut up. Unfortunately, one ay his squaddy mates, the rabbit-toothed punter ah blew a kiss at, sidles up tae me. — You wir his brother, he sais, choppers hingin oot tae dry.

Ah might've guessed. Another Weedjie Orange bigot. Nae wonder he's hit it oaf wi faither's side. It put us oan the spot. Every cunt's eyes focus oan us. Dwat that pesky wabbit.

— Indeed I was, as you say, his brother, ah jocularly agree. Ah can feel the resentment mounting up against us. Ah huv tae play tae the crowd.

The best way ah knew tae strike a chord without compromising too much tae the sickening hypocrisy, perversely peddled as decency, which fills the room, is tae stick tae the clichés. People love them at this time, because they become real, and actually mean something.

— Billy n me nivir agreed oan that much . . .

— Ah well, vive le difference . . . said Kenny, an uncle oan ma Ma's side, tryin tae be helpful.

— . . . but one thing we hud in common wis thit we both liked a good bevvy and a good crack. If he can see us now, he'll be laughin his heid oaf at us sittin here aw moosey faced. He'd be sayin, enjoy yirsels, fir god sake! Ah've goat friends n family here. We've no seen each other fir ages.

An exchange of cards:

To Billy

Merry Christmas and a Happy New Year

(except between 3.00 and 4.40
on New Year's Day)

From Mark.

Mark

Merry Christmas and a Happy New Year

Billy

HMFC OK

To Billy,

Happy Birthday

From Mark

Then Billy and Sharon are

Mark Happy Birthday From Billy and Sharon

In Sharon's handwriting, which is like

The Weedjie white trash that were ma faither's family, came through for the Orange walk every July, and occasionally when Rangers were at Easter Road or Tynecastle. Ah wished the cunts would stay in Drumchapel. They receive my touching little tribute tae Billy well enough though, and all nod solemnly. All except Charlie, whae saw through ma mood.

— It's all a fuckin gemme tae you, int it son?

— If you must know, yes.

— Ah feel sorry for you. He shook his heid.

— Naw ye dinnae, ah tell him. He walks away, still shakin his heid.

More McEwan's Export and whisky follows. Auntie Effie starts tae sing, a nasal, country-style whine. Ah move ower tae Nina.

— You've really blossomed intae a wee honey, ken that? ah drunkenly slaver. She looks at me as if she's heard it aw before. Ah wis gaunnae suggest that we sneak away ower tae Fox's, or back tae ma flat at Montgomery Street. Is it against the law tae shag yir cousin? Probably. Thuv goat laws for stoapin ye daein everything else.

— Shame aboot Billy, she sais. Ah kin tell she thinks ah'm a total wanker. Of course, she's completely right. Ah thought that every cunt over twenty was a toss an no worth speakin tae, until ah hit twenty. The mair ah see, the mair ah think ah wis right. After that it's aw ugly compromise, aw timid surrender, progressively until death.

Unfortunately, Charlie, or Chick-chicy-chic-chicky-chicky, has clocked the solicitous nature ay my conversation, and moves in to protect Nina's virtue. No that she needs the assistance ay a fat soapdodger.

The bastard gestures me aside. When ah ignore him, he takes ma airm. He's pretty bevvied. His whisper is hard, an ah can smell the whisky oan his breath.

— Listen son, if you don't get oan yir fuckin bike, ah'm gaunnae tan your jaw. If it wisnae fir yir faither thair, ah've done it a long time ago. Ah don't like you son. Ah never huv. Yir brother wis ten times the man you'll ever be, ya fuckin junky. If you knew the misery yuv caused yir Ma n Da . . .

— You can speak frankly, ah cut in, anger throbbing in my chest but nonetheless contained by a delicious glee that comes fae knowing that ah've upset the cunt. Stay cool. It's the only way tae fuck a self-righteous bastard over.

— Oh ah'll speak frankly aw right, Mr University smart cunt. Ah'll knock ye through that fuckin waw. His chunky, indian-inked fist was just a few inches fae ma face. Ma grip tensed oan the whisky gless ah wis haudin. Ah wisnae gaunnae let the cunt touch us wi they fuckin hands. If he moved he wis gittin this gless.

Ah pushed his raised hand aside.

— If ye did gie us a kickin, ye'd be daein me a favour. Ah'd jist huv a wank aboot it later on. We University drop-oot smart cunt junkies are kinky that wey. Cause that's aw you're worth, ya fuckin trash. Yir also takin a wee bit for granted. Ye want tae go ootside, just say the fuckin word.

Ah gestured at the door. The room seemed tae shrink tae the size ay Billy's coffin, and be populated only by masel n Chick. But thir wir others. People wir looking roond at us now.

The cunt pushed us gently in the chest.

— Wuv hud wahn funeral in the family the day, wir no wahntin another.

Ma Uncle Kenny came ower and pulled us away.

— Ignore these orange bastards. C'moan Mark, look at yir Ma. It wid fuckin kill hur if ye got involved here, it Billy's funeral. Remember whair ye are, fir fuck sakes.

Kenny wis aw right, well a bit ay a fuckin erse if the truth be telt, but fir aw thir faults, ah'd rather huv an ayesur thin a soapdodger. Ah come fae some stock, right enough. Ayesur papish bastards oan ma Ma's side, soapdodging orange cunts oan ma faither's.

Ah gulped at the whisky, enjoying the burning sour taste ay it in ma throat n chest, wincing as it hit ma queasy stomach. Ah went through tae the toilet.

Sharon, Billy's burd, wis comin oot. Ah barred her wey. Sharon n me huv mibbe spoken about half-a-dozen sentences tae each other. She wis drunk n dazed, her face flushed and bloated wi alcohol n pregnancy.

— Hud oan the now Sharon. You n me need tae huv a wee blether, likes. It's pretty confidential in here. Ah usher her intae the toilet n loak the door behind us.

Ah start tae feel her up, while rabbitin a load ay shite aboot how we huv tae stick thegither at a time like this. Ah'm feelin her lump, n gaun oan aboot how much responsibility ah felt taewards ma unborn niece or nephew. We start kissin, and ah move ma hand doon, feelin the visible panty lines through the cotton material ay her maternity dress. Ah wis soon fingerin her fanny, and she hud goat ma prick oot ay ma troosers. Ah wis still bullshittin, tellin her that ah'd always admired her as a person and a woman, which she disnae really need tae hear because she's gaun doon oan us, bit it's somehow comfortin tae say. She takes ma semi intae her mooth n ah firm up quickly. There's no doubt aboot it, she gies a good blow-job. Ah think aboot her daein this wi ma brar, n wondered what hud happened tae his prick in the explosion.

If only Billy could see us now, ah'm thinkin, but in a surprisingly reverential way. Ah wondered if he could, n hoped so. It wis the first good thoughts aboot him ah'd hud. Ah withdraw jist before comin, and guide Sharon intae the doggy position. Ah hike up hur dress and pulled her panties down. Her heavy belly sags towards the flair. Ah try tae put it intae her arsehole first but it's too tight and it hurts ma knob end tae force it.

— No that wey, no that wey, she's saying, so ah stopped ma rummage for some cream, and scoop ma fingers intae hur fanny. She has a powerful ivy smell. Then again, ma cock also smells pretty foul and flecks of knob cheese are visible oan the helmet. Ah've never really been too much intae personal hygiene; probably the soapdodger in us, or the junky.

Ah concur wi Sharon's wishes n fuck her in the fanny. It's a wee bit like throwin the proverbial sausage up a close, but ah find ma stroke n she tightens up. Ah think aboot how close she is tae poppin and how far up ah am, an ah can see masel stickin it in the foetus's mooth. Some concept, a shag and a blow-job simultaneously. It torments us. They say that a shag is good for an unborn child, they get the circulation of blood, or some shite. The least ah kin dae is take an interest in the bairn's welfare.

A knock oan the door, follayed by Effie's nasal voice.

— Whit yis daein in thair?

— S awright, Sharon's bein sick. Too much bevvy in her condition, ah groaned.

— Ur you seein tae her son?

— Aye . . . ah'm seein tae her . . . ah panted as Sharon's groans grew louder.

— Awright well.

Ah blurt oot ma muck n pull oot. Ah gently push hur prostrate, helping her turn ower, and scoop hur huge milky tits oot ay her dress. Ah smuggle intae them like a bairn. She starts strokin ma heid. Ah feel wonderful, so at peace.

— That wis fuckin barry, ah gasp contentedly.

— Will we keep seein each other now? she sais. — Eh? Thir's a desperate, pleading edge tae her voice. What a fuckin radge.

Ah sat up n kissed her face, which wis like a swollen, overipe piece of fruit. Ah didnae want tae git heavy here. The truth wis, Sharon repulsed me now. This radge thinks that wi one fuck she can substitute one brar fir the other. Thing is, she's probably no far wrong.

— We huv tae git up Sharon, git cleaned likes, ken. They widnae understand if they caught us. They don't know anything. Ah know that yir a good lassie, Sharon, but they dinnae understand fuck all.

— Ah ken you're a nice laddie, she said supportively, but without a great deal of conviction. She was certainly far too good for Billy, then again Myra Hindley or Margaret Thatcher were far too good for Billy. She was caught in this git-a-man, git-a-bairn, git-a-hoose shite that lassies git drummed intae them, and hud nae real chance ay defining hersel ootside ay they mashed-tattie-fir-brains terms ay reference.

Thir wis another knock at the door.

— If yis dinnae open that door, ah'm gaunny knock it doon. It wis Charlie's son, Cammy. A fucking young polisman who looked like the Scottish Cup; big jug ears, nae chin, slender neck. The cunt obviously thought thit ah wis shootin up. Well, ah wis, but no in the sense he imagined.

— Ah'm awright . . . we'll be oot in a minute. Sharon wipes herself n tugs up her pants and re-arranges things. Ah'm fascinated at the speed wi which she moves for a heavily pregnant lassie. Ah couldnae believe ah'd jist shagged her. Ah'd feel bad aboot it the morn, but, as Sick Boy's prone tae sayin, the morn takes care ay itsel. Thir isnae an embarrassment in the world that cannae be erased by a bit ay blether and a few bevvies.

Ah open the door.

— Take it easy, Dixon ay Dock Green. No seen a lady up the kite before? His glaikit, open-moothed expression inspired ma instant contempt.

Ah didnae like the vibes, so ah took Sharon back tae ma flat. We jist talked. She telt us a loat ay things thit ah wanted tae hear, things ma Ma n faither never knew, and would hate tae ken. How Billy wis a cunt tae her. How he battered her oan occasions, humiliated her, n generally treated her like an exceptionally foul piece ay shite.

— Whit did ye stey wi um fir?

— He wis ma felly. Ye eywis think it'll be different, thit ye kin change thum, thit ye kin make a difference.

Ah understood that. But it's wrong. The only fuckers thit ever made a difference tae Billy wir the Provos, and they were cunts as well. Ah've no illusions about them as freedom fighters. The bastards made ma brother intae a pile ay catfood. But they only pulled the switch. His death wis conceived by these orange cunts, comin through every July wi thir sashes and flutes, fillin Billy's stupid heid wi nonsense about crown and country n aw that shite. They'll go hame chuffed fae the day. They can tell aw thir mates aboot how one ay the family died, murdered by the IRA, while defending Ulster. It'll fuel thir pointless anger, git thum bought drinks in pubs, and establish thir doss-bastard credibility wi other sectarian arseholes.

Ah dinnae want any cunt fuckin aboot wi ma brar. Those were the words Billy Boy spoke to Pops Graham and Dougie Hood as they came into the pub hassling me, determined that ah had tae pey for ma drugs. Billy's statement. Oh yes. Delivered wi such clarity and assurance, that it went beyond a threat. Ma irritants just looked at each other and skulked off oot ay the pub. Ah sniggered. So did Spud. We were high, and cared aboot fuck all. Billy Boy sneered at us, something like: You're a fuckin erse, and joined a couple ay his mates, whae looked disappointed that Pops and Dougie had fucked off, depriving them of an excuse fir a swedge. Ah still giggled. Thanks guys, it's been

Billy Boy told me that ah wis ruining ma life wi that shite. He told me this on numerous occasions. It's been real

Fuck. Fuck. Fuck. What's it aw aboot. Aw Billy. Aw fuck sakes. Ah didnae

Sharon was right. It's hard tae change people.

Every cause needs its martyrs though. So now ah'm wishing thit she wid fuck off so ah kin git tae ma stash, cook up a shot and git a hit, in the cause ay oblivion.

Junk Dilemmas No. 67

Deprivation's relative. There are bairns starvin tae death, dying every second like flies. The fact that this is happening in another place, doesnae negate that fundamental truth. In the time it takes us tae crush up these pills, cook them and inject them, thousands ay bairns in other countries, and mibbe a few in this yin, will be deid. In the time it takes us tae dae this, thousands ay rich bastards will be thousands ay pounds richer, as investments ripen.

Crushin pills up: what a fuckin doss-heid. Ah should really leave the jack n jills tae the stomach. Brain and vein are too fragile tae carry that stuff direct.

Like Dennis Ross.

Dennis hud a great hit fae that whisky he injected intae hissel. Then

his eyes started rollin, blood flooded fae his nostrils, n that wis Denny. Once ye see the blood fae yir nose hit the flair at that rate . . . the gig's over. Junky machismo . . . naw. Junky need.

Ah'm feart awright, shitein ma keks, but the me that's shitein it is a different me tae the one that's crushin up the pills. The me that's crushin up the pills sais that death cannae be worse than daein nowt tae arrest this consistent decline. That me eywis wins the arguments.

Thir's nivir any real dilemmas wi junk. They only come when ye run oot.

Exile

London Crawling

No go. Whair the fuck are the cunts? Ma ain bastard fault. Should've phoned tae tell them ah wis comin doon. Well, the surprise is mine. Nae fucker's in. The black door has a coldness, a stern, deathly front which seems tae say tae us thit they've been gone a long time, and willnae be back fir a longer yin, if ever. Ah deek though the letter boax, bit ah cannae see if thir's any envelopes at the bottom ay the door.

Ah boot the door in frustration. The woman across the landing, a mumpy hoor as ah remember, opens her door and pokes hur heid oot. She stares at us as if tae ask us a question. Ah ignore her.

— They ain't in. Ain't been in for a couple of days, she tells us, looking suspiciously at ma sports bag as if thir wis explosives contained in it.

— Nice one, ah gruffly mumble, turnin ma heid ceilingwards in exasperation, hoping that this show ay desperation will encourage the woman tae say something like: I know you. You used to stay there. You must be exhausted travelling all the way down from Scotland. Come in, have a nice cup ay tea, and wait for your friends.

Whit she does say is: — Naah . . . ain't seem em for at least two days.

Cunt. Fuck. Bastard. Shite.

They could be anywhere. They could be naewhaire. They could be back at anytime. They might never be back.

Ah walk doon Hammersmith Broadway, London seeming strange and alien, after only a three-month absence, as familiar places do when you've been away. It's as if everything is a copy of what you knew before, similar, yet somehow lacking in its usual qualities, a bit like the wey things are in a dream. They say you have to live in a place to know it, but you have to come fresh tae it tae really see it. Ah remember walkin along Princes Street wi Spud, we both hate walkin along that hideous street, deadened by tourists and shoppers, the twin curses ay modern capitalism. Ah looked up at the castle and thought, it's just another building tae us. It registers in oor heids just like the British Home Stores or Virgin Records. We were heading tae these places oan a shoplifting spree. But when ye come back oot ay Waverley Station eftir bein away fir a bit, ye think: Hi, this isnae bad.

Everything in the street today seems soft focus. It's probably lack of sleep and lack of drugs.

The pub sign is a new one, but its message is old. The Britannia. Rule Britannia. Ah've never felt British, because ah'm not. It's ugly and artificial. Ah've never really felt Scottish either, though. Scotland the brave, ma arse; Scotland the shitein cunt. We'd throttle the life oot ay each other fir the privilege ay rimmin some English aristocrat's piles. Ah've never felt a fuckin thing aboot countries, other than total disgust. They should abolish the fuckin lot ay them. Kill every fuckin parasite politician that ever stood up and mouthed lies and fascist platitudes in a suit and a smarmy smile.

The board tells us thit there is a gay skinheads night oan in the back bar. Cults and subcultures segment and cross-matrix in a place like this. Ye can be freer here, no because it's London, but because it isnae Leith. Wir all slags on holiday.

In the public bar, ah scan for a familiar face. The layout and decor of the place has radically changed, for the worse. What was once a good, grotty local where you could fling beer over your mates and get sucked off in the women's or men's toilets is now a frighteningly sanitised hole. A few locals wi hard, bemused faces and cheap clathes, cling tae a corner ay the bar like shipwrecked survivors tae driftwood as yuppies guffaw loudly. Still at work, always in the office, but wi alcohol instead ay phones. This place is now geared up tae supplying all-day meals to workers ay the offices that continue to encroach into the Borough. Davo and Suzy widnae drink in a soulless toilet like this.

One ay the barmen, though, looks vaguely familiar.

— Does Paul Davis still drink in here? ah ask him.

— You wot Jock, the coloured geezer that plays for the Arsenal? he laughs.

— Naw, this is a big scouser. Dark, spiked hair, nose like a fuckin ski slope. Ye couldnae miss this guy.

— Roight . . . yeah, oi know the geezer. Davo. Angs around wiff that bird, little gel, short, black hair. Nah, ain't seen that crowd in ere for ages. Don't even know if they're still on the manor.

Ah drink a pint ay fizzy pish, and crack wi the guy aboot his new customers.

— Fing is Jock, most orf them geezers ain't even genuine yuppies, he disdainfully gestures over to a crowd of suits in the corner. — Mostly fucking shiny-arsed clerks or commission-based insurance salesmen that get a handful orf fucking roice each week in wages. It's orl fucking image, innit. These cahnts are all up to their fucking eyes in debt. Strutting around the fucking city in expensive suits pretendin that they're on fifty K a year. Most orf them aint even got a five-figure salary, ave they.

Thir wis a lot in what the guy said, bitter as the cunt wis. Thir wis certainly mair dosh kickin aboot down here thin up the road, but one thing the cunts doon here hud swallayed, wis the idea thit aw ye hud tae dae wis tae look the part, n it wid aw come your way, which wis fuckin shite. Ah've known scheme junkies in Edinburgh wi a healthier asset-tae-debt ratio thin some two-waged, heavily-mortgaged couples doon here. It'll hit the fan one day. Thir are sackloads ay repossession orders in the post.

Ah go back up tae the flat. Still nae sign ay the cunts.

The woman across the wey comes back oot. — You won't find em in. Her voice is smug and gloating. What a cunt ay the first order this old slag is. A black cat meanders past her, out ontae the landing.

— Choatah! Choatah! C'mere you bleedin little . . . She picks the cat up and holds it protectively to her bosom like a baby, staring at us bitterly as if ah somehow intended tae herm the bag ay shite.

Ah fuckin hate cats, nearly as much as ah hate dugs. Ah advocate the banning ay the use ay animals as pets and the extermination ay aw dugs, except a few, which could be exhibited in a zoo. That's one ay the few things that me n Sick Boy consistently agree aboot.

Cunts. Whair the fuck ur they?

Ah go back doon tae the pub n huv another couple ay pints. It's fuckin soul destroying, what the bastards have done tae this place. The nights we used tae huv in here. It's like the past hus been eradicated along wi the auld fittings.

Withoot thinking consciously, ah've left the pub, n ah'm walking back the wey ah came, towards Victoria. Ah stoap oaf at a pay-phone, pull oot some loose change n ma battered address book. Time tae look fir alternative digs. Could be dodgy. Ah've fucked up wi Stevie or Stella, no way I'd be welcome back there. Andreas is back in Greece, Caroline is oan hoaliday in Spain, Tony, stupid fuckin doss cunt Tony, is wi Sick Boy, whae's ower fae France, back up in fuckin Edinburgh. Ah forgot tae git the cunt's keys, n the bastard forgot tae remind us.

Charlene Hill. She's Brixton. First choice. Might even git a ride, if ah play ma cairds right. Could certainly dae wi one . . .

that's whit being straight, well straightish, does tae ye . . . torture.

— Hello? Another woman's voice.

— Hi. Can I speak to Charlene?

— Charlene . . . she don't live ere anymore. Don't know where she is now, Stockwell, I fink . . . ain't got an address . . . old on . . . MICK! MICK! YOU GOT CHARLENE'S ADDRESS? . . . . CHARLEEENE . . . . Na. Sorry. Ain't got it.

No ma fuckin day. Hus tae be Nicksy.

— No. No. No Brian Nixon. Gone. Gone; an Asian voice.

— Goat an address fir um mate?

— No. Gone. Gone. No Brian Nixon.

— Whair's he steyin likesay but?

— What? What? I cannot understand you . . .

— Where-is-my-friend-Bri-an-Nicks-on-stay-ing?

— No Brian Nixon. No drugs. Go. Go. The cunt slams the phone doon oan us.

It's gettin late, and this city has shut me oot. An alko wi a Glasgow accent taps twenty pence fi us.

— Yir a fuckin good boey, ah'll tell ye that son . . . he groans.

— You're orlroight Jock, ah tell um, in ma best Cockney. Other Scots in London ur a pain in the erse. Particularly Weedjies, whae irritate us at the best ay times wi thir nosey cunt patter, which they pretend is friendliness. The last thing ah want right now is tae be stuck wi a fuckin soapdodger in tow.

Ah think aboot gittin the 38 or 55 up tae Hackney, and callin oan Mel at Dalston. If Mel's no in, and the cunt's no oan the phone, then ma boats ur well n truly burned.

Instead ah find masel peyin tae git intae the all-night cinema in Victoria. It shows porno movies throughout the night, until five a.m. It's a crash pad for every low-life under the sun. Winos, junkies, vagrants, sex-fiends, psychos, they all converge here at night. Ah pledged tae masel thit ah'd nivir spend a night here again, eftir the last time.

A few years back ah wis in here wi Nicksy n some boy goat stabbed. The polis came n jist lifted every cunt they could git thir hands oan includin us. We hud a quart ay hash oan us n hud tae eat the lot. We couldnae even fuckin speak by the time they goat roond tae interviewin us doon the station. They kept us in the cells overnight. Next day they took us roond tae Bow Street magistrates court, it's right next tae the nick, and fined every cunt whae wis too incoherent tae give evidence wi a breach ay the peace. Nicksy n me goat stung fir thirty bar each; whin it wis thirty bar.

Here ah am again though. If anything, the place has gone downhill since ma last visit. Aw the films are pornographic, except fir one excruciatingly violent documentary, where various animals tear each other apart in exotic locations. Its graphic nature takes it a million miles fae David Attenborough's jobs.

— Ya black bastards! Fuckin black bastards! roars a Scots voice as a group ay natives hurl spears intae the side ay a big bison-like creature.

A racist Scottish animal lover. Odds-on he's a Hun.

— Dirty fucking jungle-bunnies, a sycophantic Cockney voice adds.

Whit a fuckin place tae be. Ah try tae git intae the films tae take ma mind oaf the screaming and heavy breathing gaun oan around us.

The best film is a German one overdubbed wi American English. The plot is no great shakes. It concerns this young lassie in a Bavarian costume who gets fucked in a variety of ways and locations by almost every male and a few ay the females oan the farm. The set pieces are quite imaginative though, and ah'm gettin intae it. These images are obviously the nearest most cunts in this dive ever come tae sex, although having said that, ye can tell by the sounds that some men and women and men and men are fucking. Ah find ah've goat a hard-on, and ah'm even tempted tae have a wank, but the next film crushes ma erection.

It's a British one, inevitably. It's set in a London office during the party season and is imaginatively entitled: *The Office Party*. It stars Mike Baldwin, or the actor Johnny Briggs, whae plays the cunt in *Coronation Street*. It's like a Carry-On film wi less humour and mair sex. Mike eventually gets fucked, but he disnae deserve tae, lookin like an irritating wee sleazebag fir maist ay the film.

Ah keep driftin oaf intae a delirious sleep, and waking with a start, ma head jerking back like it's gaunnae snap oaf ma shoodirs.

Out ay the corner ay ma eye, ah see a guy movin seats tae sit next tae us. He puts his hand oan ma thigh. Ah pull his hand oaf.

— Git tae fuck. You wantin yir heid n hands tae play wi, ya cunt?

— Sorry. Sorry, he sais in a European accent. He's an auld cunt n aw. He sounds really pathetic, n he's goat a wizened wee face. Ah actually start feelin sorry fir um.

— Ah'm no a buftie pal, ah tell um. He looks confused. — No homosexual, ah point at masel, feeling vaguely ridiculous. What a fuckin daft thing tae say.

— Sorry. Sorry.

This sortay gits us thinkin. How the fuck dae ah ken ah'm no a homosexual if ah've nivir been wi another guy? Ah mean, really fir sure? Ah've always hud a notion tae go aw the wey wi another guy, tae see what it wis like. Ah mean, yuv goat tae try everything once. Huvin said that, ah'd huvtae be in the drivin seat. Ah couldnae handle some cunt's knob up *ma* erse. One time ah picked up this gorgeous young queen in the London Apprentice. Ah took um back tae the auld gaff in Poplar. Tony n Caroline came in n caught us giein the boy a gam. It wis a total embarrassment. Giein a guy whae wis wearin a condom a blow-job. It wis like sucking a plastic dildo. Ah wis bored tae fuck, bit the boy hud sucked me oaf first so ah felt ah hud tae reciprocate.

It wis a good blow-job he gave, technically speaking. However, ah hud kept gaun soft n collapsing wi laughter at the expression oan his face. He looked like this lassie ah used tae fancy ages ago, so wi a bit ay imagination and concentration ah managed, tae ma surprise, tae shoot ma load intae the rubber.

Ah took a real slaggin fae Tony fir this episode, but Caroline thought that it wis cool, n confessed tae us this she wis as jealous as fuck. She thought the guy wis a honey.

Anywey, ah widnae mind gaun aw the wey wi a gadge, if it felt right. Jist fir the experience. Problem is, ah only really fancy birds. Guys jist dinnae look sexy. It's aw aboot aesthetics, fuck all tae dae wi morality.

The auld cunt disnae exactly look like he'd be high oan the list ay candidates tae lose yir homosexual virginity tae. He tells us though, thit he's goat a place up in Stoke Newington n asks us if ah'd like tae crash the night. Well, Stokie's no far fae Mel's bit at Dalston, so ah thoat: Fuck it.

The auld cunt's Italian, n he's called Gi, short fir Giovanni, ah'd imagine. He tells us that he's workin in a restaurant and that he's goat a wife n bairns back in Italy. Ah git a feelin thit this disnae quite ring true. One ay the great things aboot bein intae junk is thit ye come across loads ay liars. Ye develop a certain expertise in that area yirsel, and a keen nose for the bullshit.

Wi git a night bus up tae Stokie fi Victoria. Thirs loads ay young punters oan the bus; stoned, pished, gaun tae perties, comin fae perties. Ah wished tae fuck that ah wis in one ay they squads instead ay wi this auld cunt. Still.

Gi's basement flat is somewhair oafay Church Street. Ah'm loast eftir that, but ah ken thit wir no as far in as Newington Green. It's extremely fuckin dingy inside. Thir's an auld sideboard, a chest ay drawers and a big, brass bed in the middle ay this musty smelling room, which has a kitchen and toilet off it.

Given ma previous vibe aboot this cunt, ah'm surprised tae see pictures ay a woman n bairns aw ower the place.

— Yir family mate?

— Yes, this is my family. Soon they will be joining me.

This still didnae sound plausible tae me. Perhaps ah've become that used tae lies, thit the truth sounds indecently false. But still.

— Must miss thum.

— Yes. Oh yes, he goes, then he sais — Lie down on the bed my friend. You can sleep. I like you. You can stay for a while.

Ah gie the wee cunt a hard stare. He's nae physical threat, so ah thought, fuck it, ah'm knackered, n ah climbed oantae the bed. Ah hud a flicker ay doubt as ah remembered Dennis Nilsen. Ah bet thir wis some cunts whae thought thit he wis nae physical threat; before he throttled thum, decapitated thum n biled thir heids in a big pan. Nilsen used tae work in the same Jobcentre in Cricklewood as this guy fae Greenock ah knew. The Greenock guy told me that one Christmas Nilsen brought in a curry he'd made fir the staff ay the centre. Mibbe bullshit, but ye nivir know. Anywey, ah'm so fucked that ah shut ma eyes, succumbing tae ma tiredness. Ah tensed slightly when ah felt him gittin oantae the bed beside us, but ah soon relaxed because he made nae move tae touch us n we wir both fully clathed. Ah felt masel driftin oaf intae a sick, disorientated sleep.

Ah woke up, wi nae idea ay how long ah'd been asleep; ma mooth dried oot and a strange wet sensation oan ma face. Ah touched the side ay ma cheek. Egg-white strands of thick, sticky fluid trailed from ma hand. Ah turned n saw the auld cunt lyin beside us, now naked, spunk drippin fae ehs small, fat cock.

— Ya dirty auld cunt! . . . wankin ower us in ma fuckin sleep . . . ya fuckin mingin auld bastard! Ah felt like a dirty hanky, just used, just nothing. A rage gripped us n ah smacked the wee cunt in the mooth n pulled um oaf the bed. He looked like a repulsive, fat gnome wi his bloated stomach n roond heid. Ah booted um a few times as he cowered oan the deck, then ah stoaped as ah realised he wis sobbin.

— Fuck sake. Dirty wee cunt. Fuckin . . . Ah paced up and

doon the room. His greetin wis disturbing. Ah pulled a dressing-gown oaf one ay the brass knobs oan the edge ay the bed n draped it roond his ugly nakedness.

— Maria. Antonio, he sobs. Ah realise thit ah've goat ma airm aroond the wee bastard n ah'm comforting him.

— S awright mate. S awright. Sorry. Didnae mean tae hurt ye, it's jist likesay, nae cunts wanked ower us before.

That wis certainly true.

— You are kind . . . what can I do? Maria. My Maria . . . He wis howling. His mooth dominated his face, a huge black hole in the twilight. He smelt ay stale drink, sweat n spunk.

— Look, c'moan we'll go doon tae a cafe. Huv a wee blether. Ah'll git ye some breakfast. Oan me. Thir's a good place doon Ridley Road, by the market, ken? It'll be open by now.

My suggestion wis as much motivated by self-interest as altruism. It took us nearer tae Mel's place at Dalston, and ah wanted oot ay this depressing basement room.

He goat dressed n we left. We padded the hoof doon Stokie High Street n Kingsland Road, doon tae the market. The cafe wis surprisingly busy, but we goat a table. Ah hud a cheese n tomatay bagel n the auld cunt hus this horrible black boiled meat, the stuff that the Jewish punters up at Stamford Hill seem tae be intae.

The cunt starts gabbin aboot Italy. He wis married tae this Maria woman fir years. The family found oot thit him n Antonio, Maria's younger brother, wir fucking each other. Ah shouldnae really put it like that, mair like thit they wir lovers. Ah think he loved the guy, but he loved Maria n aw. Ah thought ah wis bad wi drugs, but the mess some cunts make ay thir lives wi love. It disnae bear thinkin aboot.

Anywey, thir wis two other brothers, macho, Catholic n according tae Gi, involved wi the Neopolitan Camorra. These cunts couldnae handle this. They goat a haud ay Gi, ootside the family restaurant. They kicked ten types ay shite oot ay the perr wee cunt. Antonio goat the same treatment later oan.

Antonio topped hissel eftir that. It means a loat in that culture, Gi telt us, tae be disgraced in that wey. Ah'm thinkin, it means a loat in any fuckin culture. Gi then tells us thit Antonio flung hissel in front ay a train. Ah thought, mibbe it does mean mair in that culture eftir aw. Gi fled tae England, whair he's been working in various Italian restaurants; living in seedy gaffs, drinking too much, exploiting or being exploited by the young guys and auld wifies he picks up. It sounds a pretty miserable life.

Ma spirits soared whin we goat doon the road tae Mel's and ah heard reggae music blastin intae the street and saw the lights oan. The fag-end ay what must huv been a considerable party wis still gaun.

It wis good tae git amongst auld faces. They wir aw thair, aw the cunts, Davo, Suzy, Nicksy (bombed oot ay his boax), n Charlene. Bodies wir crashed oot aw ower the place. Two lassies wir dancin wi each other, n Char wis dancin wi this guy. Paul n Nicksy wir smokin; opium, no hash. Maist English junkies ah know smoke horse rather than shoot it up. Needles seem tae be mair ay a Scottish, Edinburgh, thing. Ah take a toke fae the cunts anywey.

— Farking great tuh see yah again, me old sahn! Nicksy slaps us oan the back. Clockin Gi, he whispers, — Oose the old cahnt then, eh? Ah'd brought the wee bastard along. Ah didnae huv the heart tae leave the cunt eftir listening tae aw his tales ay woe.

— Sound mate. Great tae see ye. This is Gi. Good mate ay mines. Steys up in Stokie. Ah slaps auld Gi oan the back. The perr wee fucker wears an expression like ye'd see oan a rabbit at the bars ay its cage asking fir a bit ay lettuce.

Ah go fir a wander, leavin Gi talking tae Paul n Nicksy aboot Napoli, Liverpool and West Ham, the international male language ay fitba. Sometimes ah lap up that talk, other times its pointless tediousness depresses the fuck oot ay us.

In the kitchen, two guys are arguin aboot the poll tax. One

boy's sussed oot, the other's a fuckin spineless Labour/Tory Party servile wankboy.

— You're a fuckin arsehole oan two counts. One, if ye think the Labour Party's goat a fuckin chance ay ever gettin in again this century, two, if ye think it would make a blind bit ay fuckin difference if they ever did, ah jist butt in and tell the cunt. He stands thair open-moothed, while the other guy smiles.

— That's joost wot oi was troi-ing to tell the bastid, he sais in a Brummie accent.

Ah split, leaving the servile cunt still bemused. Ah go intae in a bedroom whair this guy's licking oot this lassie, aboot three feet away fae whair some junkies are usin. Ah look at the junkies. Fuck me, thir usin works, shootin up n that. So much fir ma theories.

— You want a photograph mate? this skinny wee Goth wide-o whae's cookin asks.

— You want a fuckin burst mooth, cunt? Ah answer his question wi a question. He looks away n keeps cookin. Ah stare at the toap ay his heid fir a bit. Content that the cunt's shat his load, ah loosen up. Whenever ah go doon south, ah seem tae huv that kind ay attitude. It goes eftir a couple ay days. Ah think ah ken why ah huv it, but it wid take too long tae explain, n sound too pathetic. As ah leave the room, ah hear the lassie groanin oan the bed n the guy sayin, — Wot a fucking sweet cunt you got gel . . .

Ah stagger through the door, wi that soft, slow voice resonating in ma ear: — Wot a fucking sweet cunt you got gel . . . and it starkly makes explicit to me just what ah've been looking around for.

Ah'm no exactly spoiled fir choice here. The scene's pish-poor in the potential bag-off stakes. At this time ay the morning, the most desirable women huv either bagged off or fucked off. Charlene's copped, so's the woman that Sick Boy shagged oan her 21st birthday. Even the lassie wi the eyes like Marty Feldman and the hair like pubes, is spoken for.

Story ay ma fuckin life. Arrive too early, git too pished or stoned oot ay boredom n blow it, or git thair too fuckin late.

Wee Gi's standing by the fireplace, sipping a can ay lager. He looks frightened and bemused. Ah think tae masel, ah might end up whappin it up the wee cunt's choc-box yit.

The thought depresses the fuck oot ay us. Still, we are all slags oan hoaliday.

Bad Blood

I first meet Alan Venters through the 'HIV and Positive' self-help group, although he wasn't part of that group for long. Venters didn't look after himself very well, and soon developed one of the many opportunistic infections we're prone to. I always find the term 'opportunistic infection' amusing. In our culture, it seems to invoke some admirable quality. I think of the 'opportunism' of the entrepreneur who spots a gap in the market, or that of the striker in the penalty box. Tricky buggers, those opportunistic infections.

The members of the group were in a roughly similar medical condition. We were all anti-body positive, but still largely asymptomatic. Paranoia was never far from the surface at our meetings; everybody seemed to be furtively checking out everyone else's lymph glands for signs of swelling. It was disconcerting to feel people's eyes stray to the side of your face during conversation.

This type of behaviour added further to the sense of unreality which hung over me at the time. I really couldn't conceive of what had happened to me. The test results at first just seemed unbelievable, so incongruous with the healthy way I felt and looked. Part of me remained convinced that there had to be a mistake, in spite of taking the test three times. My self-delusion should have been shattered when Donna refused to see me, but it was always hanging on in the background with a grim resolution. We always seem to believe what we want to believe.

I stopped going to the group meetings after they put Alan Venters in the hospice. It just depressed me and, anyway, I wanted to spend my time visiting him. Tom, my key worker and one of the group counsellors, reluctantly accepted my decision.

— Look Dave, I think that you seeing Alan in hospital is really great; for him. I'm more concerned about you at the moment, though. You're in great health, and the purpose of the group is to encourage us to make the most of things. We don't stop living just because we're HIV positive . . .

Poor Tom. His first *faux pas* of the day. — Is that the royal 'we' Tom? When you're HIV positive, tell me aw about it.

Tom's healthy, pink cheeks flushed. He couldn't help it. Years of intensive interpersonal skills practice had taught him to hide the nervy visual and verbal giveaways. No shifty eye contact or quavering voice from him in the face of embarrassment. Not old Tom. Unfortunately, Tom cannae do a thing about the glowing red smears which rush up the side of his face on such occasions.

— I'm sorry, Tom apologised assertively. He had the right to make mistakes. He always said that people had that right. Try telling that to my damaged immune system.

— I'm just concerned that you're choosing to spend your time with Alan. Watching him wasting away won't be good for you and, besides, Alan was hardly the most positive member of the group.

— He was certainly the most HIV positive member.

Tom chose to ignore my remark. He had a right not to respond to the negative behaviour of others. We all had such a right, he told us. I liked Tom; he ploughed a lonely furrow, always trying to be positive. I thought that my job, which involved watching slumbering bodies being opened up by the cruel scalpel of Howison, was depressing and alienating. It's a veritable picnic however, compared to watching souls being wrenched apart. That was what Tom had to put up with at the group meetings.

Most members of 'HIV and Positive' were intravenous drug-users. They picked up HIV from the shooting galleries which flourished in the city in the mid-eighties, after the Bread Street surgical suppliers was shut down. That stopped the flow of fresh needles and syringes. After that, it was large communal syringes and share and share alike. I've got a mate called Tommy who started using smack through hanging around with these guys in Leith. One of them I know, a guy called Mark Renton, whom I worked with way back in my chippy days. It's ironic that Mark has been shooting smack for years, and is, so far as I know, still not infected with HIV, while I've never touched the stuff in my life. There were, however, enough smack-heads present in the group to make you realise that he could be the exception, rather than the rule.

Group meetings were generally tense affairs. The junkies resented the two homosexuals in the group. They believed that HIV originally spread into the city's drug-using community through an exploitative buftie landlord, who fucked his sick junky tenants for the rent. Myself and two women, one the non-drug-using partner of a junk addict, resented everyone as we were neither homosexual nor junkies. At first I, like everyone else, believed that I had been 'innocently' infected. It was all too easy to blame the smack-heads or the buftie-boys at that time. However, I had seen the posters and read the leaflets. I remember in the punk era, the Sex Pistols saying that 'no one is innocent'. Too true. What also has to be said though, is that some are more guilty than others. This brings me back to Venters.

I gave him a chance; a chance to show repentance. This was a sight more than the bastard deserved. At a group session, I told the first of several lies, the trail of which would lead to my grip on the soul of Alan Venters.

I told the group that I had had unprotected, penetrative sex with people, knowing full well that I was HIV positive, and that I now regretted it. The room went deathly silent.

People shifted nervously in their seats. Then a woman called Linda began to cry, shaking her head. Tom asked her if she wanted to leave the meeting. She said no, she would wait and hear what people had to say, venomously addressing her reply in my direction. I was largely oblivious to her anger though; I never took my eyes off Venters. He had that characteristic, perpetually bored expression on his face. I was sure a faint smile briefly played across his lips.

— That was a very brave thing to say, Davie. I'm sure it took a lot of courage, Tom said solemnly.

Not really you doss prick, it was a fucking lie. I shrugged.

— I'm sure a terrific burden of guilt has been lifted from you, Tom continued, raising his brows, inviting me to come in. I accepted the opportunity this time.

— Yes, Tom. Just to be able to share it with you all. It's terrible . . . I don't expect people to forgive . . .

The other woman in the group, Marjory, directed a sneering insult towards me, which I didn't quite catch, while Linda continued crying. No reaction was forthcoming from the cunt who sat in the chair opposite me. His selfishness and lack of morality sickened me. I wanted to take him apart with my bare hands, there and then. I fought to control me senses, savouring the richness of my plan to destroy him. The disease could have his body; that was its victory, whatever malignant force it was. Mine would be a greater one, a more crushing one. I wanted his spirit. I planned to carve mortal wounds into his supposedly everlasting soul. Ay-men.

Tom looked around the circle: — Does anyone empathise with Davie? How do people feel about this?

After a bout of silence, during which my eyes stayed trained on the impassive figure of Venters, Wee Goagsie, a junky in the group, started to croak nervously. Then he blurted out, in a terrible rant, what I'd been waiting for from Venters.

— Ah'm gled Davie sais that . . . ah did the same . . . ah did the fuckin same . . . an innocent lassie that nivir did a fuckin thing tae naebody . . . ah jist hated the world . . . ah mean . . . ah thought, how the fuck should ah care? What huv ah goat fae life . . . ah'm twenty-three an ah've hud nothin, no even a fuckin joab . . . why should ah care . . . whin ah telt the lassie, she jist freaked . . . he sobbed like a child. Then he looked up at us and produced, through his tears, the most beautiful smile I have ever seen on anyone in my life. — . . . but it wis awright. She took the test. Three times ower six months. Nuthin. Shi wisnae infected . . .

Marjory, who in the same circumstances *was* infected, hissed at us. Then it happened. That cunt Venters rolled his eyes and smiled at me. That did it. That was the moment. The anger was still there, but it was fused with a great calmness, a powerful clarity. I smiled back at him, feeling like a semi-submerged crocodile eyeing a soft, furry animal drinking at the river's edge.

— Naw . . . wee Goagsie whined piteously at Marjory, — it wisnae like that . . . waitin fir her test results wis worse thin waiting fir ma ain . . . yis dinnae understand . . . ah didnae . . . ah mean ah dinnae . . . it's no like . . .

Tom came to the aid of the quivering, inarticulate mass he had become.

— Let's not forget the tremendous anger, resentment and bitterness that you all felt when you learned that you were anti-body positive.

This was the cue for one of our customary, on-going series of arguments to shunt into full gear. Tom saw it as 'dealing with our anger' by 'confronting reality'. The process was supposed to be therapeutic, and indeed it seemed to be for many of the group, but I found it exhausting and depressing. Perhaps this was because, at the time, my personal agenda was different.

Throughout this debate on personal responsibility, Venters, as was typical on such occasions, made his customary helpful and enlightening contribution. — Shite, he exclaimed, whenever someone made a point with passion. Tom would ask him, as he always did, why he felt that way.

— Jist do, Venters replied with a shrug. Tom asked if he could explain why.

— It's jist one person's view against the other's.

Tom responded by asking Alan what his view was. Alan either said: Ah'm no bothered, or: Ah dinnae gie a fuck. I forget his exact words.

Tom then asked him why he was here. Venters said: — Ah'll go then. He left, and the atmosphere instantly improved. It was as if someone who had done a vile and odious fart had somehow sucked it back up their arsehole.

He came back though, as he always did, sporting that sneering, gloating expression. It was as if Venters believed that he alone was immortal. He enjoyed watching others trying to be positive, then deflating them. Never blatantly enough to get kicked out of the group, but enough to significantly lower its morale. The disease which racked his body was a sweetheart compared to the more obscure one that possessed his sick mind.

Ironically, Venters saw me as a kindred spirit, unaware that my sole purpose of attending the meetings was to scrutinise him. I never spoke in the group, and perfected a cynical look whenever anyone else did. Such behaviour provided the basis on which I was able to pal up with Alan Venters.

It had been easy to befriend this guy. Nobody else wanted to know him; I simply became his friend by default. We started drinking together; him recklessly, me carefully. I began to learn about his life, accumulating knowledge steadily, thoroughly and systematically. I had done a degree in Chemistry at Strathclyde University, but I never approached my studies of that subject with anything like the rigour or enthusiasm with which I approached the study of Venters.

Venters had got HIV infection, like most people in Edinburgh, through the sharing of needles while taking heroin. Ironically, prior to being diagnosed HIV positive, he had kicked the junk, but was now a hopeless pisshead. The way he drank indiscriminately, occasionally stuffing a pub roll or toastie into his face during a marathon drinking bout, meant that his weakened frame was easy prey to all sorts of potentially killer infections. During his period of socialising with me, I confidently prophesied that he would last no time.

That was how it turned out; a number of infections were soon coursing through his body. This made no difference to him. Venters carried on behaving as he had always done. He started to attend the hospice, or the unit, as they called it; first as an outpatient, then with a berth of his very own.

It always seemed to be raining when I made that journey to the hospice; a wet, freezing, persistent rain, with winds that cut through your layers of clothing like an X-ray. Chills equal colds and colds can equal death, but this meant little to me at the time. Now, of course, I look after myself. Then, however, I had an all-consuming mission: there was work to be done.

The hospice building is not unattractive. They have faced over the grey blocks with some nice yellow brickwork. There is no yellow brick approach road to the place, however.

Every visit to Alan Venters brought my last one, and my final revenge, closer to hand. The point soon came when there was no time left to try and illicit heartfelt apologies from him. At one stage I thought that I wanted repentance from Venters more than revenge for myself. If I got it, I would have died with a belief in the fundamental goodness of the human spirit.

The shrivelled vessel of skin and bone which contained the life-force of Venters seemed to be an inadequate home for a spirit of any sorts, let alone one in which to invest your hopes for humanity. However, a weakened, decaying body was supposed to bring the spirit closer to the surface, and make it more apparent to we mortals. That was what Gillian from the hospital where I worked told me. Gillian is very religious, and it suits her to believe that. We all see what we want to see.

What did I really want? Perhaps it was always revenge, rather than repentance. Venters could have babbled for forgiveness like a greetin-faced bairn. It might not have been enough to stop me from doing what I planned to do.

This internal discoursing; it's a by-product of all that counselling I got from Tom. He emphasised basic truths: you are not dying yet, you have to live your life until you are. Underpinning them was the belief that the grim reality of impending death can be talked away by trying to invest in the present reality of life. I didn't believe that at the time, but now I do. By definition, you have to live until you die. Better to make that life as complete and enjoyable an experience as possible, in case death is shite, which I suspect it will be.

The nurse at the hospital looked a bit like Gail, a woman I'd once gone out with, pretty disastrously, as it happens. She wore the same cool expression on her face. In her case she had good reason, as I recognised it as one of professional concern. In Gail's case, such detachment was, I feel, inappropriate. This nurse looked at me in that strained, serious and patronising way.

— Alan's very weak. Please don't stay too long.

— I understand, I smiled, benign and sombre. As she was playing the caring professional, I thought that I had better play the concerned friend. I seemed to be playing the part quite well.

— He's very fortunate to have such a good friend, she said,

obviously perplexed that such a bastard abomination could have *any* friends. I grunted something noncommittal and moved into the small room. Alan looked terrible. I was worried sick; gravely concerned that this bastard might not last the week, that he might escape from the terrible destiny I'd carved out for him. The timing had to be right.

It had given me great pleasure, at the start, to witness Venters's great physical agony. I will never let myself get into a state like that when I get sick; fuck that. I'll leave that engine running in the lock-up garage. Venters, shite that he is, did not have the guts to leave the gig of his own accord. He'd hang on till the grim end, if only to maximise the inconvenience to everyone.

— Awright Al? I asked him. A silly question really. Convention always imposes its lunacy on us at such inappropriate times.

— No bad . . . he wheezed.

Are you quite sure, Alan, dear boy? Nothing wrong? You look a bit peaky. Probably just a touch of this little bug that's doing the rounds. Straight to bed with a couple of disprins and you'll be as right as rain tomorrow.

— Any pain? I ask hopefully.

— Naw . . . they goat drugs . . . jist ma breathin . . . I held his hand and felt a twinge of amusement as his pathetic, bony fingers squeezed tightly. I thought I was going to laugh in his skeletal face as his tired eyes kept shutting.

Alas poor Alan, I knew him Nurse. He was a wanker, an infinite pest. I watched, stifling smirks, as he groped for breath.

— S awright mate. Ah'm here, I said.

— You're a good guy, Davie . . . he spluttered. — . . . pity we nivir knew each other before this . . . He opened his eyes and shut them again.

— It was a fuckin pity awright you trash-faced little cunt . . . I hissed at his closed eyes.

— What? . . . what was that . . . he was delirious with fatigue and drugs.

Lazy cunt. Spends too long in that scratcher. Should get off his hole for a wee bit of exercise. A quick jog around the park. Fifty press-ups. Two dozen squat thrusts.

— I said, it's a shame we had to meet under such circumstances.

He groaned contentedly and fell into a sleep. I extracted his scrawny fingers from my hand.

Unpleasant dreams, cunt.

The nurse came in to check on my man. — Most anti-social. Hardly the way to treat a guest, I smiled, looking down on the slumbering near-corpse that was Venters. She forced a nervous laugh, probably thinking it's the black humour of the homosexual or the junky, or the haemophiliac or whatever she imagines me to be. I don't give a toss about her perception of me. I see myself as the avenging angel.

Killing this shitebag would only do him a big favour. That was the problem, but one which I managed to resolve. How do you hurt a man who's going to die soon, knows it, and doesnae give a toss? Talking, but more crucially, listening to Venters, I found out how. *You hurt them through the living, through the people they care for.*

The song says that 'everybody loves somebody sometime', but Venters seemed to defy that generalisation. The man just did not like people, and they more than reciprocated. With other men Venters saw himself in an adversarial role. Past acquaintances were described with bitterness: 'a rip-off merchant', or derision: 'a fuckin sap'. The description employed depended on who had abused, exploited or manipulated whom, on the particular occasion in question.

Women fell into two indistinct categories. They either had 'a fanny like a fish supper', or 'a fanny like a burst couch'. Venters evidently saw little in a woman beyond 'the furry hole', as he called it. Even some disparaging remarks about their tits or arses would have represented a considerable broadening of vision. I got despondent. How could this bastard ever love anybody? I gave it time, however, and patience reaped its reward.

Despicable shite though he was, Venters did care for one person. There was no mistaking the change in his conversational tone when he employed the phrase: 'the wee felly'. I discreetly pumped him for information about the five-year-old son he had by this woman in Wester Hailes, a 'cow' who would not let him see the child, named Kevin. Part of me loved this woman already.

The child showed me how Venters could be hurt. In contrast to his normal bearing, he was stricken with pain and incoherent with sentiment when he talked about how he'd never see *his* son grow up, about how much he loved 'the wee felly'. That was why Venters did not fear death. He actually believed that he would live on, in some sense or other, through his son.

It hadn't been difficult to insinuate myself into the life of Frances, Venters's ex-girlfriend. She hated Venters with a vitriol which endeared her to me even though I wasn't attracted to her in any other way.

After checking her out, I cruised her accidentally-on-purpose at a trashy disco, where I played the role of charming and attentive suitor. Of course, money was no object. She was soon well into it, obviously having never been treated decently by a man in her life, and she wasn't used to cash, living on the breadline with a kid to bring up.

The worst part was when it came to sex. I insisted, of course, on wearing a condom. She had, prior to us getting to that stage, told me about Venters. I nobly said that I trusted her and would be prepared to make love without a condom, but I wanted to remove the element of uncertainty from her mind, and I had to be honest, I had been with a few different people. Given her past experience with Venters, such doubts were bound to be present. When she started to cry, I thought I had blown it. Her tears were due to gratitude however.

— You're a really nice person, Davie, dae ye ken that? she said. If she knew what I was going to do, she wouldn't have held such a lofty opinion. It made me feel bad, but whenever I thought of Venters, the feeling evaporated. I would go through with it alright.

I timed my courtship of Frances to coincide with Venter's decline into serious illness and his attendant incapacity in the hospice. A number of illnesses were in the frame to finish Venters, the leader of the field being pneumonia. Venters, in common with a lot of HIV-infected punters who take the junk route, escaped the horrible skin cancers more prevalent amongst gays. The main rival to his pneumonia was the prolific thrush which went into his throat and stomach. Thrush was not the first thing to want to choke the living shit out of the bastard, but it could be the last unless I moved quickly. His decline was very rapid, at one stage too rapid for my liking. I thought that the cunt would cash in his chips before I could execute my plan.

My opportunity came, in the event, at exactly the right time; in the end it was probably fifty-fifty luck and planning. Venters was struggling, no more than a wrinkled parcel of skin and bone. The doctor had said: any day now.

I had got Frances to trust me with the babysitting. I encouraged her to get out with her friends. She was planning to go out for a curry on the Saturday night, leaving me alone in her flat with the kid. I would take the opportunity presented to me. On the Wednesday before the big day, I decided to visit my parents. I had thought about telling them of my medical condition, and knew it would probably be my last visit.

My parents' home was a flat in Oxgangs. The place had always seemed so modern to me when I was a kid. Now it looked strange, a shantytown relic of a bygone era. The auld girl answered the door. For a second she looked tentative. Then she realised it was me and not my younger brother, and therefore the purse could be kept in mothballs. She welcomed me, her enthusiasm generated by relief. — Hu-low stranger, she sang, ushering me in with haste.

I noted the reason for the hurry, *Coronation Street* was on. Mike Baldwin had apparently reached a point where he had to confront live-in-lover Alma Sedgewick and tell her that he was really into rich widow Jackie Ingram. Mike couldn't help it. He was a prisoner of love, a force external to him, which compelled him to behave the way he did. I could, as Tom would have put it, empathise. I was a prisoner of hate, a force which was an equally demanding taskmaster. I sat down on the couch.

— Hello stranger, ma old man repeated, not looking at me from behind his *Evening News*. — What have you been up tae then? he asked wearily.

— Nuthin' much.

Nothing really pater. Oh, did I mention I'm antibody positive? It's very fashionable now, you know. One simply must have a damaged immune system these days.

— Two million Chinkies. Two million ay the buggers. That's whit we're gaunnae huv ower here whin Hong Kong goes back tae China. He let out a long exhalation of breath. — Two million Wee Willie Winkies, he mused.

I said nothing, refusing to rise to the bait. Ever since I'd gone to university, jacking in what my parents habitually described as 'a good trade', the auld man had cast himself as hard-nosed reactionary to my student revolutionary. At first it had been a joke, but with the passing years I grew out of my role as he began to embrace his more firmly.

— You're a fascist. It's all to do with inadequate penis size, I told him cheerfully. *Coronation Street*'s vice-like grip on my Ma's psyche was broken briefly as she turned to us with a knowing smirk.

— Dinnae talk bloody nonsense. Ah've proved *ma* manhood son, he belligerently replied, digging at the fact I'd managed to reach the age of twenty-five without obtaining a wife or producing children. For a second I even thought that he was going to pull out his cock to try and prove me wrong. Instead he shrugged off my remark and returned to his chosen theme. — How'd you like two million Chinkies in your street? I thought of the term 'Chinky' and visualised loads of aluminium cartons of half-eaten food lying in my road. It was an easy image to call to mind, as it was a scene I observed every Sunday morning.

— It sometimes seems like I already huv, I thought out loud.

— There ye are then, he said, as if I'd conceded a point. — Another two million ur oan thir way. How'd ye like that?

— Presumably the whole two million won't move into Caledonian Place. I mean, conditions are cramped enough in the Dalry ghetto as it is.

— Laugh if ye like. Whit aboot joabs? Two million on the dole already. Hooses? Aw they perr buggers livin in cardboard city. God, was he nipping my heid. Thankfully, the mighty Ma, guardian of the soap box, intervened.

— Shut up, will yis! Ah'm tryin tae watch the telly!

Sorry mater. I know that it's a trifle self-indulgent of me, your HIV offspring, to crave your attention when Mike Baldwin is making an important choice which will determine his future. Which grotesque auld hing-oot will the shrivelled post-menopausal slag want tae shaft? Stay tuned.

I decide not to mention my HIV. My parents don't have very progressive views on such things. Or maybe they do. Who knows? At any rate, it just did not feel right. Tom always tells us to keep in tune with our feelings. My feelings were that my parents married at eighteen and had produced four screaming brats by the time they were my age. They think I'm 'queer' already. Bringing AIDS into the picture will only serve to confirm this suspicion.

Instead I drank a can of Export and quietly talked fitba with the auld man. He hasn't been to a game since 1970. Colour television had gone for his legs. Twenty years later, satellite came along and fucked them up completely. Nonetheless, he still regarded himself as an expert on the game. The opinions of others were worthless. In any event, it was a waste of time attempting to venture them. As with politics, he'd eventually come around to the opposite viewpoint from the one he'd previously advocated and express it just as stridently. All you needed to do was put up no hard front for him to argue against and he'd gradually talk himself around to your way of thinking.

I sat for a while, nodding intently. Then I made some banal excuse and left.

I returned home and checked my toolbox. A former chippie's collection of various sharp implements. On Saturday, I took it round to Frances's flat in Wester Hailes. I had a few odd jobs to do. One of them she knew nothing about.

Fran had been looking forward to the meal out with her pals. She talked incessantly as she got ready. I tried to respond beyond a series of low groans which sounded like 'aye' and 'right', but my mind was spinning with thoughts of what I had to do. I sat hunched and tense on the bed, frequently rising to the window to peer out, as she put her 'face' on.

After what seemed like a lifetime, I heard the sound of a motor rolling into the deserted, shabby car park. I sprang to the window, cheerfully announcing: — Taxi's here!

Frances left me in custody of her sleeping child.

The whole operation went smoothly enough. Afterwards I felt terrible. Was I any better than Venters? Wee Kevin. We had some good times together. I'd taken him to the shows at the Meadows festival, to Kirkcaldy for a League Cup tie, and to the Museum of Childhood. While it doesn't seem a great deal, it's a sight more than his auld boy ever did for the poor wee bastard. Frances said as much to me.

Bad as I felt then, it was only a foretaste of the horror that hit me when I developed the photographs. As the prints formed into clarity, I shook with fear and remorse. I put them on the dryer and made myself a coffee, which I used to wash down two valium. Then I took the prints and went to the hospice to visit Venters.

Physically, there was not a great deal left of him. I feared the worst when I looked into his glazed eyes. Some people with AIDS had been developing pre-senile dementia. The disease could have his body. If it had also taken his mind, it would deprive me of my revenge.

Thankfully, Venters soon registered my presence, his initial lack of response probably a side-effect of the medication he was on. His eyes soon fixed me in their gaze, acquiring the sneaky, furtive look I associated with him. I could feel his contempt for me oozing through his sickly smile. He thought he'd found a sappy cunt to indulge him until the end. I sat with him, holding his hand. I felt like snapping off his scrawny fingers and sticking them into his orifices. I blamed him for what I had to do to Kevin, as well as all the other issues.

— You're a good guy Davie. Pity we didnae meet in different circumstances, he wheezed, repeating that well-worn phrase he used on all my visits. I tightened my grasp on his hand. He looked at me uncomprehendingly. Good. The bastard could still feel physical pain. It wasn't going to be that kind of pain which would hurt him, but it was a nice extra. I spoke in clear, measured tones.

— I told you I got infected through shooting up, Al. Well, I lied. I lied tae ye aboot tons ay things.

— What's aw this, Davie?

— Just listen for a minute, Al. Ah got infected through this bird ah'd been seein. She didnae ken thit she wis HIV. She goat infected by a piece ay shite that she met one night in a pub. She was a bit pished and a bit naive, this wee bird. Ken? This cunt sais that he had a wee bit ay dope back at his gaff. So she went wi the cunt. Back tae his flat. The bastard raped her. Ye ken whit he did, Al?

— Davie . . . whit is this . . .

— Ah'll fuckin tell ye. Threatened her wi a fuckin blade. Tied her doon. Fucked her fanny, fucked her arse, made her go doon oan him. The lassie wis terrified, as well as being hurt. Does this sound familiar then cunt?

— Ah dinnae . . . ah dinnae ken whit the fuck yir oan aboot Davie . . .

— Di-nnae fah-kin start. You remember Donna. You remember the Southern Bar.

— Ah wis fucked up man . . . — you remember whit you sais . . .

— That wis lies. Bullshit. *Ah* couldnae huv goat a fuckin root oan if ah knew ah hud that shite in *ma* come. Ah couldnae huv raised a fuckin smile.

— Wee Goagsie . . . mind ay him?

— Shut yir fuckin mooth. Wee Goagsie took his fuckin chance. You sat thair like it wis a fuckin pantomime whin you hud yours, I rasped, watching drops of my gob disseminate into the film of sweat which covered his shrunken coupon. I composed myself, continuing my story.

— The lassie went through a heavy time. She was strong-willed though. It would huv fucked up a lot ay women, but Donna tried tae shrug it off. Why let one spunk-gobbed cunt ruin your life? Easier said than done, but she did it. What she didnae ken wis thit the scumbag in question wis HIV positive. Then she meets this other guy. They hit it off. He likes her, but he kens that she's goat problems wi men and sex. Nae fuckin wonder, eh? I wanted to strangle the perverse force which passed for life out of the cunt's body. Not yet, I told myself. Not yet, you doss fucker. I drew a heavy breath, and continued my tale, reliving the horror of it.

— They worked it oot, this lassie and the other guy. Things were barry for a bit. Then she discovered that the rapist fuckbag was HIV. Then she discovered that she was. But what was worse for this person, a *real* person, a fuckin *moral* person, was when she found out that her new felly was. All because of *you*, the rapist cunt. *Ah* wis the new felly. *Me*. Big fuckin sap here, I pointed to myself.

— Davie . . . ah'm sorry man . . . — whit kin ah say? Yiv been a good mate . . . it's that disease . . . it's a fuckin horrible disease, Davie. It kills the innocent, Davie . . . it kills the innocent . . .

— It's too late fir that shite now. Ye hud yir chance at the time. Like Wee Goagsie.

He laughed in my face. It was a deep, wheezing sound.

— So what are ye . . . what are ye gaunnae dae aboot it? . . . Kill me? Go ahead . . . ye'd be daein us a favour . . . ah dinnae gie a fuck. His wizened death mask seemed to become animated, to fill with a strange, ugly energy. This was not a human being. Obviously, it suited me to believe that, made it easier to do what I had to do, but in cold light of day I believe it still. It was time to play my cards. I calmly produced the photographs from my inside pocket.

— It's not so much what ah'm gaunnae dae aboot it, mair what ah already have done aboot it, I smiled, drinking the expression of perplexed fear which etched onto his face.

— Whit's this . . . whit dae ye mean? I felt wonderful. Shock waves tripped over him, his scrawny head oscillating as his mind grappled with his greatest fears. He looked at the photographs in terror, unable to make them out, wondering what dreadful secrets they held.

— Think of the worst possible thing I could do to make you pissed off, Al. Then multiply it by one thousand . . . and you're not even fuckin close. I shook my head mournfully.

I showed him a photograph of myself and Frances. We were posing confidently, casually displaying the arrogance of lovers in their first flush.

— What the fuck, he spluttered, trying pathetically to pull his scrawny frame up in the bed. I thrust my hand to his chest and effortlessly pushed him back home. I did this slowly, savouring my power, and his impotence in that one gorgeous motion.

— Relax, Al, relax. Unwind. Loosen up a little. Take it easy. Remember what the doctors and nurses say. You need your rest. I flipped the first photo over, exposing the next picture to him.
— That wis Kevin thit took the last picture. Takes a good photae fir a wee laddie, eh? There he is, the wee felly. The next photograph showed Kevin, dressed in a Scotland football strip, on my shoulders.

— What have you fuckin done . . . It was a sound, rather than a voice. It seemed to come from an unspecific part of his decaying body rather than his mouth. The unearthliness of it stung me, but I made the effort to continue sounding nonchalant.

— Basically this. I produced the third photo. It showed Kevin, bound to a kitchen chair. His head hung heavily to one side, and his eyes were closed. Had Venters looked at the detail, he may have noticed a bluish tint to his son's eyelids and lips, and the almost clownish whiteness of his complexion. It's almost certain that all Venters noticed were the dark wounds on his head, chest, and knees, and the blood which oozed from them, covering his body, at first making it hard to note that he was naked.

The blood was everywhere. It covered the lino in a dark puddle underneath Kevin's chair. Some of it shot outwards across the kitchen floor in squirted trails. An assortment of power tools, including a Bosch drill and a Black and Decker sander, in addition to various sharpened knives and screwdrivers, were laid out at the feet of the upright body.

— Naw . . . naw . . . Kevin . . . for god's sake naw . . . he done nuthin . . . he hurt naebody . . . naw . . . he moaned on, an ugly, whingey sound devoid of hope or humanity. I gripped his thin hair crudely, and wrenched his head up from the pillow. I observed in perverse fascination as the bony skull seemed to sink to the bottom of the loose skin. I thrust the picture in his face.

— I thought that young Kev should be just like Daddy. So when I got bored fucking your old girlfriend, I decided I'd give wee Kev one up his . . . eh . . . tradesman's entrance. I thought, if HIV's good enough for Daddy it's good enough for his brat.

— Kevin . . . Kevin . . . he groaned on.

— Unfortunately, his arsehole was a bit too tight for me, so I had to extend it a little with the masonry drill. Sadly, I got a wee bit carried away and started making holes all over the place. It's just that he reminded me so much of you, Al. I'd love to say it was painless, but I cannae. At least it was relatively quick. Quicker than rotting away in a bed. It took him about twenty minutes to die. Twenty screaming, miserable minutes. Poor Kev. As you sais, Al, it's a disease which kills the innocent.

Tears rolled down his cheeks. He kept saying 'no' over and over again in low, choking sobs. His head jerked in my grip. Worried that the nurse would come, I pulled out one of the pillows from behind him.

— The last word wee Kevin sais wis 'Daddy'. That wis yir bairn's last words, Al. Sorry pal. Daddy's away. That wis whit ah telt him. Daddy's away. I looked straight into his eyes, all pupils, just a black void of fear and total defeat.

I pushed his head back down, and put the pillow over his face stifling the sickening moans. I held it firmly down and pressed my head on it, half-gasping, half-singing the paraphrased words of an old Boney M song: 'Daddy, Daddy Cool, Daddy, Daddy Cool . . . you been a fuckin fool, bye bye Daddy Cool . . .'

I merrily sang until Venter's feeble resistance subsided.

Keeping the pillow firmly over his face, I pulled a *Penthouse* magazine off his locker. The bastard would have been too weak to even turn the pages, let alone raise a wank. However, his homophobia was so strong that he'd probably kept it on prominent display to make some absurd statement about his sexuality. Rotting away, and his greatest concern is that nobody thinks he's a buftie. I set the magazine on the pillow and thumbed through it in a leisurely manner before taking Venters's pulse. Nothing. He'd checked out. More importantly, he'd done it in a state of tortured, agonised, misery.

Taking the pillow off the corpse, I pulled its ugly frail head forward, then let it fall back. For a few moments I contemplated what I saw before me. The eyes were open, as was the mouth. It looked stupid, a sick caricature of a human being. I suppose that's what corpses are. Mind you, Venters always was.

My searing scorn quickly gave way to a surge of sadness. I couldn't quite determine why that should have happened. I looked away from the body. After sitting for another couple of minutes, I went to tell the nurse that Venters had left the stadium.

I attended Venters's funeral at Seafield Crematorium with Frances. It was an emotional time for her, and I felt obliged to lend support. It was never an event destined to break any attendance records. His mother and sister showed up, as did Tom, with a couple of punters from 'HIV and Positive'.

The minister could find little decent to say about Venters and, to his credit, he didn't bullshit. It was a short and sweet performance. Alan had made many mistakes in his life, he said. Nobody was contradicting him. Alan would, like all of us, be judged by God, who would grant him salvation. It is an interesting notion, but I feel that the gaffer in the sky has a fair bit of graft ahead of him if that bastard's checked in up there. If he has, I think I'll take my chances in the other place, thank you very much.

Outside, I checked out the wreaths. Venters only had one. 'Alan. Love Mum and Sylvia.' To my knowledge they had never visited him in the hospice. Very wise of them. Some people are easier to love when you don't have to be around them. I pumped the hands of Tom and the others, then took Fran and Kev for some de luxe ice-cream at Lucas in Musselburgh.

Obviously, I had deceived Venters about the things I did to

Kevin. Unlike him, I'm not a fuckin animal. I'm far from proud about what I *did* do. I took great risks with the bairn's well being. Working in a hospital operating theatre, I know all about the crucial role of the anaesthetist. They're the punters that keep you alive, not sadistic fuck-pigs like Howison. After the jab puts you under, you're kept unconscious by the anaesthetic and put onto a life-support system. All your vital signs are monitored in highly controlled conditions. They take care.

Chloroform is much more of a blunt instrument, and very dangerous. I still shudder when I think of the risk I took with the wee man. Thankfully, Kevin woke up, with only a sore head and some bad dreams as a remnant of his trip to the kitchen.

The joke shop and Humbrol enamel paints provided the wounds. I worked wonders with Fran's makeup and talc for Kev's death mask. My greatest coup, though, was the three plastic pint bags of blood I took from the fridge in the path lab at the hospital. I got paranoid when that fucker Howison gave me the evil eye as I walked down the corridor past him. He always does though. I think it's because I once addressed him as 'Doctor' instead of 'Mister'. He's a funny cunt. Most surgeons are. You'd have to be to do that job. Like Tom's job, I suppose.

Putting Kevin under turned out to be easy. The biggest problem I had was setting up and dismantling the entire scene inside half an hour. The most difficult part involved cleaning him up before getting him back to bed. I had to use turps as well as water. I spent the rest of the night cleaning up the kitchen before Frances got back. It was worth the effort however. The pictures looked authentic. Authentic enough to fuck up Venters.

Since I helped Al on his way to the great gig in the sky, life has been pretty good. Frances and I have gone our separate ways. We were never really compatible. She only really saw me as a babysitter and a wallet. For me, obviously, the relationship became largely superfluous after Venters's death. I miss Kev more. It makes me wish that I had a kid. Now that'll never be.

One thing that Fran did say was that I had revived her faith in men after Venters. Ironically, it seems as if I found my role in life — cleaning up that prick's emotional garbage.

My health, touch wood, has been good. I'm still asymptomatic. I fear colds and get obsessive from time to time, but I take care of myself. Apart from the odd can of beer, I never bevvy. I watch what I eat, and have a daily programme of light exercises. I get regular blood checks and pay attention to my T4 count. It's still way over the crucial 800 mark; in fact it's not gone down at all.

I'm now back with Donna, who inadvertently acted as the conduit for HIV between me and Venters. We found something that we probably wouldn't have got from each other in different circumstances. Or maybe we would. Anyway, we don't analyse it, not having the luxury of time. However, I must give old Tom at the group his due. He said that I'd have to work through my anger, and he was right. I took the quick route though, by sending Venters to oblivion. Now all I get is a bit of guilt, but I can handle that.

I eventually told my parents about my being HIV positive. My Ma just cried and held me. The auld man said nothing. The colour had drained from his face as he sat and watched *A Question of Sport*. When he was pressed by his wailing wife to speak, he just said: — Well, there's nothin tae say. He kept repeating that sentence. He never looked me in the eye.

That night, back at my flat, I heard the buzzer go. Assuming it to be Donna, who had been out, I opened the stair and house doors. A few minutes later, my auld man stood in the doorway with tears in his eyes. It was the first time he'd ever been to my flat. He moved over to me and held me in a crushing grip, sobbing, and repeating: — Ma laddie. It felt a world or two better than: 'Well, there's nothin tae say.'

I cried loudly and unselfconsciously. As with Donna, so with my family. We have found an intimacy which may have otherwise eluded us. I wish I hadn't waited so long to become a human being. Better late than never though, believe you me.

There's some kids playing out in the back, the strip of grass luminated an electric green by the brilliant sunlight. The sky is a delicious clear blue. Life is beautiful. I'm going to enjoy it, and I'm going to have a long life. I'll be what the medical staff call a long-term survivor. I just *know* that I will.

There Is A Light That Never Goes Out

They emerge from the stairdoor into the darkness of the deserted street. Some of them move in a jerky, manic way; exuberant and noisy. Others cruise along silently, like ghosts; hurting inside, yet fearful of the imminence of even greater pain and discomfort.

Their destination is a pub which seems to prop up a crumbling tenement set on a side-street between Easter Road and Leith Walk. This street has missed out on the stone-cleaning process its neighbours have enjoyed and the building is the sooty-black colour of a forty-a-day man's lungs. The night is so dark that it is difficult to establish the outline of the tenement against the sky. It can only be defined through an isolated light glaring from a top-floor window, or the luminous street-lamp jutting out from its side.

The pub's façade is painted a thick, glossy dark blue and its sign is the early 1970s design favoured by its brewing chain when the paradigm was that every bar had to have a standard look and play down any individual character it might have. Like the tenement above and around it, the pub has enjoyed nothing other than the most superficial maintenance for almost twenty years.

It is 5.06 a.m. and the hostelry's yellow lights are on, a haven in the dark, wet and lifeless streets. It had been, Spud reflects, a few days since he'd seen the light. They were like vampires, living a largely nocturnal existence, completely out of synchronisation with most of the other people who inhabited the tenements and lived by a rota of sleep and work. It was good to be different.

Despite the fact that its doors have only been open for a few minutes, the pub is busy. Inside, there is a long formica-topped bar with several pumps and fonts. Battered tables in the same formica style stand shakily on dirty lino. Behind the bar towers an incongruously grandiose finely-carved wooden gantry. Sickly yellow light from the shadeless bulbs bounces harshly off the nicotine-stained walls.

The pub contains *bona fide* shift workers from the brewery and the hospital, and this is as it should be, given the avowed purpose of the early licence. There is also a smattering, however, of the more desperate: those who are there because they need to be.

The group entering the pub are also driven by need. The need for more alcohol to maintain the high, or to regain it, and fight off the onset of grim, depressive hangovers. They are also drawn by a greater need, the need to belong to each other, to hold on to whatever force has fused them together during the last few days of partying.

Their entry to the pub is observed by an indeterminately old drunkard who is propped up against the bar. The man's face has been destroyed by the consumption of cheap spirits and over-exposure to the frozen wind blasting cruelly from the North Sea. It seems as if every blood vessel in it has ruptured under the skin, leaving it resembling the undercooked square sausages served up in the local cafes. His eyes are a contrasting cool blue, although the whites of them are the identical colour of the pub walls. His face strains in vague recognition as the noisy group move up to the bar. One of the young men, perhaps more than one, he sardonically thinks, is his son. He had been responsible for bringing quite a few of them into the world at one time, when a certain type of woman found him attractive. That was before the drink had destroyed his appearance and distorted the output of his cruel, sharp tongue to an incomprehensible growl. He looks at the young man in question and considers saying something, before deciding that he has nothing to say to him. He never had. The young man doesn't even see him, his attention focused on getting in the drinks. The old drunkard sees that the young man enjoys his company and his drink. He remembers when he himself was in that position. The enjoyment and the company faded away, but the drink didn't. In fact, it expanded to fill the gap left by their departure.

The last thing Spud wants is another pint. Prior to their departure he had examined his face in the bathroom mirror back in Dawsy's flat. It was pale, yet marked with blotches, with heavy, hooded eyelids attempting to draw the shutters on reality. This face was topped by sticking-up tufts of sandy hair. It might be an idea, he considers, to have a tomato juice for his aching guts, or a fresh orange and lemonade to combat his dehydration, before drinking alcohol again.

The hopelessness of the situation is confirmed when he mildly accepts the pint of lager Frank Begbie, first to the bar, had got up.

— Cheers, Franco.

— Guinness fir me Franco, Renton requests. He has just returned from London. He feels as good to be back as he did to get away in the first place.

— The Guinness is shite in here, Gav Temperley tells him.

— Still though.

Dawsy is raising his eyebrows and singing at the barmaid.

— *Yeah, yeah, yeah, you're a beautiful lover.*

They'd had a crappest song competition, and Dawsy hadn't stopped singing his winning entry.

— Shut the fuck up, Dawsy. Alison nudges him in the ribs. — Ye want tae git us flung oot?

The barmaid is ignoring him anyway. He turns to sing at Renton instead. Renton just smiles wearily. He considers that the trouble with Dawsy is, that if you encourage him, he'll tear the arse out of a situation. It was mildly amusing a couple of days ago, and in any case, he feels, it had not been as funny as his own version of Rupert Holmes's 'Escape (The Pina Colada Song)'.

— *Ah kin remember the night that we met down in Rio . . .* that Guinness is fuckin loupin. Yir mad gittin Guinness in here, Mark.

— Telt um, Gav says, triumphantly.

— Aw the same but, Renton replies, a lazy grin still on his face. He feels drunk. He feels Kelly's hand inside his shirt, tweaking his nipple. She'd been doing that to him all night, telling him that she really liked flat, hairless chests. It feels good having his nipples touched. By Kelly, it feels better than good.

— Vodka n tonic, she says to Begbie, who gestures to her from the bar. — Gin n lemonade for Ali. She's jist away tae the bog.

Spud and Gav continue talking at the bar while the rest grab some seats in the corner.

— How's June? Kelly asks Franco Begbie, referring to his girlfriend, suspected to be pregnant again after having just recently given birth to a child.

— Who? Franco shrugs aggressively. End of conversation.

Renton looks up at the early morning programme on the television.

— That Anne Diamond.

— Eh? Kelly looks at him.

— Ah'd fuckin shag it, Begbie says.

Alison and Kelly raise their eyebrows and look to the ceiling.

— Naw but, her bairn hud that cot death. Same as Lesley's bairn. Wee Dawn.

— That wis a real shame, Kelly says.

— Good thing really bit. Wee lassie would've died ay fuckin AIDS if it hudnae died ay cot death. Easier fuckin death fir a bairn, Begbie states.

— Lesley did not have HIV! Dawn was a perfectly healthy baby! Alison hisses at him, enraged. Despite being upset himself, Renton cannot not help noting that Alison always speaks posh when she is angry. He feels a vague surge of guilt at being so trivial. Begbie is grinning.

— Whae's tae say though? Dawsy says sycophantically. Renton looks at him with a hard, challenging stare, which he'd never dare do with Begbie. Aggression displaced to where it will not be reciprocated.

—

— Aw ah'm sayin is, nae cunt really kens, Dawsy shrugs tamely.

At the bar, Spud and Gav are slurring a conversation together.

— Reckon Rents'll shag Kelly? Gav asks.

— Dunno. She's finished wi that Des dude, likesay, n Rents isnae seein Hazel now. Free agents n that likesay, ken.

— That cunt Des. Ah hate that wanker.

— . . . dunno the cat, likesay . . . ken.

— Ye fuckin do! He's your fuckin cousin, Spud. Des! Des Feeney!

— . . . right man . . . *that* Des. Still dinnae really ken the boy. Only likesay run intae the gadge a couple ay times since we wir ankle-biters, ken? It's heavy though, Hazel bein at the perty wi that other guy, likes, n Rents wi Kelly, ken . . . heavy.

— That Hazel's a torn-faced cow anywey. Ah've nivir seen that lassie wi a smile oan her face. Nae wonder, mind you, gaun oot wi Rents. Cannie be much fun hingin aroond wi some cunt thit's eywis bombed ootay his box.

— Yeah, likesay . . . it's too heavy . . . Spud briefly wonders whether or not Gav is having an indirect dig at him, by going on about people who are always bombed, before deciding that it's an innocent remark. Gav was alright.

Spud's muddled brain turns to sex. Everyone seemed to bag off at the party, everyone except him. He really fancies a ride. His problem is that he is too shy when straight or sober, and too incoherent when stoned or drunk, to make an impression on women. He currently has a thing about Nicola Hanlon, whom he thinks looks a bit like Kylie Minogue.

A few months ago, Nicola had been talking to him as they walked from a party at Sighthill to one at Wester Hailes. They had been having a good crack, becoming detached from the rest of the group. She had been very responsive, and Spud had chatted freely, high on speed. In fact, she seemed to be hanging on his every word. Spud wanted to never get to that party, wishing that they could just go on walking and talking. They went down into the underpass and Spud thought that he should try to put his arm around Nicola. Then a passage from a Smiths' song, one he'd always liked called: 'There Is A Light That Never Goes Out', came into his head:

and in the darkened underpass
I thought Oh God my chance has come at last
but then a strange fear gripped me
and I just couldn't ask

Morrissey's sad voice summed up his feelings. He didn't put his arm around Nicola, and his attempts to chat her up were half-arsed after that. Instead, he jacked up in a bedroom with Rents and Matty, enjoying blissful freedom from the anxiety of wondering whether or not he'd get off with her.

When sex did happen for Spud, it was generally when he was possessed by a more forceful will. Even then, disaster never seemed to be too far away. One evening, Laura McEwan, a girl with an awesome sexual reputation, grabbed a hold of him in a Grassmarket pub, and took him home.

— Ah want you to take my arse virginity, she had told him.

— Eh? Spud could not believe it.

— Fuck me in the arse. Ah've never done it that way before.

— Eh yeah, that sounds . . . barry, eh likesay, eh right . . .

Spud felt like the chosen one. He knew that Sick Boy, Renton, and Matty had all been with Laura, who tended to attach herself to a company, fuck every guy in it, and then move on. The thing was, they had never done what he was about to do.

However, Laura wanted to do some things with Spud first. She bound his wrists, then his ankles together with sellotape.

— I'm daein this because ah don't want you to hurt me. Dae ye understand? We do it from the side. The minute ah start tae feel pain it's fuckin over. Right? Because nobody hurts me. No fuckin guy ever hurts me. Ye understand me? She spoke harshly and bitterly.

— Yeah . . . sound likesay, sound . . . Spud said. He didn't want to hurt anyone. He was shocked at the imputation.

Laura stood back and admired her handiwork.

— Fuck me, that's beautiful, she said, rubbing her crotch as a naked Spud lay trussed up on the bed. Spud felt vulnerable, and strangely coy. He'd never been tied up before, and never been told that he was beautiful. Laura then took Spud's long, thin cock into her mouth and started to suck him off.

She stopped, with an expertise part intuitive, part learned, just before an ecstatic Spud was about to come. Then she left the room. Spud started to get paranoid about the bondage. Everyone said Laura was a nutter. She'd been shagging everyone in sight since she'd got her long-term partner, a guy called Roy, committed to a psychiatric hospital, fed up with his impotence, incontinence and depression. But mostly the former.

— He never fucked me properly for ages, Laura had told Spud, as if that was justification for getting him banged up in the nuthouse. However, Spud reasoned, her cruelty and ruthlessness was part of her attraction. Sick Boy referred to her as the 'Sex Goddess'.

She came back into the bedroom, and looked at him, bound and at her mercy.

— Ah want you to dae us in the arse now. First though, ah'm gaunnae Vaseline your dick heavily, so that it doesnae hurt me when you put it in. My muscles'll be tight, cause this is new tae me, but I'll try tae relax. She toked hard on a joint.

Laura was not being strictly accurate. She couldn't find any Vaseline in the bathroom cabinet. She did, however, find some other stuff she could use as a lubricant. It was sticky and gooey. She applied it liberally to Spud's dick. It was Vick.

It burned into him, and Spud screamed in excruciating agony. He writhed fitfully against his bonds, feeling like the tip of his penis had been guillotined off.

— Fuck. Sorry Spud, Laura said, open-mouthed.

She helped him off the bed, and assisted him into the toilet. He hopped along, tears of pain blinding him. She filled the sink with water, and then left the room to search for knife to cut the binding on his ankles and wrists.

Balancing precariously, Spud put his cock into the water. It stung even more violently, the shock making him recoil. As he fell back, his head crashed against the toilet bowl and split open above his eye. When Laura came back, Spud was unconscious, and thick, dark blood was oozing onto the lino.

Laura called the ambulance, and Spud woke up in hospital with six stitches above his eye, heavily concussed.

He never did get to fuck her in the arsehole. The rumour was that a frustrated Laura phoned up Sick Boy shortly after this, who came and stood in for his friend.

Soon after this disaster, Spud turned his attention to Nicola Hanlon.

— Eh, surprised wee Nicky wisnae it the perty, likesay . . . wee Nicky, ken, likesay? he told Gav.

— Aye. She's a dirty wee hoor. Takes it aw weys, Gav said casually.

— Aye?

Noting, and savouring, the ill-disguised trepidation and concern on Spud's face, Gav continues, gleeful inside, but talking in a stiff, brisk, businesslike manner. — Aw aye. Ah've poked it a few times. No a bad wee ride, likes. Sick Boy's been thair. Rents n aw. Ah think Tommy tae. He wis certainly sniffin roond it fir a bit.

— Aye? . . . eh, right . . . Spud feels deflated, and optimistic at the same time. He'll have to try to stay straighter, he resolves, thinking that he seems to miss everything that is going on under his nose.

Over at the table, Begbie indicates that he is in need of more solid nourishment: — Ah'm fuckin Lee Marvin. Lit's git some scran, then hit a decent fuckin boozer. He looks bitterly around the cavernous, nicotine-stained bar, like an arrogant aristocrat finding himself in reduced circumstances. In fact, he has just seen the old drunkard at the bar.

It is still dark when they leave the pub, and go to a cafe in Portland Street.

— Fill breakfasts aw roond, Begbie enthusiastically looks at the others.

They all nod approvingly, except Renton.

— Naw. Ah'm no wantin meat, he says.

— Ah'll huv your fuckin bacon n sausage n fuckin black puddin then, Begbie suggests.

— Aye, sure, Renton says sarcastically.

— Ah'll fuckin swap ye ma fuckin egg n beans n tomatay then ya cunt!

— Awright, begins Renton, then he turns to the waitress. — Dae ye use vegetable oil whin ye fry, or fat?

— Naw, fat, the waitress says, looking at him as if he is an imbecile.

— Moantae fuck, Rents. Makes nae difference, Gav says.

— S up tae Mark what he eats, Kelly says supportively. Alison nods. Renton feels like a smug pimp.

— Fuckin well spoilin it fir ivray cunt, Rents, Begbie growls.

— How am ah spoilin it? Cheese salad roll, he turns to the waitress.

— We aw fuckin agreed. Fill fuckin breakfasts aw roond, Begbie states.

Renton cannot believe this. He wants to tell Begbie to fuck off. Instead he fights the instinct and slowly shakes his head. — Ah dinnae eat meat, Franco.

— Fuckin vegetarianism. Fuckin loaday shite. Ye need meat. A fuckin junky fuckin worryin aboot what he pits in his boady! That's a fuckin laugh!

— Jist dinnae like meat, Renton says, feelin silly as they all snigger.

— Dinnae fuckin tell us ye hate killin fuckin animals. Remember they fuckin dugs n cats we used tae fuckin shoot wi the air rifles! N the fuckin pigeons we used tae set oan fire. Used tae fuckin tape bangers — fireworks likes — tae white mice, this cunt.

— No bothered aboot killin animals. Jist dinnae like eatin thum, Renton shrugs, embarrassed that his adolescent cruelties have been exposed to Kelly.

— Fuckin cruel bastards. Dinnae ken how anybody could shoot a dug, Alison sneers, shaking her head.

— Well, ah dinnae ken now anybody could kill and eat a pig, Renton points to the bacon and sausage on her plate.

— S no the same.

Spud looks around: — It's eh, likesay . . . Rents is daein the right thing, but it's kinday the wrong reasons. We'll nivir likesay, learn tae love oorsels, until we kin look eftir weaker things, likesay animals n that . . . but it's good thit Rents is vegetarian . . . likesay, if ye kin keep it up . . . likesay . . .

Begbie vibrates his body in a floppy way and gives the peace sign to Spud. The others laugh. Renton, appreciative at Spud's attempt to back him up, cuts in to deflect the slagging away from his ally.

— Keepin it up's nae problem. Ah jist hate meat. It makes us puke. Endy story.

— Well, ah still fuckin say yir fuckin spoilin it fir ivray cunt else.

— How?

— Cause ah fuckin sais, that's fuckin how! Begbie hisses, pointing to himself.

Renton shrugs again. There was little sense in arguing further.

They hurry the meal down, all except Kelly, who plays with her food, oblivious to the ravenous stares of the others. Eventually, she scrapes some bits and pieces onto Franco and Gav's empty plates.

They are asked to leave after chanting: — *Oooh to, ooh to be, oooh to be a Hibby!* when a nervous and uncomfortable looking guy in a Hearts shell-top walks in for a takeaway. This sets off a medley of football and crap pop songs. The woman at the counter threatens to phone the police, but they vacate the premises with good grace.

They stop off at another pub. Renton and Kelly stay for one drink, then slope off together. Gav, Dawsy, Begbie, Spud and Alison continue drinking heavily. Dawsy, who has been teetering for some time, passes out. Begbie gets in tow with a couple of psychos that he knows at the bar, and Gav has a proprietory arm around Alison.

Spud hears T'Pau's 'China In Your Hand' starting, and immediately realises that Begbie is up at the juke-box. He always seemed to put on either that one, Berlin's 'Take My Breath Away', the Human League's 'Don't You Want Me' or a Rod Stewart song.

When Gav staggers off to the toilet, Alison turns to Spud. — Spu . . . Danny. Let's get ootay here. Ah want tae go hame.

— Eh . . . aye . . . likesay.

— Ah dinnae want tae go hame oan ma ain Danny. Come wi us.

— Eh, yeah . . . hame, right . . . eh . . . right.

They slink out of the smoke-filled bar as surreptitiously as their wasted bodies allow.

— Come hame an stey wi us fir a while Danny. Nae drugs or anything. Ah dinnae want tae be oan ma ain just now, Danny. Ken what ah'm sayin? Alison looks at him tensely, tearfully, as they lurch along the street.

Spud nods. He thinks he knows what she is saying, because he doesn't want to be alone either. He can never be sure though, never, ever quite sure.

Feeling Free

Alison's getting really terrible. Ah'm sitting here wi her in this cafe, tryin tae make sense ay the rubbish that she's talkin. She's bad-mouthing Mark, which is fair enough, but it's starting tae get oan ma wick. I know that she means well, but what about her and Simon, who just comes along and uses her when he's got naebody else tae fuck? She isnae exactly in the best position tae talk.

— Dinnae get me wrong, Kelly. Ah like Mark. It's jist that he's goat a load ay problems. He isnae what you need right now.

Ali's being protective because ah got fucked about wi Des, and the abortion and aw that. It's such a pain in the arse though. She should hear herself. Tryin tae kick heroin, n she feels she's in a position tae tell everybody else how tae live thir lives.

— Aw aye, n Simon's what you need?

— Ah'm no sayin that Kelly. That's nothing tae dae wi it. Simon's at least tryin tae keep off the smack, Mark doesnae gie a toss.

— Mark isnae a junky, he jist uses sometimes.

— Aye sure. What fuckin planet are you oan Kelly? That's how that Hazel lassie tore up his caird. He cannae leave the gear alane. You're even talkin like a junky yirsel. Keep thinkin like that, n you'll be oan it as well, soon enough.

Ah'm no gaunnae argue wi her. It's time for her appointment at the Housing Department anywey.

Ali's doon tae see aboot her rent arrears. She's pretty mad, like, screwed-up and tense; but the guy behind the desk's awright. Ali explains that she's oaf the gear n she's been for a few job interviews. It goes quite well. She gits given a set amount tae pay back each week.

Ah kin tell thit Ali's still uptight though, because ay the wey she reacts when these guys, workies, whistle at us ootside the GPO.

— Awright doll? one shouts.

Ali, crazy fuckin cow that she is, turns oan the guy.

— Have you goat a girlfriend? Ah doubt it, because yir a fat, ugly prick. Why no just go intae the toilet wi a dirty book and have sex wi the only person crazy enough tae touch ye — yirsel.

The guy looks at her wi real hate, but he was lookin like that anywey. It's only like, now he's got a reason tae hate her, rather than just because she's a woman.

The guy's mates are gaun: — Whoooaah! Whoooaah!, sortay egging this guy on, n he's jist standin thair shakin wi anger. One ay the workies is danglin like an ape fi the scaffoldin. That's what thir like, low primates. Too mad!

— Fuck off ya boot! he snarls.

Ali stands her ground though. This is embarrassing, but sortay fun n aw, cause a few people have stopped tae check out the hassle. Two other women, like student types wi backpacks, are standing alongside us. It makes me feel, like really good. Crazy!

Ali, god, that woman is mental, sais: — So ah wis a doll a minute ago whin ye wir hasslin us. Now that ah tell ye tae fuck off, ah'm a boot. Well, you are still a fat, ugly prick, son, and ye always will be.

— And so say all of us, one ay the backpacker women sais, in an Australian accent.

— Fuckin dykes! another guy shouts. That gets right on ma tits, getting called a dyke, just because ah object tae being hassled by revolting, ignorant radges.

— If aw guys wir as repulsive as you, ah'd be fuckin proud tae be a lesbian, son! ah shouts back. Did ah really say that? Too mad!

— You guys have obviously got a problem. Why don't you just go and fuck each other? the other Aussie says.

Quite a crowd's gathered and two auld wifies are listening in.

— That's terrible. Lassies talkin like that tae the laddies, one sais.

— It's no terrible at aw. Thir bloody pests. It's good tae see young lassies stickin up for thirsels. Wish it happened in ma day.

— The language though, Hilda, the language. The first wifie puckers her lips and shudders.

— Aye, well what aboot *their* language? ah sais tae her.

The guys are looking embarrassed, really shit up by the crowd that's developed. It's sortay like, feeding off itself. Crazy! Then this foreman, playin at being fuckin Rambo, comes along.

— Can't you control these animals? one ay the Aussie women sais. — Haven't they got any work to do instead of harassing people?

— Back inside yous! the foreman snaps, gesturing the guys away. We sortay let oot a cheer. It wis brilliant. Crazy!

Me n Ali went back over the road tae the Cafe Rio wi the Aussies and the two wifies came along as well. The 'Aussies' actually turned out tae be New Zealand lassies, who *were* lesbians, but that's got fuck all tae dae wi anything. They were jist travelling around the world together. That's too mad! Ah'd love tae gie that a go. Me n Ali; that would be crazy. Imagine coming tae Scotland in November, but. That is too fundamentally mad. We all just blethered for ages about everything in sight, and even Ali didnae seem so screwed up aboot things.

Eftir a bit we decided tae go back tae ma place for a smoke ay hash and some more tea. We tried tae get the wifies tae come, but they had tae go hame and get their men's teas on, despite us telling them to let the bastards get their ain food.

One was really tempted: — Ah wish ah wis your age again hen, ah'd dae it aw different, ah kin tell ye.

Ah'm feelin brilliant, really likes, free. We all are. Magic! Ali, Veronica and Jane (the New Zealanders) and masel got really stoned back at ma place. We slagged off men, agreeing that they are stupid, inadequate and inferior creatures. Ah've never felt so close tae other women before, and I really did wish I was gay. Sometimes I think that all men are good for is the odd shag. Other than that, they can be a real fuckin pain. Mibbe that's crazy, but it's true when you think aboot it. Our problem is, we don't think aboot it that often and jist accept the bullshit these pricks dish oot tae us.

The door goes, and it's Mark. Ah cannae help smirkin in his face. He comes in looking completely bewildered as we fall aboot laughing at him, stoned oota oor boxes. Mibbe it's the dope, but he just looks so strange; *men* just look so strange, these funny, flat bodies and weird heads. It's like Jane said, they're freaky looking things that cairry their reproductive organs on the ootside ay their bodies. Pure radge!

— Awright doll! Ali shouts, in a mock workie's voice.

— Get 'em off! Veronica laughs.

— Ah've fuckin shagged it. No a bad fuckin ride as ah remember. Bit oan the fuckin smaw side likes! ah sais, pointing at him, impersonating Franco's voice. Frank Begbie, every woman's dream, I don't think, has been getting well slagged by me and Ali.

He takes it well though, poor Mark, ah'll say that for him. Just shakes his heid n laughs.

— Ah've obviously called at an inconvenient time. Ah'll gie ye a bell the morn, he sais tae me.

— Aw . . . perr Mark . . . wir just havin a woman's crack . . . ye ken the score . . . Ali sais, guiltily. Ah laugh oot loud at what she said.

— Which woman's crack are we havin? ah sais. We're all fallin about laughing wildly. Ali n me maybe should've been born men, wi see sex in everything. Especially when wir stoned.

— It's awright. See yis, he turns n leaves, giein me a wink.

— I suppose some of them are okay, Jane sais, eftir we've composed oorselves.

— Aye, when they're in the fucking minority thir okay, ah sais, wondering where the edge in ma voice had come fae, then no wantin tae wonder too much.

The Elusive Mr Hunt

Kelly is working behind the bar at a punter's pub in the South Side. She is kept busy, as it is a popular shop. It is particularly mobbed out this Saturday afternoon when Renton, Spud and Gav call in for a drink.

Sick Boy, positioned at the phone in another pub over the road, calls the bar.

— Be wi ye in a minute Mark, Kelly says, as Renton goes up to get the drinks in. She picks up the ringing phone. — Rutherford's Bar, she sings.

— Hi, says Sick Boy, disguising his voice, Malcolm Rifkind merchant-school style. — Is there a Mark Hunt in the bar?

— Thir's a Mark Renton, Kelly tells him. Sick Boy thinks for a second that he's been rumbled. However, he carries on.

— No, it's Mark Hunt I'm looking for, the plummy voice stresses.

— MARK HUNT! Kelly shouts across the bar. The drinkers, who are almost exclusively male, look around at her; faces breaking into smiles. — ANYBODY SEEN MARK HUNT? Some guys at the bar collapse into loud laughter.

— Naw, but ah'd like tae! one says.

Kelly still doesn't catch on. With a puzzled expression at the reaction she is getting, she says: — This guy on the phone wis after Mark Hunt . . . then her voice tails off, her eyes widen and she puts her hand to her mouth, understanding at last.

— He's no the only one, Renton smiles, as Sick Boy comes into the pub.

They practically have to hold each other up, as they are so overwhelmed with laughter.

Kelly throws the half-empty contents of a water jug at them, but they scarcely notice. While it's all a laugh to them, she feels humiliated. She feels bad about feeling bad, about not being able to take a joke.

Until she realises that it's not the joke that bothers her, but the men in the bar's reaction to it. Behind the bar, she feels like a caged animal in a zoo who has done something amusing. She watches their faces, distorted into a red, gaping, gloating commonality. The joke is on the woman again, she thinks, the silly wee lassie behind the bar.

Renton looks at her and sees her pain and anger. It cuts him up. It confuses him. Kelly has a great sense of humour. What's wrong with her? The knee-jerk thought: *Wrong time of the month* is forming in his head when he looks about and picks up the intonations of the laughter around the bar. It's not funny laughter.

This is lynch mob laughter.

How was ah tae know, he thinks. How the fuck was ah tae know?

Home

Easy Money for the Professionals

It wis a piece ay pish, a total piece ay pish, but likesay, Begbie's so fuckin uncool man; ah'm tellin ye, likes.

— Say fuckin nowt tae nae cunt, mind. Nowt tae nae fucker, he sais tae us.

— Eh, likesay, readin ye loud n clear man, likesay, crystal clear. Chill oot Franco man, chill oot. We cracked the gig likesay, ken.

— Aye, but fuckin nowt tae nae cunt. No even fuckin Rents n that. Mind.

There's nae reasoning wi some cats. You say 'reason', they mew 'treason'. Ken?

— N nae fuckin drugs. Keep the fuckin dough back fir a bit, he adds. Now the cat is tellin us how tae spend the brass, likesay.

This is a tacky scene, likes. We've goat a couple ay grand apiece, eftir wuv peyed oaf the young guy, likesay, and this cat's fur's still standin oan end. The Beggar-boy is one feline whae willnae jist curl up in a nice warm basket n purrrrrrr . . .

We down another pint, then call a Joe Baxi. These sports bags wir cairryin man, they should have SWAG oan the side ay thum, instead ay ADIDAS and HEAD, likesay. Two fuckin grand, likes. Phoah! *Don't you-ho be te-heh-heh-rified, it's just a token of my extreme* . . . as the other Franco, one Mister Zappa, would say.

The taxi takes us tae Begbie's. June's in, and she's got the Begbie ankle-biter up, oan her lap.

— Bairn woke, she sais tae Franco, likesay she's explainin. Franco looks at her like he wants tae kill them baith.

— Fuck sakes. C'moan Spud, the fuckin bedroom. Cannae even git a bit ay fuckin peace in yir ain fuckin hoose! He gestures tae the door, like.

— What's aw this? June asks.

— Dinnae fuckin ask. Jist you fuckin see tae yir fuckin bairn! Begbie snaps. The wey he sais it, it's likesay, it's no his bairn n aw, ken? Ah suppose in a wey he's right, likesay; Franco's no what ye'd really sortay call the parental type, ken . . . eh, what sortay type is Franco?

It wis beautiful though man. Nae violence, nae hassle, ken. A set ay dummy keys, n we jist likesay, walked in. This wis the false panel in the flair tile behind the counter, under the till, and thair wis that big, canvas bag full ay that lovely poppy. Peachy! Aw they beautiful notes and coins. Ma passport tae better times man, ma passport tae better times.

The doorbell rings. Me n Franco are a bit shit up in case it's the labdicks, but it turns oot tae be the wee gadge, up fir his cut. Just as well, likesay, cause Franco n me's goat coins n notes aw ower the bed; divvyin up likesay, ken?

— Yis git it? the wee dude sais, eyes then wide in disbelief at the sight ay the goodies oan the bed.

— Sit fuckin doon! You shut yir fuckin pus aboot this, right? Franco growls. The wee guy's shiters, likesay.

Ah wanted tae tell Franco tae go easy on the kiddo, ken? That's likesay, the kitten that turned us oantay this bread. The wee guy told us the story, even slipped us the keys tae copy, likesay. Even though ah say nowt likes, the Begbie cat can still read ma face.

— This wee cunt'll be straight back doon the fuckin school throwin his fuckin poppy aboot tae impress his fuckin mates, n aw the wee burds.

— Naw ah'll no, the wee guy says.

— Shut the fuck up! Begbie sneers. The guy shites it again. Begbie turns tae us. — Fuckin sure ah'd be, if it wis me.

He stands up n throws three darts intae this board oan the waw, wi real force, real violence, man. The wee guy's lookin worried.

— Thir's one fuckin thing worse thin a grassin cunt, he sais, takin the darts ootay the board n flingin thum back intae it wi the same evil force. — N that's a fuckin lippy cunt. The cunt thit shoots his fuckin mooth oaf eywis does mair fuckin damage thin the grass. That's the cunts thit fuckin feed the grass. The grass feeds the fuckin polis. Then wir aw fucked.

Eh flings a dart straight at the wee guy's face. Ah jump, n the wee boy screams, n starts greetin hysterically, shakin, like he's huvin a fit, likesay.

Ah see thit Begbie's jist flung the plastic flight, huvin slyly screwed oaf the metal spike n barrel before flingin it. The wee guy's still greetin, likesay, wi shock n that.

— The fuckin flight, ya daft wee cunt! A wee bit ay fuckin plastic! Franco laughs scornfully and counts oot a load ay notes, but maistly jist the coins, fir the wee man. — Polis stoap ye, ye won it fae the shows at Porty, or in a fuckin arcade. Breathe a fuckin word ay this tae any cunt, n ye better fuckin hope thit the polis git a haud ay ye n send ye tae fuckin Polmont before ah fuckin catch up wi ye, ye hear us?

— Aye . . the wee boy's still tremblin, likesay.

— Now fuck off, back tae yir fuckin Setirday joab at the DIY. Remember, if ah fuckin hear ay you flashin that fuckin poppy aroond, ah'll be right fuckin doon tae your bit before ye ken whit's fuckin hit ye.

The wee guy takes his dough n leaves. Perr wee cunt goat

nuthin really, aboot a couple ay hundred quid fae nears enough five grand, likesay. Still, bags ay loot for a cat that age, if ye catch ma drift. Mind you, ah still say thit Franco's been a bit hard oan the nipper.

— Hey man, that kids's made us a couple ay grand each man . . . eh, jist sortay saying Franco, likesay, mibbe ye wir a bit hard oan the gadge, likesay, ken?

— Ah dinnae fuckin want that wee cunt boastin, or flashin a fuckin wad aroond. Daein anythin wi wee cunts like that, it's the riskiest fuckin business gaun. Thuv nae fuckin discretion, ken? That's how ah like tae go screwin fuckin shoaps n hooses wi you Spud. Yir a true fuckin professional, like masel, n ye nivir say nowt tae nae cunt. Ah respect that fuckin professionalism, Spud. Whin ye goat true professionals oan a joab, it's nae fuckin problem, ya cunt.

— Yeah . . . right man, likesay, ah sais. What else *kin* ye say, likesay, ken? True professionals. Sounds awright tae me; sounds peachy.

A Present

Ah decided that ah couldnae handle steyin at ma auld girl's; too much ay a heid-nip. So Gav's pittin us up fir the duration ay Matty's funeral. The train journey up wis uneventful; jist the wey ah wanted it. Some Fall tapes oan the Walkman, four cans ay lager n ma H.P. Lovecraft book. Nazi cunt, auld H.P., but he kin spin a good yarn. Ah set ma coupon intae the do-not-disturb-or-else-cunt mode every time a smiling jackass apologetically squeezes into the seat opposite me. It's an enjoyable journey, and therefore a short one.

Gav's new gaff is in McDonald Road; ah decide tae pad the hoof. Whin ah git doon tae his place, he isnae in a happy frame ay mind. Ah'm jist aboot tae git a bit para; likes ah've mibbe imposed masel, when he indicates the source ay his misery.

— Telling ye Rents, see that cunt Second Prize, he sais, shakin his heid bitterly n pointing tae an empty front room, — ah gave um the cash tae dae this place up; a bit ay plasterin and paintin. Ah'm away doon the B&Q, he sais tae us this mornin. No seen the cunt since.

Ma instinct wis tae tell Gav thit he wis crazy tae commission Second Prize tae dae the joab in the first place; n totally fuckin doolally giein the cunt the poppy up front. Ah suspect, however, that's no whit he wants tae hear right now, n ah am his guest. Instead, ah dump ma bag n the spare room n take um doon tae the pub.

Ah want tae hear aboot Matty; what happened tae the cunt. Ah wis obviously shocked by the news, though it hus tae be said, far fae surprised.

— Matty nivir knew he wis HIV, Gav said. — He probably hud been fir some time.

— Wis it pneumonia or cancer, likes? ah ask.

— Naw, eh toxoplasmosis. A stroke, ken.

— Eh? Ah'm scoobied here.

— Fuckin sad. Could only uv happened tae Matty, Gav shook his heid. — He wanted tae see his wee lassie, that wee Lisa, Shirley's bairn, ken? Shirley widnae let um near the hoose. Nae wonder, the state ay um at the time. Anywey, ken wee Nicola Hanlon?

— Aye, wee Nicky, aye.

— Her cat hud kittens, so Matty gits one oafay her. The idea is thit the cunt's gaunnae take it tae Shirley's tae gie it tae the bairn ken? So he takes it oot tae Wester Hailes, tae gie it tae wee Lisa; a present fir her, ken?

Ah cannae really see the connection between the kitten n Matty huvin a stroke, but this sounds a typical Matty tale. Ah shake me heid. — That sums Matty up. Git a wee cat as a gesture, then leave it fir some other fucker tae look eftir. Ah bet ye Shirley gave um the short shrift.

— Exactly, the clueless cunt, Gav smiles, nodding grimly. — She says: Ah'm no wantin a cat tae look eftir, take it away, git tae fuck. So thair's Matty stuck wi this kitten. Ye kin imagine whit happened. The thing wis neglected; the litter tray swimmin in pish; shite aw ower the hoose. Matty's jist lyin aroond, fucked ootay his eyeballs oan smack or downers; or jist depressed, ye ken the wey he goat. As ah sais, he didnae ken he wis HIV. He didnae ken thit ye could git that toxoplasmosis fae cat shit.

— Ah didnae ken either, ah sais. — Whit the fuck is it?

— Aw, it's fuckin horrible, man. It's likesay brain abscesses, ken?

Ah shivered, n felt a crushin weight oan ma chist, thinkin ay perr Matty. Ah hud an abscess oan ma knob once. Imagine huvin one oan yir fuckin brain, inside, yir fuckin heid bein full ay pus. Fuck sakes. Matty. Fuckin hell. — So whit happened?

— He starts gittin heidaches, so he jist uses mair; tae blot oot the pain, ken? Then he hus, like a stroke. A boy ay twinty-five; a fuckin stroke, it's no real. Ah didnae recognise the cunt eftir it. Nearly walked past um in the street; this is doon the Walk, ken? He looked fuckin ancient. He wis aw bent tae one side, hobblin like a cripple, wi his face aw twisted. He wis only like that fir aboot three weeks; then he hud a second stroke n died. He died in the hoose. The perr bastard hud been thair fir ages before the neighbours complained aboot the kitten's miaows n the stench thit wis comin fae the place. The polis broke the door doon.

Matty wis lyin deid, face doon in a pool ay dried vomit. The kitten wis fine.

Ah thoat aboot the squat Matty n me shared in Shepherd's Bush; that wis him at his happiest. He loved the whole punk thing. They loved him doon thair. He shagged every burd in that squat, includin that lassie fae Manchester thit ah'd been tryin tae git oaf wi fir donks, the spawny wee cunt. It aw started tae go wrong fir the perr bastard whin we came back up here. It nivir stoaped gaun wrong eftir that. Perr Matty.

— Fuck sake, Gav muttered, — that cunt Perfume James. That's aw we fuckin need.

Ah looked up n saw the open, smilin face ay Perfume James comin taewards us. He hud his case n aw.

— Awright James?

— No bad boys, no bad. Whair ye been hidin yersel Mark?

— London, ah goes. Perfume James wis a pain in the erse; he wis eywis tryin tae punt perfume tae ye.

— Romantically involved these days, Mark?

— Naw, ah took great pleasure in informin him.

Perfume James frowned and puckered his lips: — Gav, how's your good lady?

— Awright, Gav mumbles.

— If ah'm no mistaken, the last time ah saw ye doon here wi yir good lady, she wis wearin Nina Ricci, yeah?

— Ah'm no wantin any perfume, Gav states with a cold finality.

Perfume James twists his heid tae the side n extends his palms. — Your loss. Ah kin tell ye though, thir's nae better way tae impress a lassie thin perfume. Flooirs are too temporary n ye kin firget chocolates in these figure-conscious times. Still, nae skin oafey ma nose, Perfume James smiles, opening his case anywey, as if the very sight ay these boatils ay pish'll make us change oor minds. — Ah've done well the day though, ah cannae complain. Your mate, Second Prize, as a matter ay fact. Ah ran intae um in the Shrub an hour or so ago. He wis quite bevvied. He sais: Geez some ay that perfume, ah'm away doon tae Carol's. Ah've treated her like shite, it's time tae spoil ur a bit. Boat a fuckin stack, so he did.

Gav's chin visibly droaps. He clenches his fists n shakes his heid in angry resignation. Perfume James bounds over tae the lounge in search ay another victim.

Ah flings back ma pint. — Let's see if wi kin find Second Prize; before the cunt drinks every bit ay yir money away. Much did ye gie um?

— Two hundred sobs, Gav sais.

— Doss cunt, ah sais, sniggerin. Ah couldnae help it, it wis jist nerves.

— Ah want ma fuckin heid looked at, Gav concedes, but he cannae force a smile. Ah suppose, whin all's said n done, thir isnae a fuckin loat tae smile aboot.

Memories of Matty

1

— Awright Nelly? Long fuckin time no see, ya cunt thit ye are, Franco smiled at Nelly, who looked incongruous in a suit, with a tattooed snake coiling up his neck and a palm-treed desert island with the sea lapping up drilled onto his forehead.

— Pity it hus tae be under they circumstances likes, Nelly replied soberly. Renton, who was talking to Spud, Alison and Stevie, allowed himself a smile, upon hearing the first funeral cliché of the day.

Taking up the cue, Spud said: — Perr Matty. Fuckin bad news, likesay, ken.

— That's it for me. Ah'm steyin clean, Alison said, shuddering, despite having her arms wrapped around herself.

— Wir aw gaunnae be wiped oot if we dinnae git it thegither. That's as sure as fuck, Renton acknowledged. — You taken the test yit Spud? he asked.

— Hey . . . come oan man, this isnae the time tae be talkin aboot that . . . Matty's funeral, likesay.

— When is the time? Renton asked.

— Ye really should, Danny, ye really should, Alison implored.

— Mibbe yir better no tae ken. Ah mean, likesay, whit sortay life did Matty huv whin he kent he wis HIV?

— That wis Matty. Whit sortay life did he huv *before* he kent he wis HIV? Alison said. Spud and Renton nodded acquiescence at this point.

Inside the small chapel attached to the crematorium, the minister gave a short spiel about Matty. He had a lot of burnings to fit in that morning and couldn't afford to fuck about. A few quick comments, a couple of hymns, one or two prayers and a click of a switch to send the corpse down into the incinerator. Just a few more of these, and that was his shift finished.

— To those of us gathered here today, Matthew Connell filled a number of different roles in our lives. Matthew was a son, a brother, a father and a friend. Matthew's last days in his young life were bleak, suffering ones. Yet, we must remember the real Matthew, the loving young man who had a great lust for life. A keen musician, Matthew loved to entertain friends with his guitar-playing . . .

Renton could not make eye contact with Spud, standing next

to him in the pew, as nervous laughter gripped him. Matty was the shitest guitarest he'd known, and could only play the Doors' 'Roadhouse Blues' and a few Clash and Status Quo numbers with any sort of proficiency. He tried hard to do the riff from 'Clash City Rockers', but could never quite master it. Nonetheless, Matty loved that Fender Strat. It was the last thing he sold, holding onto it after the amplifier had been flogged off in order to fill his veins with shite. Perr Matty, Renton thought. How well did any of us really know him? How well can anybody really know anybody else?

Stevie was wishing he was four hundred miles away, in his Holloway flat with Stella. It was the first time they'd been apart since they moved in together. He was ill at ease. Try as he might, he could not sustain the image of Matty in his head. Matty kept turning into Stella.

Spud thought that it must be really crap to live in Australia. The heat, the insects, and all these dull suburban places that you see on *Neighbours* and *Home and Away*. It seemed like there were no real pubs in Australia, and that the place was like a warm version of Baberton Mains, Buckstone or East Craigs. It just seemed so boring, so shite. He wondered what it was like in the older parts of Melbourne and Sydney and whether they had tenements there, like in Edinburgh, or Glasgow or even New York, and if so, why they never showed them on the telly. He also wondered why he thought of Australia in connection with Matty. Probably because whenever they called round, he was lying junked on his mattress, watching an Aussie soap opera.

Alison remembered the time when she had sex with Matty. That was ages ago now, before she was using. She would have been eighteen. She tried to remember Matty's cock, the dimensions of it, but couldn't visualise it. Matty's body came to mind though. It was lean and firm, though not particularly muscular. He had skinny good looks and busy, penetrating eyes, which gave away the restlessness of his character. What she remembered most however was what Matty said to her as they got into bed that time. He told her: — I'm gaunnae fuck you like you've never been fucked in your life. He was right. She'd never been fucked that badly, either before or since. Matty came in seconds, depositing his load into her and rolling off her, gasping breathlessly.

She made no attempt to hide her displeasure. — That was fuckin rubbish, she told him, getting out of the bed, all anxious and tense, charged up but unsatisfied, wanting to scream in frustration. She pulled her clothes on. He said nothing and never moved, but she was sure that she saw tears spill from his eyes as she left. This image stuck with her as she looked at the wooden box, and she wished she'd been a bit kinder.

Franco Begbie felt angry and confused. Any injury to a friend he took as a personal insult. He prided himself on looking after his mates. The death of one of them confronted him with his own impotence. Franco resolved this problem by turning his anger on Matty. He remembered the time that Matty shat it off Gypo and Mikey Forrester in Lothian Road, and he had to have both the cunts on his puff. Not that it presented him with any difficulty. It was the principle of the thing though. You had to back up your mates. He'd made Matty pay for his cowardice: physically, with beatings, and socially, with heaps of humiliating slaggings. Now he realised, he'd not made the cunt pay enough.

Mrs Connell was thinking about Matty as a wee laddie. All boys were dirty, but Matty had been particularly bad. Hard on shoes, reducing clothes to threadbare status in no time at all. She was therefore not concerned when he grew into punk as he grew into adolescence. It seemed merely to be making a virtue out of necessity. Matty had always been a punk. One particular incident came to her mind. As a child, he had accompanied her to get her false teeth fitted. She felt self-conscious on the bus home. Matty insisted upon telling everyone on the bus that his Ma had false teeth put in. He was a particularly loving child. You lose them, she thought. After they get to seven, they're no longer yours. Then, just when you adjust, it happens again at fourteen. Something happens. Then when you put heroin into it, they're no longer their own. Less Matty, more heroin.

She sobbed softly and rhythmically, the valium measuring out her grief in sickening little breezes, attempting to dissipate the raging hurricane of raw angst and misery within her, which it simultaneously struggled to keep under wraps.

Anthony, Matty's younger brother, was thinking about revenge. Revenge on all the scumbags who'd brought his brother down. He knew them, some of them had the fucking gall to be here today. Murphy, Renton and Williamson. These pathetic arseholes, who breezed around like they shat ice-cream cones, like they knew something nobody else did, when all they were was junky trash. Them, and the more sinister figures behind them. His brother, his fucking weak, stupid brother, had got in tow with that scum.

Anthony's mind cast back to the occasion that Derek Sutherland had beaten him up badly at the disused railway yard. Matty found out, and went to have Deek Sutherland, who was the same age as Anthony, and two years younger than himself. Anthony remembered his eager anticipation of Deek Sutherland's complete humiliation at the hands of his brother. In the event, it was Anthony who was again humiliated, this time by proxy. It was almost as intense as the one he'd received from Deek Sutherland himself, as he watched his old adversary almost casually overwhelm and kick the shite out of his brother. Matty had let him down there. He had let everybody down since.

Wee Lisa Connell felt sad that her Daddy was in that box, but he would have wings like an angel and go up to heaven. Her Nana had cried when Lisa had suggested that might happen. It was like he was sleeping in that box. Her Nana said that the box went away, to heaven. Lisa thought that angels grew wings and flew to heaven. It mildly concerned her that he would not be able to fly, unless they let him out of the box. Still, they probably knew what they were doing. Heaven sounded good. She would go there some day, and see her dad. When he had come to see her in Wester Hailes he usually wasn't well so she wasn't allowed to talk to him. It would be good to go to heaven, to play with him, like they used to when she was really wee. He'd be well again in heaven. Heaven would be different from Wester Hailes.

Shirley held her daughter's hand tightly, and tousled her curls. Lisa seemed to be the only evidence that Matty's life was not a futile one. Yet, looking at the child, few could argue that it was not substantial evidence. Matty, though, had been a father in name only. The minister had irritated Shirley by describing him as such. She was the father, as well as the mother. Matty had provided the sperm, came around and played with Lisa a few times, before the junk had really got to him. That was his sole contribution.

There had always been a weakness about him, an inability to face his responsibilities, and also to face the force of his emotions. Most junkies she had met were closet romantics. Matty was. Shirely had loved that in him, loved it when he was open, tender, loving and full of life. It never lasted. Even before smack, a harshness and bitterness would descend upon him. He used to write her love poems. They were beautiful, not in a literary sense perhaps, but in the marvellous purity of the wonderful emotions they conveyed to her. Once, he read and then set fire to a particularly lovely verse he'd written to her. Through her tears, she asked him why he'd done that, as the flames seemed so symbolic. It was the most hurtful thing Shirley had experienced in her life.

He turned around and surveyed the squalor of the flat. — Look at this. Ye shouldnae huv dreams livin like this. Yir jist connin yirsel, torturin yirsel.

His eyes were black and inpenetrable. His infectious cynicism and despair took away Shirley's hope for a better life. It had once threatened to crush that very life out of her, before she bravely said: No more.

2

— Keep it down, please gentlemen, the harassed-looking barman pleaded with the hard core of heavy drinkers the group of mourners had whittled down to. Hours of stoical drinking and wistful nostalgia had finally given way to song. They felt great singing. The tension flowed from them. The barman was ignored.

Shame on ye, Seamus O'Brien,
All the young girls in Dublin are cryin,
They're tired o' your cheatin and lyin,
So shame on ye, Seamus O'Brien!

— PLEASE! Will you be quiet! he shouted. The small hotel on the posh side of Leith Links was not used to this sort of behaviour, especially on a weekday.

— What the fuck's that cunt fuckin sayin? Entitled tae gie the fuckin mate a fuckin send oaf! Begbie cast a predatory eye over the barman.

— Hi Franco. Renton grabbed Begbie's shoulder, realising the danger, and trying to move him quickly into a less aggressive frame of mind. — Mind yon time when you, me n Matty went doon tae Aintree fir the National?

— Aye! Ah fuckin minday that! Ah fuckin telt that cunt thit's oan the fuckin telly tae goan fuck hissel. Whit wis the cunt's name?

— Keith Chegwin. Cheggers.

— That's the cunt. Cheggers.

— The guy oan the telly likes? *Cheggers Plays Pop*? Mind that? Gav asked.

— The very same cunt, Renton said, as Franco smirked

indulgently at him, encouraging him to continue the story. — Wi wir at the National, right? This cunt Cheggers is daein interviews fir City Radio Liverpool, jist blethering shite tae punters in the crowd, ken? Well, he comes ower tae us, n we didnae wantae talk tae the cunt, but ye ken Matty, he's thinkin, this is fuckin stardom, n he's gaun oan aboot how great it is tae be here in Liverpool, Keith, n wir having a whale ay a time, n aw that shite. Then this doss cunt, this Cheggers fucker, or whativir ye call the cunt, thrusts the microphone in front ay Franco. Renton gestured towards Begbie. — This cunt goes: Away n fuck yirsel ya radge cunt! Cheggers wis fuckin crimson. They've goat that three-second delay oan the so-called live radio, tae edit that sortay thing oot.

As they laughed, Begbie justified his actions.

— Wir fuckin doon thair fir the fuckin racin, no tae talk tae some fuckin doss cunt oan the fuckin radio. His expression was that of a man-of-affairs, bored with being hassled by the media for interviews.

Franco could always find something to be enraged about, however.

— Fuckin Sick Boy should've been here. Matty wis his fuckin mate, he announced.

— Eh, he's in France but . . . wi that burd, likesay. Probably couldnae cut it man, ken . . . ah mean . . . France, likesay, Spud drunkenly observed.

— Makes nae fuckin difference. Rents n Stevie came up fae London for this. If Rents n Stevie kin come up fae fuckin London, Sick Boy kin come up fae fuckin France.

Spud's senses were dangerously dulled with the alcohol. Stupidly, he kept the argument going. — Yeah, but, eh . . . France is further away . . . wir talkin aboot the south ay France here, likesay. Ken?

Begbie looked incredulously at Spud. Obviously the message had not got across. He spoke slower, higher and with a snarl twisting his cruel mouth into a strange shape below his blazing eyes.

— IF RENTS N STEVIE KIN COME UP FI FUCKIN LONDON, SICK BOY KIN COME UP FAE FUCKIN FRANCE!

— Yeah . . . right enough. Should've made the effort. Mate's funeral likesay, ken. Spud thought that the Conservative Party in Scotland could do with a few Begbies. It's not what the message is, the problem is just communication. Begbie is good at getting the message across.

Stevie was badly feeling the session. He was out of practice for this type of thing. Franco whipped an arm around him and another one around Renton.

— It's fuckin great tae see yous cunts again. The fuckin baith ay yis. Stevie, ah want ye tae fuckin look eftir this cunt doon in London, he turned to Renton. — If you go the same fuckin wey as Matty, ah'll fuckin sort you right oot ya cunt. Listen tae fuckin Franco talkin here.

— If ah go the same wey as Matty, th'ill be nowt left ay us tae sort oot.

— Dinnae you fuckin believe it. Ah'll dig yir fuckin boady up n boot it up n doon Leith fuckin Walk. Git us?

— Nice tae ken thit ye care Frank.

— Course ah fuckin care. Ye back up yir mates. S'at fuckin right Nelly?

— Eh? Nelly turned around slowly, drunk.

— Ah'm jist fuckin tellin this cunt here, ye back up yir fuckin mates.

— Too fuckin right ye do.

Spud and Alison were talking. Renton slipped away from Franco to join them. Franco was holding Stevie up, displaying him like a trophy to Nelly telling him what a great cunt he was.

Spud turned to Renton: — Jist sayin tae Ali, this is heavy shite, aw this, likesay, man. Ah've been tae too many funerals fir a gadge ma age, likesay. Wonder whae's next?

Renton shrugged. — At least we'll be prepared, whaeivir the fuck it is. If they gave oot qualifications in bereavement, ah'd be a fuckin Ph.D. by now.

They filed out into the cold night at closing time, heading for Begbie's place with a carry-out. They'd already spent twelve hours drinking and pontificating about Matty's life and his motivations. In truth, the more reflective of them realised, all their insights pooled and processed, did little to illuminate the cruel puzzle of it all.

They were no wiser now than at the start.

Straight Dilemmas No. 1

— C'mon, have a bit of this, it's alright, she sais, holding the joint towards me. How the fuck did ah get here? Ah should've gaun hame n got changed, then watched telly or went down The Princess Diana. It's Mick's fault, him and his quick-one-after-work.

Now ah'm oot ay place here, still in ma suit n tie, sitting in this comfortable flat amidst denim and t-shirt punters who think they're bigger wasters than they are. Weekend zanies are such a drag.

— Leave 'im alone Paula, sais the woman ah met in the pub. She's really trying tae get intae ma keks, with that frantically obvious desperation ye tend tae find in such London scenes. She'll probably succeed, despite the fact that whenever ah go to the bathroom and try tae think of what she looks like, ah can't conjure up even an approximate image. These types are irritating twats; plastic bastards. All you can do is fuck them, take from them, and then go. They even give you the impression that they'd be disappointed if you did anything else. Ah'm soundin like Sick Boy now, but his attitude does have its place, which is here and now.

— Nah, come on Mister Suit en Tie. I'll bet you ain't had nuffink like this in your life.

Ah sip at ma vodka and study this lassie. She has a good tan, and well-groomed hair, but this only seems to highlight rather than obscure a slightly wizened, unhealthy look. I spy with my little eye: another doss fucker in search of street cred. The cemeteries are full ay them.

Ah take the joint, sniff it, and hand it back. — Grass, with some opium in it, right? ah ask. It actually smells like good gear.

— Yeah . . . she sais, a wee bit fazed out.

Ah look again at the joint burning away in her hand. Ah try tae feel something. Anything. What ah'm really looking for is the demon, the bad bastard, the radge inside ay me who shuts down ma brain, who propels hand to joint and joint to lips and sucks and sucks like a vacuum cleaner. He's no coming oot tae play. Maybe he doesnae live here any mair. All that's left is the nine-to-five arsehole.

— Ah think ah'll pass on your kind offer. Call me a wanker if ye will, but ah've always been a wee bit nervous around drugs. Ah know a few people who've been intae them, and run intae difficulties.

She looks intently at me, seeming to suss that it's what I'm not saying that's important. She obviously feels a bit of a tit, and gets up and leaves us.

— You're mad, you are, the woman ah met in the pub, what

the fuck did she say her name was again, laughs too loudly. Ah miss Kelly, who's now back in Scotland. Kelly had a nice laugh.

The truth ay the matter is, the drugs thing just seems such a bore now; even though ah'm actually much more boring now than ah was when ah wis oan the skag. The thing is, this sort ay boredom's new tae us, and therefore no quite as tedious as it appears tae be. Ah'll just run wi it for a wee bit. For a wee bit.

Eating Out

Oh god, you can tell; it's just going tae be one ay these nights. Ah prefer it when it's busy, but when it's deid like this, time drags. No chance ay tips either. Shite!

There's hardly anybody in the bar. Andy's sitting looking bored, reading the *Evening News*. Graham's in the kitchen, preparing food that he hopes will be eaten. Ah'm leaning against the bar, feeling really tired. I've got an essay tae hand in the morn, for the philosophy class. It's on morality: whether it's relative or absolute, and in which circumstances, etcetera, etcetera. It depresses me tae think aboot it. Once ah finish this shift ah'll be up all night writing it up. It's too mad.

Ah don't miss London, but ah do miss Mark . . . a wee bit. Well, maybe a bit more than jist a wee bit, but no as much as ah thought. He said if ah wanted tae go tae University, ah could dae it in London jist as easy as back hame. When ah told him it wisnae easy living on a grant anywhere, but in London, it was impossible, jist arithmetically impossible, he said that he was making good money, and that we'd manage awright. When ah told him that ah didnae want tae be kept, like he's the big pimp and ah'm the cerebal whore, he said it wouldnae be like that. Anyway, ah came back, he steyed, and ah don't think either ay us really regrets it. Mark can be affectionate, but he doesnae seem tae really need people. Ah lived with him for six months, and ah still don't think ah really know him. Sometimes ah feel that ah was looking for too much, and that there's a lot less tae him than meets the eye.

Four guys come intae the resturant, obviously drunk. Crazy. One looks vaguely familiar. Ah think ah might have seen him at the University.

— What can I get you? Andy asks them.

— A couple of bottles of your best piss . . . and a table for four . . . he slurs. Ah can tell by their accents, dress and bearing that they are middle to upper-middle-class English. The city's full of such white-settler types, says she, who's just back from London! You used to get Geordies and Scousers and Brummies and Cockneys at the Uni, now it's a playground for failed Oxbridge home-counties types, with a few Edinburgh merchant-school punters representing Scotland.

Ah smile at them. Ah must stop having these preconceived notions, and learn to treat people as people. It's Mark's influence, his prejudices are infectious, the crazy prick. They sit down.

One sais: — What do you call a good-looking girl in Scotland?

Another snaps: — A tourist! They speak very loudly. Cheeky cunts.

One then sais, gesturing in ma direction: — I don't know though. I wouldn't kick that out of bed.

You prick. You fucking doss prick.

Ah'm seething inwardly, trying tae pretend ah didnae hear that remark. Ah cannae afford tae lose this job. Ah need the money. No cash; no Uni, no degree. Ah want that degree. Ah really fuckin want it more than anything.

As they study the menu, one ay the guys, a dark-haired skinny wanker wi a long fringe, smiles lecherously at us. — Orlroit dahlin? he sais, in a put-on Cockney accent. It's a vogue thing for the rich tae dae on occasion, I understand. God, ah want tae tell this creep tae fuck off. Ah dinnae need this shite . . . aye ah do.

— Give us a smile then, girlie! a fatter guys sais, in a booming, officious voice. The voice ay arrogant, ignorant wealth unchallenged, untainted by sensitivity or intellect. Ah try tae smile in a condescending wey, but ma face muscles are frozen. Thank fuck as well.

Taking the order is a nightmare. They are engrossed in conversations aboot careers; commodity broking, public relations and company law seeming tae be the most popular, in between casually patronising and trying tae humiliate me. The skinny creep actually asks me what time ah finish, and ah ignore him, as the rest make whooping noises and dae a drum roll on the table. Ah complete the order, feeling shattered and debased, and depart tae the kitchen.

Ah'm really shaking wi rage, wondering how long ah can control this, wishing that Louise or Marisa were on tonight, another woman tae talk tae.

— Can't ye get these fuckin arseholes oot ay here? ah snap at Graham.

— It's business. The customer's always right, even if he's a fuckin knob-end.

Ah remember Mark telling me aboot the time he worked at the Horse Of The Year Show at Wembley, doing catering wi Sick Boy, one summer years ago. He always said that waiters have power; never mess wi a waiter. He's right, of course. It's now time tae use that power.

Ah'm smack-bang in the middle ay a heavy period, and ah'm feeling that scraped out, drained way. Ah go tae the toilet and change tampons, wrapping the used one, which is saturated wi discharge, intae some toilet paper.

A couple ay these rich, imperialist bastards have ordered soup; our trendy tomato and orange. As Graham's busy preparing the main courses, ah take the bloodied tampon and lower it, like a tea-bag, intae the first bowl ay soup. Ah then squeeze its manky contents oot wi a fork. A couple ay strands ay black, uteral lining float in the soup, before being dissolved wi a healthy stir.

Ah deliver the two paté starters and two soups tae the table, making sure that the skinny, gelled fuck-up has got the spiked one. One ay the party, a guy wi a brown beard and phenomenally ugly, protruding teeth, is telling the table, again very loudly, aboot how terrible Hawaii is.

— Too bloody hot. Not that I mind the heat, it's just that it's not like the rich, baking heat of Southern California. This place is so bloody humid, you just sweat like a pig all the time. One is also continually harassed by peasant scum trying to sell you all their ridiculous trinkets.

— More wine! the fat, fair-heided prick petulantly booms at us.

Ah go back tae the lavvy and fill a saucepan with ma urine. Cystitis is a problem for me, particularly during ma periods. Ma pish has that stagnant, cloudy look, which suggests a urinary-tract infection.

Ah dilute the carafe ay wine with ma pish; it looks a bit cloudy, but they're so smashed they winnae notice. Ah pour a quarter ay the wine intae the sink, topping up the carafe with ma pish de resistance.

Ah pour some more ay ma pish ontae the fish. It's the same colour and consistency as the sauces which marinate it. Crazy!

These pricks eat and drink everything withoot even noticing.

It's hard tae shite ontae a piece of newspaper in the toilet; the bog is small, and it's difficult tae squat. Graham's also shouting aboot something. Ah manage a small runny turd, which ah take through and mix up wi some cream intae the liquidiser, and merge the resultant mess wi the chocolate sauce, heating away in a pan. Ah pour it ower the profiteroles. It looks good enough tae eat. Too radge!

Ah feel charged wi a great power, actually enjoying their insults. It's a lot easier tae keep smiling now. The fat bastard has drawn the short straw though; his ice-cream is laced wi ground up traces of rat poison. Ah hope Graham doesnae get intae trouble. I hope they dinnae close the restaurant doon.

In my essay, ah now think that ah'd be forced tae put that, in some circumstances, morality is relative. That's if ah was being honest with masel. This is not Dr Lamont's view though, so ah may stick wi absolutes in order tae curry favour and get high marks.

It's all too mad.

Trainspotting at Leith Central Station

The toon seems sinister and alien as ah pad it doon fae the Waverley. Two guys are screaming at each other under the archway in Calton Road, by the Post Office depot. Either that, or the cunts are screaming at me. What a place and time for a kicking. Is there ever a good one, though? Ah quicken ma pace — which isnae easy wi this heavy holdall — and get oantae Leith

Street. What the fuck's it aw aboot? Wide cunts. Ah'll fuckin . . .

Ah'll fuckin keep moving. Sharpish. By the time ah get tae the Playhouse, the noise fae the two arseholes has been replaced by the appreciative chattering ay groups ay middle-class cunts as they troop oot ay the opera: *Carmen*. Some of them are making for the restaurants at the top ay the Walk, where reservations have been made. Ah stroll on. It's downhill all the way.

Ah pass ma auld Montgomery Street gaff, then the former junk zone of Albert Street, now sandblasted and tarted up. A polis car frantically lets rip on the siren as it hurtles doon the Walk. Three guys stagger oot ay a pub and intae a Chinky. One ay the cunts is willing us tae make eye-contact. Any flimsy pretext tae fill some fucker in, some wide-os will grasp it wi baith hands. It's the auld discreet increase of pace again.

In terms ay probability, the further ye go doon the Walk at this time ay night, the mair likely ye are tae git a burst mooth. Perversely, ah feel safer the further doon ah git. It's Leith. Ah suppose that means hame.

Ah hear gagging sounds and look doon this alley which leads tae a builder's yard. Ah witness Second Prize boakin up a load ay bile. Ah discreetly wait fir um tae pull umsel thegither, before talkin tae um.

— Rab. Ye awright man?

He turns roond and wobbles oan the spot, tryin tae focus oan us, when aw his heavy eyelids want tae dae is crash doon, like the steel shutters ay a late-night Asian shoap ower the road.

Second Prize sais something which sounds a bit like: — Hey Rents, sound as a fuckin pound . . . ya cunt . . . Then his face sortay changes and he sais: — . . . fuckin cunt . . . ah'll fuckin have you ya cunt . . . He lurches forward and swings at us. Even wi ma holdall, a kin still step back fast enough and the nondy cunt crashes intae the wall, then staggers backwards, fawin oan his erse.

Ah help um up and he's talkin a loaday shite which ah cannae make oot, but he's at least mair passive now.

As soon as ah put ma airm aroond um tae help um along the road, the radge collapses like a pack ay cairds, wi that learned helplessness that chronic drunks have, as he completely surrenders hissel tae us. Ah huv tae droap ma travel bag tae support the fucker, tae stop him fawin and taking another second prize fae the pavement. This is useless.

A taxi cruises up the Walk and ah flag it doon and stick Second Prize in the back ay it. The cabbie doesnae look too pleased, but ah gie him a fiver and say: — Let um oot doon the Bowtow, pal. Hawthornvale. He'll find his wey hame fae thair. It's the festive period, eftir aw. Cunts like Second Prize jist blend in at this time ay the year.

Ah wis tempted tae git intae the taxi wi Secks, and jump oaf at ma Ma's, but Tommy Younger's looked too tempting. Begbie's in, haudin court wi a few wide-os, one ay whom looks familiar.

— Rents! How ye fuckin daein, ya cunt! This you jist up fi London?

— Aye, ah shook his hand and he pilled us tae him, slappin us hard oan the back. — Jist dumped Second Prize in a Joe Baxi, ah said.

— That cunt. Ah telt um tae fuck oaf. Second fuckin bookable offence ay the night. Cunt's a fuckin liability. That's worse thin a fuckin junky, yon. If it hudnae been Christmas n that, ah'd huv fuckin tanned the cunt masel. That's me n him fuckin finished. Endy fuckin story.

Begbie introduces us tae the cunts in his company. What Second Prize did tae git flung oot ay that crowd, ah didnae even want tae ken. One ay the cunts wis that guy Donnelly, the Saughton Kid, a radge whae Mikey Forrester used tae erselick. Seems the cunt tired ay Forrester one day and gave um a sound stomping. Hoespitalisation joab. Couldnae huv happened tae a nicer guy.

Begbie pulls us aside n droaps his voice.

— Ye ken thit Tommy's fuckin sick?

— Aye. Ah'd heard.

— Go n fuckin see the cunt whin yir up.

— Aye. Ah plan tae dae that.

— Too fuckin right. You ay aw fuckin people should. Ah'm no fuckin blamin you Rents, ah sais that tae fuckin Second Prize; ah'm no fuckin blamin Rents fir Tommy. It's every cunt's ain fuckin life. Ah fuckin telt that tae Second Prize.

Begbie then goes oan tae tell us what a great cunt ah am, looking fir us tae reciprocate, which ah dutifully do.

Ah act as a prop fir Begbie's customary ego-boosting fir a while, playing the straight man and telling the company some classic Begbie stories, which portray the cunt as hardman and stud extraordinaire. It always seems more authentic coming fae somebody else. The pair ay us then leave the pub thegither and head doon the Walk. Ah jist want tae git ma heid doon at ma Ma's, but The Beggar insists that ah come back tae his bit fir a bevvy.

Strutting doon the Walk wi Begbie makes us feel like a predator, rather than a victim, and ah start looking fir cunts tae gie the eye tae, until ah realise what a pathetic arsehole ah'm being.

We go fir a pish in the auld Central Station at the Fit ay the Walk, now a barren, desolate hangar, which is soon tae be demolished and replaced by a supermarket and swimming centre. Somehow, that makes us sad, even though ah wis eywis too young tae mind ay trains ever being there.

— Some size ay a station this wis. Git a train tae anywhair fae here, at one time, or so they sais, ah sais, watchin ma steaming pish splash oantae the cauld stane.

— If it still hud fuckin trains, ah'd be oan one oot ay this fuckin dive, Begbie said. It wis uncharacteristic for him tae talk aboot Leith in that way. He tended tae romanticise the place.

An auld drunkard, whom Begbie had been looking at, lurched up tae us, wine boatil in his hand. Loads ay them used this place tae bevvy and crash in.

— What yis up tae lads? Trainspottin, eh? He sais, laughing uncontrollably at his ain fuckin wit.

— Aye. That's right, Begbie sais. Then under his breath: — Fuckin auld cunt.

— Ah well, ah'll leave yis tae it. Keep up the trainspottin mind! He staggered oaf, his rasping, drunkard's cackles filling the desolate barn. Ah noticed that Begbie seemed strangely subdued and uncomfortable. He wis turned away fae us.

It wis only then ah realised thit the auld wino wis Begbie's faither.

We were silent on our journey towards Begbie's until we came upon a guy in Duke Street. Begbie hit him in the face, and he fell. The gadge briefly looked up before trying to pull himself intae a foetal position. Aw Begbie said wis 'wide cunt' as he put the boot intae the prostrate body a couple ay times. The expression the guy had when he looked up at Begbie was mair one ay resignation than fear. The boy understood everything.

Ah didnae even feel like tryin tae intervene, even in a token wey. Eventually Begbie turned tae me and nodded in the direction we were headed. We left the guy slumped on the pavement as we continued our walk in silence, neither ay us looking back once.

A Leg-Over Situation

It wis the first time ah'd seen Johnny since his amputation. Ah didnae ken what state ah'd find the cunt in. The last time ah'd seen um he'd been covered in abscesses n still talkin shite aboot gaun tae Bangkok.

Tae me surprise, the cunt wis exuberant for somebody thit hud recently loast a leg. — Rents! Ma man! How ye diddlin?

— No bad Johnny. Look, ah'm really sorry aboot the leg, man.

He laughed at ma concern. — Promising fitba career up the creek. Still, it nivir stoaped Gary Mackay, did it?

Ah jist smiled.

— The White Swan winnae be in dock fir long. Once ah git the hing ay that fuckin crutch, ah'll be back oan the streets. This is one bird's wings that cannae be clipped. Thill take ma legs bit nivir they wings. He wrapped an airm roond his shoodir tae pat tae whair his wings would huv been if the cunt hud any. Ah think he believes thit he does. — *En this bord you kenot chay-ay-ay-ay-aynge* . . . , he sang. Ah wondered whit the cunt wis oan.

As if readin ma mind he sais: — Ye goatay try that cyclozine. Shite oan its ain, but see whin ye mix it wi the methadone; phoah ya cunt! Best fuckin high ah've hud in ma puff. That includes that Colombian shit we hud back in eighty-four. Ah ken yir clean they days, but see if ye try nowt else, try that cocktail.

— Reckon it, aye?

— It's the fuckin best. You ken the Mother Superior, Rents. Ah believe in the free market whin it comes tae drugs. Ah've goat tae gie the NHS its due though. Since ah hud this pin oaf n went oan the maintenance therapy ah've started tae believe thit the state kin compete wi private enterprise in oor industry, n produce a satisfyin product at low cost tae the consumer. The methadone n cyclozine combined; ah'm tellin ya man, fuck me. Ah jist go doon, git ma jellies fi the clinic, then look up some ay the boys thit git the cyclozine oan script. They gie it tae the perr cunts wi cancer, fi AIDS, likes. A wee swap, n every cunt's chuffed tae fuckin bits.

Johnny ran oot ay veins and started shooting intae his arteries. It only took a few ay they shots tae gie um gangrine. Then the leg hud tae go. He catches us looking at the bandaged stump; ah cannae stoap masel.

— Ah ken whit yir thinkin, ya cunt. Well, they nivir took the White Swan's middle leg!

— Ah wisnae, ah protest, but he's pullin his dick oot ay the toap ay his boxer shorts.

— No thit it's much fuckin use tae us, he laughs.

Ah note that his knob's covered in dry scabs, which indicates that it's healin up. — Seems tae be dryin oot though Johnny, they abscesses likes.

— Aye. Ah've been tryin tae stick tae the methadone n cyclozine n stoap the injectin. Ah thoat whin ah saw the stump thit it wis an opportunity, another access point, but the hoespital cunt sais: Forget it. Stick a needle in thair n that's you well fucked. The maintenance therapy's no too bad though. The White Swan's strategy is tae git mobile, git clean n then start dealin properly, jist fir profit rather thin use. He pulls oot the waistband oan his shorts n scoops his scabby gear back in.

— Ye want tae gie it a fuckin bye, man, ah suggest. The cunt doesnae hear a word ah'm sayin.

— Naah, the aim's tae git a fuckin bankroll thegither, then it's oaf tae Bangkok.

His leg might have gone, but his Thailand escape fantasy's still intact.

— Mind you, he sais, — ah dinnae want tae wait until ah git tae Thailand before ah git a fuckin ride. That's whit this reduced dosage shite does fir ye. Ah hud some root oan us the other day thair whin the nurse came roond tae dae the dressin. An auld boot n aw, n thair's me sittin wi a bairn's airm wi an aypil oan the end ay it.

— Once ye git yirsel mobile Johnny, ah venture encouragingly.

— Like fuck. Whae wants tae shag a one-legged cunt? Ah'll huv tae pey fir it; a big come-doon fir the White Swan. Still, yir better peyin fir it wi burds. Keep the fuckin relationship oan a strictly business footin. He sounded bitter. — Ye still knobbin Kelly?

— Naw, she's back up here. Ah didnae like the wey he said that, n ah didnae like the wey ah responded.

— That cunt Alison came roond the other day, he sais, revealing the source ay his spite. Ali n Kelly ur best mates.

— Aw aye?

— Tae see the fuckin freak show, he nods at his bandaged stump.

— C'moan Johnny, Ali widnae huv that attitude.

He laughs again, reaching for a decaffeinated Diet Coke, ripping the ring back and taking a sip. — Thir's yin in the fridge, he offers, pointing tae the kitchen. Ah nod in the negative.

— Aye, she wis roond the other day. Well, a few weeks ago now, ah suppose. Ah goes, whit aboot a gam, doll? Fir auld time's sake, likes. Ah mean, it wis the least she could dae fir the Mother Superior, the White Swan, whae fuckin saw her awright plenty times. The cauld-hearted bitch k.b.d us, he shook his heid in disgust. — Ah nivir legged that wee hoor, ye ken? Nivir in ma puff. Even whin she wis gantin oan it. She'd uv let us fuck her aw weys fir a fix it one time.

— Right enough, ah conceded. It wis true, or wis it? Thir wis always a wee bit ay silent antagonism between masel n Ali. Dinnae really ken why. Whatever the reason, it makes it easier fir us tae believe the worst aboot her.

— The White Swan wid nivir take advantage ay a damsel in distress though, he smiles.

— Aye, sure, ah sais, totally unconvinced.

— Too right ah widnae, he stridently contends. — Ah didnae, did ah? The proof ay the puddin's in the fuckin eatin.

— Aye, only because ye hud skag in yir baws.

— Uh, uh, uh, he goes, touchin his chist wi the can ay coke. — The White Swan disnae fuck ower his mates. Golden rule number one. No fir smack, no fir nowt. Nivir question the integrity ay the White Swan oan that issue, Rents. Ah wisnae skaggy-bawed aw the time. Ah could've hud her cunt oan toast if ah hud've wanted it. Even whin ah wis skaggy-bawed; ah could've pimped her oot. Easy fuckin meat. Ah could've hud the bitch doon Easter Road in a short skirt n nae keks; gave her a jab tae keep her quiet, n stuck her oan the flair ay the pish-hoose behind the shed. Could've hud the whole fuckin home support oan a line-up, wi the White Swan standin ootside chargin a fiver a skull. Even wi a flunky thrown in, the margins wid be astro-fuckin-nomical. Then doon tae Tyney the next week, let aw they infected Jambo bastards go in eftir the boys hud hud thir fill.

Incredibly, Johnny's still HIV negative, in spite ay bein involved in settin up mair shootin galleries than Mr Cadona. He has a bizarre theory that only Jambos get HIV and Hibbies are immune. — Ah'd uv been set up. Retirement joab. A few weeks ay that n ah could've been in Thailand, a posse ay oriental buttocks parked oan ma coupon. Didnae dae it though; cause ye cannae fuck ower yir mates.

— It's tough bein a man ay principles, Johnny, ah smile. Ah'm wantin tae leave. Ah couldnae handle a round ay Johnny's fantasised oriental adventures.

— Fuckin right it is. Ma problem wis ah forgot the wrong yins. Nae sympathy in business, n wir aw acquaintances whin it comes tae the law ay the dragon. Bit naw, soft-herted bastard that the White Swan is, he lets friendship come intae it. N how does that selfish wee hing-oot repay us? Ah asks her fir a wee blow-job, that's aw. She wis gaunny gie us it n aw, oot ay sympathy fir the leg, ken. Ah hud even goat her tae git mair ay the make-up n lipstick oan, heavy duty likes, ken? So ah whips it oot. She takes one look it the weepin sores n boatils oot. Ah sais, dinnae worry, saliva's a natural antiseptic.

— That's whit they say right enough, ah acknowledge. It's gettin oan.

— Aye. N ah'll tell ye somethin else Rents, we hud the right idea back in sivinty-sivin. Aw that gobbin wi did. Drown the whole fuckin world in saliva.

— Pity we aw dried up, ah sais, risin tae make a move.

— Aye, too right, Johnny Swan says, quieter now.

It's time ah wisnae here.

Winter In West Granton

Tommy looks well. It's terrifying. He's gaunny die. Sometime between the next few weeks and next fifteen years, Tommy will be no more. The chances are that ah'll be exactly the same. The difference is, we ken this wi Tommy.

— Awright Tommy, ah sais. He looks so well.

— Aye, he sais. Tommy's sitting in a battered armchair. The air smells ay damp, and rubbish that should have been pit oot ages ago.

— How ye feelin?

— No bad.

— Want tae talk aboot it? Ah huv tae ask.

— No really, he sais, like he does.

Ah sit down awkwardly, in an identical chair. It feels hard, and has springs coming through. Many years ago, this wis some rich cunt's chair. It's hud at least a couple ay decades in poor homes though. Now it's winded up wi Tommy.

Now ah see that Tommy doesnae look so well. Thir's something missin, some part ay him; as if he's an incomplete jigsaw puzzle. It's mair thin shock or depression. It's like a bit ay Tommy's awready died, n ah'm mourin fir it. Ah realise now thit death is usually a process, rather than an event. People generally die by degrees, incrementally. They rot away slowly in homes and hoespitals, or places like this.

Tommy cannae get oot ay West Granton. He's blown things wi his Ma. This is one ay the varicose-vein flats, called so because of the plastered cracks all over its facing. Tommy got it through the council's hotline. Fifteen thousand people on the waiting list and naebody wanted this one. It's a prison. It's no really the council's fault; the Government made them sell off all the good hooses, leaving the dross for the likes ay Tommy. It makes perfect sense politically. There's nae votes for the Government doon here, so why bother daein anything fir people whae urnae gaunnae support ye? Morally, it's another thing. What's morality goat tae dae wi politics, but? It's aw aboot poppy.

— How's London? he asks.

— No bad Tommy. Really jist the same as up here, ken.

— Aye, ah bet, he sais, sarcastically.

PLAGUER wis painted on the heavy plywood-enforced door in big, black letters. Also HIVER and JUNKY. Draftpak kids will harass anybody. Naebody's said anything tae Tommy's face yet. Tommy's a tidy bastard, he believes in what Begbie caws the discipline ay the baseball bat. He's also goat hard mates, like Beggars, and no-sae-hard mates, like me. In spite ay this, Tommy will become mair vulnerable tae persecution. His friends will decline in their numbers as his needs increase. The inverse, or perverse, mathematics ay life.

— You took the test, he sais.

— Aye.

— Clear?

— Aye.

Tommy looks at us. It's like he's angry and pleading, baith at the same time.

— You used mair thin me. And ye shared works. Sick Boy's, Keezbo's, Raymie's, Spud's, Swanney's . . . ye used Matty's fir fuck sake. Tell us ye nivir used Matty's works!

— Ah nivir shared, Tommy. Every cunt sais that, but ah nivir shared, no in the galleries, anyway, ah telt um. Funny, ah'd forgotten aw aboot Keezbo. He'd been inside now fir a couple ay year. Been meanin tae go and visit the cunt fir donks. Ah ken thit ah'll nivir git roond tae it though.

— Bullshit! Cunt! You fuckin shared! Tommy leans forward. He's startin tae greet. Ah remember thinking that if he did, ah might n aw. Aw ah feel though, is an ugly, choking anger.

— Ah nivir shared, ah shake ma heid.

He sits back and smiles tae himself; no even looking at us as he talks reflectively, now without any bitterness.

— Funny how it aw works oot, eh? It wis you n Spud n Sick Boy n Swanney n that, thit goat us intae the H. Ah used tae sit n huv a bevvy wi Second Prize n Franco an laugh at yis, call yis aw the daft cunts under the sun. Then ah split fae Lizzy, mind? Went tae your bit. Ah asked ye fir a hit. Ah thoat, fuck it, ah'll try anythin once. Been tryin it once ivir since.

Ah remember that. Christ, it wis only a few months ago. Some poor bastards are just so much more predisposed tae addiction wi certain drugs than others. Like Second Prize wi pish. Tommy took tae the skag wi a vengeance. Nae cunt kin really control it, but ah've known some fuckers, like myself, tae accommodate it. Ah've kicked a few times now. Kicking and using again is like gaun tae prison. Everytime ye go to jail, the probability ay ye ever becoming free fae that kind ay life decreases. It's the same every time ye go back tae smack. Ye decrease yir chances ay ever bein able tae dae withoot it. Wis it me thit encouraged Tommy tae take that first shot, jist by having the gear thair? Possibly. Probably. How guilty did that make us? Guilty enough.

— Ah'm really sorry, Tommy.

— Ah dinnae ken whit tae fuckin dae, Mark. Whit ah'm ah gaunnae dae?

Ah just sit there, heid slightly bowed. Ah wanted tae tell Tommy: Git oan wi yir life. It's aw ye can dae. Look eftir yirsel. Ye might no git bad. Look at Davie Mitchell. Davie's one ay Tommy's best mates. He's HIV and he's nivir used skag in his puff. Davie's okay though. He leads a normal life, well as normal a life as any cunt ah ken leads.

But ah know that Tommy cannae afford tae heat this gaff. He isnae Davie Mitchell, never mind Derek Jarman. Tommy cannae put hissel in a bubble, live in the warm, eat good fresh food, keep his mind stimulated wi new challenges. He willnae live five, or ten, or fifteen years before he's crushed by pneumonia or cancer.

Tommy will not survive winter in West Granton.

— Ah'm sorry mate. Ah'm really sorry, ah just repeat.

— Goat any gear? he asks, raising his heid and looking straight at me.

— Ah'm clean now Tommy. Whin ah tell him, he doesnae even sneer.

— Sub us then mate. Ah'm expectin a rent cheque.

Ah dig intae ma poakits and produce two crumpled fivers. Ah'm thinkin aboot Matty's funeral. It's odds on Tommy's next and there's fuck all anybody kin dae aboot it. Especially me.

He takes the money. Oor eyes meet, and something flashes between us. It's something ah cannae define, but it's something really good. It's thair jist fir a second; then it's gone.

A Scottish Soldier

Johnny Swan examines his close-shaven head in the bathroom mirror. His long, filthy hair had been shorn off a few weeks back. Now he had to get rid of this growth on his chin. Shaving was a drag when you only had one leg, and Johnny still hadn't quite got his balance sorted out. However, after a few scares, he managed what is a passable attempt. He was determined that he'd never go back into that wheelchair again, that was for sure.

— Back oan the mooch, he says to himself, as he studies his face in the mirror. Johnny looked clean. It was not a nice feeling and the process had caused him a great deal of discomfort; but people expect standards from an old soldier. He starts whistling the tune *A Scottish Soldier*; indulging himself further he gives his reflection a stiff, regimental salute.

The bandage on his stump gives Johnny some cause for concern. It looks filthy. Mrs Harvey, the community nurse, is coming today to change it, doubtless with a few accompanying choice words on personal hygiene.

He examines his remaining leg. It was never the best of the two. That knee was dodgy; the remnant of a footballing incident many moons ago. It'll get dodgier still as the sole bearer of his weight. Johnny thinks that he should've injected into the artery in this leg; let this one have been the cunt that went gangrenous and got hacked off by the surgeon. The curse of being right-sided, he reflects.

Outside in the cold streets, he swings and lurches towards the Waverley Station. Each step is a cruel one. The pain doesn't come from the extremity of his stump, but seems to be all over his body; however, the two methadone jellies and the barbiturates he has swallowed take the edge off it. Johnny sets up his pitch at the Market Street exit. His large piece of cardboard reads, in black letters:

FALKLANDS VETERAN — I LOST MY LEG FOR MY COUNTRY. PLEASE HELP.

A junky called Silver, Johnny doesn't know his real name, approaches him in freeze-frame movements.

— Any skag Swanney? he asks.

— Nothin happenin mate. Raymie's oan fir Setirday, or so ah hear.

— Setirday's nae good, Silver wheezes. — Thir's a fuckin ape oan ma back wants feedin.

— The White Swan here's a businessman Silver, Johnny points at himself. — If he hud merchandise tae punt, he'd dae jist that.

Silver looks downcast. A filthy, black overcoat hangs loosely on his grey, emaciated flesh. — Blootered oaf aw ma methy script, he states, neither looking for sympathy nor expecting it. Then a slight glint comes into his dead eyes. — Hey Swanney, dae ye make any poppy oot ay that?

— As one door shuts, another opens, Johnny smiles, his teeth a rotting mass in his mouth. — Ah make mair hireys daein this thin ah do oan the punt. Now if yill excuse us Silver, ah've goat a fuckin livin tae earn here. An upright soldier like masel cannae be seen talkin tae junkies. See ye aroond.

Silver barely registers his comments, let alone takes offence. — Ah'll jist head doon tae the clinic then. Some cunt might sell us a jelly.

— Au revoir, Johnny shouts at his back.

He does steady business. Some people furtively drop coins into his hat. Others, resentful at the intrusion of misery into their lives, turn away or resolutely look ahead. Women give more than men; young people more than their elders; people who appear to be of the most modest means seem more generous than the affluent looking.

A fiver lands in the hat. — God bless ye sir, Johnny acknowledges.

— Not at all, a middle-aged man says, — we owe you lads. It must be terrible to suffer that loss so young.

— Ah've nae regrets. Ye cannae allow yersel tae be bitter, pal. That's ma philosophy anywey. Ah love ma country; ah'd dae it aw again. Besides, ah regard masel is one ay the lucky yins; ah came back. Ah loast some good mates in that swedge at Goose Green, ah kin tell ye. Johnny let his eyes take on a glazed, faraway look; he almost believed himself. He turned back to the man. — Still, meetin people like yirsel, whae remember, whae care; that makes it aw worthwhile.

— Good luck, the man says softly, before turning and mounting the steps up to Market Street.

— Fackin radge cunt, Johnny mutters to himself, shaking his bowed head, as spasms of light laughter ripple up his sides.

He makes £26.78 after a couple of hours. It's not bad going and it's easy work. Johnny's good at waiting; even British Rail on a bad day couldn't fuck up his junky karma. However, withdrawal gives advance notice of its cruel intentions with an icy burn which causes his pulse to kick up a gear and his pores to excrete a rich, toxic sweat. He is about to pack up and leave when a thin, frail woman approaches him.

— Wir ye a Royal Scot son? Ma Brian wis a Royal Scot, Brian Laidlaw.

— Eh, Marines, missis. Johnny shrugs.

— Brian nivir came back, god love um. Twinty-one he wis. Ma laddie. A fine laddie n aw. The woman's eyes are welling up with tears. Her voice lowers to a concentrated hiss, which is all the more pitiful for its impotence. — Ye know son, ah'll hate that Thatcher till ma dyin day. Thir isnae a day goes by whin ah dinnae curse her.

She takes out her purse and, producing a twenty-pound note, crushes it into Johnny's hand. — Here son, here. It's aw ah've goat, bit ah want you tae huy it. She breaks into a sob and almost staggers away from him; it was like she'd been stabbed.

— God bless ye, Johnny Swan shouts after her. — God bless the Royal Jocks. Then he thrashes his hands together at the prospect of adding some cyclozine to the methadone he already has. Psycho-methy cocktail: his ticket to better times, that wee private heaven the uninitiated pour scorn on, but they could never conceive of its bliss. Albo has a stack of cyclozine, prescribed for his cancer. Johnny will visit his sick friend this afternoon. Albo needs Johnny's jellies as much as Johnny needs his psychos. A mutual coincidence of wants. Yes, god bless the Royal Jocks, and god bless the NHS.

Exit

Station to Station

It is a foul and dreich night. Filthy clouds hang overhead; waiting to spew their dark load on the shuffling citizens below, for the umpteenth time since the break of dawn. The bus station concourse is like a Social Security office turned inside out and doused with oil. A lot of young people living on big dreams and small budgets stand sombrely in line at the London rank. The only cheaper way down is by thumb.

The bus has come from Aberdeen with a stop at Dundee. Begbie stoically checks the seat reservation tickets, then fixes a malevolent glare at the people already on the bus. Turning away, he looks back at the Adidas holdall at his feet.

Renton, out of Begbie's earshot, turns to Spud and nods towards their uptight friend. — The cunt's jist hopin some fucker's grabbed oor seats; gie um an excuse tae cause hassle.

Spud smiles, and raises his eyebrows. Looking at him, Renton reflects, you'd never guess how high the stakes are. This is the big one, no doubt about it. He'd needed that shot, to keep his nerves straight. It had been his first one in months.

Begbie turns around, his nerves jangling, and shoots them an angry grimace, almost as if he can sense their irreverence. — Whair the fuck's Sick Boy?

— Eh, ah'm scoobied, likesay, Spud shrugs.

— He'll be here, Renton says, nodding at the Adidas bag. — That's twinty percent ay his gear yir haudin.

This shot off an attack of paranoia — Keep yir fuckin voice doon ya fuckin radge! Begbie hisses at Renton. He looks around, staring at the other passengers, feeling a desperate need for one, just one, to make eye-contact, to give him a target to unleash the fury within him which threatens to overwhelm him, and fuck the consequences.

No. He had to stay in control. There was too much at stake. There was everything at stake.

There is nobody looking at Begbie though. Those who are not oblivious to him, can feel the vibes he is giving out. They employ that special talent people have: pretending nutters are invisible. Even his companions won't meet his gaze. Renton has pulled his green baseball cap down over his eyes. Spud, wearing a Republic of Ireland football strip, is eyeing a backpacker who has blonde hair, and has just removed her pack to give him a view of her tight-arsed jeans. Second Prize, who stands a bit apart from the others, is just drinking steadily; protective of the sizeable carry-out which sits at his feet in two white plastic bags.

Over the concourse, behind the pillbox which calls itself a pub, Sick Boy is talking to a girl named Molly. She is a prostitute and is HIV positive. She sometimes hangs around the station at night, looking for punters. Molly had been in love with Sick Boy since he necked with her in a seedy disco-bar in Leith a few weeks ago. Sick Boy had made a drunken point about HIV transmission and to illustrate it had spent most of the night french-kissing her. Later, he had a bad attack of nerves and brushed his teeth half-a-dozen times before turning in for a sleepless, anxiety-filled night.

Sick Boy has been peeking out at his friends from behind the pub. He'd keep the bastards waiting. He wants to make sure that no labdicks pounce before they get on the bus. If that happens, these cunts can go down alone.

— Sub us a ten-spot doll, he asks Molly, not forgetting that he has a three-and-a-half grand stake in the contents of the Adidas bag. These are assets, however. This is cash-flow, which is always a problem.

— Here ye are. The unquestioning way Molly goes for her purse almost touches Sick Boy. Then, with some bitterness, he notes the health of her wad, and curses inwardly for not making it twenty.

— Cheers babes . . . well, ah'd better leave ye tae yir punters. The Smoke beckons. He tousles her curly hair and kisses her; this time though, a derisory brush on the cheek.

— Phone us whin ye git back Simon, she shouts after him, watching his lean but sturdy body bounce away from her. He turns around.

— You jist try stoapin us babes, you jist try stoapin us. Look eftir yirsel how. He winks at her and flashes an open, heart-warming smile before turning away.

— Fucked-up wee hoor, he mutters under his breath, his face freezing in a contemptuous scowl. Molly was an amateur, nowhere near cynical enough for the game she was in. A total victim, he thinks, with an odd mixture of compassion and scorn. He turns the corner and bounds over to the others, head swishing from side to side, trying to detect the presence of the police.

He is not amused at what he sees as they prepare to board the bus. Begbie curses him for his lateness. You always had to watch that radge, but with the stakes as high as they were, that meant he'd be even more uptight than usual. He remembered the bizarre contingency plans of violence that Begbie had hatched at the impromptu party they'd had last night. His temper could send them all to prison for life. Second Prize was in an advanced state of inebriation; to be expected. On the other hand, what loose-mouthed drunkard's talk had the cunt been coming out with, prior to being here? If he can't remember where he is, how the fuck can he be expected to remember what he says? This is such a fuckin dodgy scam, he reflects, allowing a shiver of anxiety to convulse through him.

What chews Sick Boy up the most, however, is the state of Spud and Renton. They were obviously smacked out of their eyeballs. It was just like these bastards to fuck up. Renton, who has now been clean for ages, since long before he packed in his London job and came back up, could not resist that uncut Colombian brown Seeker had supplied them with. It was the real thing, he had argued, a once-in-a-lifetime hit for an Edinburgh junky used to cheap Pakistani heroin. Spud, as always, had gone along for the ride.

That was Spud. His effortless ability to transform the most innocent of pastimes into criminality always amazed Sick Boy. Even in his Ma's womb, you would have had to define Spud less as a foetus, more as a set of dormant drug and personality problems. He'd probably draw the polis onto them through knocking a salt-cellar out of the Little Chef. Forget Begbie, he bitterly reflects, if one cunt is going to mess up the gig, it'll be Spud.

Sick Boy looks harshly at Second Prize; this nickname resulting from his drink-fuelled fantasy that he could fight, and the attendant disastrous results. Second Prize's sport had not been boxing, but football. He was a Scotland schoolboy international star of remarkable ability, who went south to Manchester United at the age of sixteen. By then, he already had an embryonic drink problem. One of soccer's unsung miracles was how Second Prize had managed to wring two years from the club before being kicked back to Scotland. The conventional wisdom was that Second Prize had wasted a great talent. Sick Boy understood the harsher truth, however. Second Prize was a mass of despair; in terms of his life as a whole, footballing ability was a frivolous deviation rather than alcoholism a cruel curse.

They file onto the bus, Renton and Spud moving in the smack-head's freeze-frame manner. They are as disorientated by the sequence of events as they are by the junk. There they were, pulling off the big one, and heading for a break in Paris. All they had to do was to convert the smack into hard cash, which had all been set up by Andreas in London. Sick Boy, though, had greeted them like a sinkful of dirty dishes. He was obviously in a bad mood and Sick Boy believed that the nasty things in life should be shared.

As he climbs onto the bus, Sick Boy hears a voice call his name.

— Simon.

— No that hoor again, he curses under his breath, before noting a younger girl. He shouts: — Git ma seat Franco, ah'll just be a minute.

Taking his seat, Bebgie feels hatred, fused with more than a twinge of jealousy, as he watches a young girl in a blue cagoul hold hands with Sick Boy.

— That cunt n his fuckin aboot wi fanny'll fuck us aw up! he snarls at Renton, who looks bemused.

Begbie tries to define the girl's shape through the cagoul. He'd admired her before. He fantasises what he'd like to do with her. He notes her face is even prettier when understated without make-up. It is hard to focus on Sick Boy, but Begbie sees his mouth turned down and his eyes opened wide in contrived sincerity. Begbie gets more and more anxious until he is ready to just get up and drag Sick Boy onto the bus. As he goes to haul himself out off the seat, he sees Sick Boy is coming back onto the vehicle, staring balefully out of the windows.

They are sitting at the back of the bus, beside the chemical toilet which already smells of spilled pish. Second Prize has cornered the back seat for himself and his carry-out. Spud and Renton sit in front of him, with Begbie and Sick Boy ahead of them.

— That wis Tam McGregor's wee lassie, Sick Boy, eh? Renton's face grins idiotically at him through the gap between the seat's headrests.

— Aye.

— He still fuckin hasslin ye? Begbie asks.

— The cunt's goat a lam oan because ah've been pokin his wee slut ay a daughter. Meanwhile, he's playing stoat-the-baw wi every wee hairy that drinks in his shitey club. Fuckin hypocrite.

— Pulled ye up ootside the fuckin Fiddlers, ah heard. They fuckin telt us ye shat yir fuckin load, Begbie mocks.

— Like fuck ah did! Whae telt ye that? The cunt says tae us: if you lay a finger oan her . . . Ah jist goes: Lay a finger oan her? Ah've been pimpin it oot fir fuckin months, ya cunt!

Renton smirks softly at this, and Second Prize, who didn't really hear it, laughs loudly. He is not, as yet, pickled enough to feel completely comfortable forgoing the bare bones of social contact. Spud says nothing, but grimaces as the vice-like grip of junk withdrawal squeezes harder on his brittle bones.

Begbie is unconvinced that Sick Boy would have the bottle to stand up to McGregor.

— Shite. You wouldnae fuckin mess wi that cunt.

— Fuck off. Jimmy Busby wis wi us. That cunt McGregor shites it fae the Buzz-Bomb. He's shit-scared ay aw the Cashies. The last thing he wants is a squad ay the Family swedgin in his club.

— Jimmy Busby . . . he's no a fuckin hard cunt. A fuckin shitein cunt. Ah stoated that radge in the Dean. You minday that time, Rents, eh? Rents! Mind the time ah panelled that Busby cunt? Begbie glances over the seat for support but Renton is starting to feel like Spud. A shudder twists through his body and a grim nausea hits him. He can only nod unconvincingly, rather than provide the elaboration Begbie is looking for.

— That wis years ago. Ye widnae dae it now, Sick Boy contended.

— Whae fuckin widnae! Eh? Think ah fuckin widnae? Ya fuckin radge! Begbie challenges aggressively.

— It's aw a loaday shite anywey, Sick Boy meekly counters, using one of his classic tactics. If you can't win the fine detail of the argument, then rubbish its context.

— That cunt kens no tae fuckin mess, Begbie says, in a low growl. Sick Boy does not respond, knowing that this was a warning by proxy, directed at him, through the absent Busby. He realises that he's been pushing his luck.

Spud Murphy's face is smeared against the glass window. He sits in silent misery, lashing sweat and feeling like his bones are grinding against each other. Sick Boy turns to Begbie, seizing the opportunity to make a common cause.

— These cunts, Franco, he nods backwards, — sais they wid stey clean. Lyin bastards. Fuck us aw up. His tone is a mixture of disgust and self-pity, as if he is resigned to the fact that his lot in life is to have all his moves sabotaged by the weak fools he was unfortunate enough to have to call his friends.

Nonetheless, Sick Boy fails to strike an empathetic chord with Begbie, who dislikes his attitude even more than he disapproves of Renton and Spud's behaviour.

— Stoap fuckin moanin. You've fuckin been thair often enough.

— No fir ages. These nondy cunts never grow up.

— So ye'll no be wantin any fuckin speed then? Begbie teased, dabbing at some salty granules in silver foil.

Sick Boy really wants some Billy Whizz, to cut down the hideous travelling time. He is fucked if he going to plead with Begbie however. He sits staring ahead, gently shaking his head and muttering under his breath, a wrenching anxiety in his guts forcing his mind to flip through unresolved grievance after unresolved grievance. He then springs up and goes to grab a can of McEwan's Export from Second Prize's pile.

— Ah telt ye thit ye should've goat yir ain cairry-oot! Second

Prize's face resembled that of an ugly bird whose eggs are under threat from a stalking predator.

— One can then, ya tight cunt! Fuck sakes! Sick Boy slaps his forehead with his palm in exasperation. Second Prize reluctantly hands a can over, which, in the event, Sick Boy cannot drink. He has not eaten for a while and the fluid feels heavy and sickly in his raw guts.

Behind him, Renton's slide into the misery of withdrawal continues apace. He knows he has to act. This means holding out on Spud. However, there was no sympathy in business, and much less in this particular one than in any other. Turning to his partner he says: — Man, ah've goat a fuckin bad rock in ma erse. Ah've goat tae spend a bit ay time in the bog.

Spud shoots to life for a second. — Yir no haudin, ur ye?

— Away tae fuck, Renton convincingly snaps. Spud turns and melts miserably back into the window.

Renton goes into the toilet and secures the door. He wipes the pish off the rim of the aluminium pan. It is not hygiene that concerns him, merely the avoidance of a wet sensation on his creeping skin.

On the tiny sink he places his cooking spoon, syringe, needle and cotton balls. Producing a small packet of browny-white powder from his pocket, he tips the contents diligently into his prized piece of cutlery. Sucking 5 mls of water into the syringe and squirting it slowly into the spoon, Renton takes care to avoid flushing away the grains. His trembling hand firms up with the concentration only junk preparation can facilitate. Passing the flame from the Benidorm plastic lighter under the spoon, he stirs at the stubborn dregs with the needle tip until he has produced an injectable solution.

The bus lurches violently, but he moves with it; his junky's vestibular sense tuned in, like radar, to every bump and bend on the A1. Not a precious drop is spilled as he lowers the cotton ball onto the cooking spoon.

Sticking the needle into the ball, he sucks the rusty liquid into the chamber. He pulls off his belt, cursing as the studs catch in the tabs of his jeans. He violently jerks it free, feeling as if his insides are folding in on themselves. Tightening the belt around his arm just below a puny bicep, he clamps yellowing teeth onto the leather to hold it fast. The sinew in his neck strains as he maintains the position; teasing up through patient, probing taps, a reluctant healthy vein.

A brief flicker of hesitancy glows in the corner of his mind, only to be snuffed cruelly by a twisting spasm which convulses his sick body. He zeros in, watching the tender flesh give way to the penetrating steel. He pushes the plunger part of the way home, for a split-second, before sucking back to fill the chamber with blood. He then releases the tension in the belt and flushes everything into his vein. He raises his head, and savours the hit. He sits for a period which could be minutes or hours, before standing up and looking at himself in the mirror.

— You're fuckin gorgeous, he observes, kissing the reflection; feeling the cold glass against his hot lips. He turns and puts his cheek on the glass, then licks at it with his tongue. Then he stands back and adjusts his features into a forced mask of misery. Spud's eyes would be on him as soon as he opened the door. He must contrive to act sick, which is not going to be easy.

Second Prize has drunk off a crippling hangover and is having what would have been described a second wind, had his constant state of inebriation and withdrawal not rendered such a term superfluous. Begbie, realising that they are well on their way and have not been intercepted by the Lothian and Borders Constabulary, the labdicks, is more relaxed. Victory was in sight. Spud takes a troubled junky sleep. Renton feels a little more animated. Even Sick Boy senses that things are going well, and unwinds.

The fragile unity is shattered when Sick Boy and Renton have an argument about the merits of the pre and post Velvet

Underground achievements of Lou Reed. Sick Boy is uncharacteristically tongue-tied under an onslaught from Renton.

— Naw, naw . . . he weakly shakes his head and turns away, devoid of inspiration to counter Renton's arguments. Renton had stolen the cloak of indignation that Sick Boy likes to wear on such occasions.

Savouring his adversary's capitulation, Renton pulls his head back sharply and smugly; folding his arms in a gesture of triumphant belligerence, the way he'd once seen Mussolini do in an old newsreel.

Sick Boy contents himself with checking out the other passengers. There are two auld wifies in front of him, who have been intermittently looking around with disapproving expressions and making clucking references to 'the language'. They have, he notes, the auld wifie smell of pish and sweat, partially obscured by layers of stale talcum.

Opposite him sits an overweight couple in shell-suits. Shell-suited bastards are another breed apart, he caustically thinks. They should be fuckin exterminated. It surprised Sick Boy that the Beggar did not have a shell-suit in his wardrobe. Once they coined in the dough, he thinks he'll treat the bastard to one, just for the crack. Additionally, he resolves to present Begbie with an American Pit-Bull pup. Even if Begbie neglected it, it wouldn't go hungry with the bairn in the house.

There was one rose amongst thorns on the bus, however. Sick Boy's eyes cease their critical scrutiny of his fellow passengers when they focus on the streaked-blonde backpacker. She sits all by herself, in front of the shell-suited couple.

Renton feels full of mischief and pulls out the Benidorm lighter and starts burning Sick Boy's ponytail. Hair crackles, and yet another unpleasant smell mingles with the rest at the back of the bus. Sick Boy, realising what is happening, springs round in his seat. — Fuck off! he snarls, thrashing at Renton's now raised wrists. — Immature cunts! he hisses as the laughter of Begbie,

Second Prize and Renton mocks him, ricocheting around the bus.

Renton's intervention though, gives Sick Boy the excuse he scarcely needs to leave them and join the backpacker. He pulls off his *Italians Do It Better* t-shirt, exposing a wiry, tanned torso. Sick Boy's mother is Italian, but he wears the t-shirt less to show pride in his origins, as to wind up the others at his pretension. He pulls down his bag and rummages through its contents. There is a *Mandela Day* shirt, which was politically sound and rock enough, but too mainstream, too sloganistic. Worse, it was dated. He felt that Mandela would prove to be just another tedious old cunt once everyone got used to him being out of the jail. He only gave *Hibernian F.C. — European Campaigners* a cursory glance before rejecting it out of hand. The Sandinistas were also passé now. He settled for a Fall t-shirt which at least had the virtue of being white and would show off his Corsican tan to its best effect. Pulling it on, he moved over and slid into the seat beside the woman.

— Excuse me. Sorry, I'm going to have to join you. My travelling companions' behaviour is a touch immature for my taste.

Renton observes, with a mixture of admiration and distaste, the metamorphosis of Sick Boy from waster into this woman's ideal man. Voice modulation and accent subtly change. An interested, earnest expression comes over his face as he fires seductively interrogative questions at his new companion. Renton winces as he hears Sick Boy say: — Yeah, I'm more of a jazz purist myself.

— Sick Boy's cracked it, he observes, turning to Begbie.

— Ah'm fuckin pleased fir the cunt, Begbie says bitterly. — At least it fuckin keeps the moosey-faced cunt away fae us. Fuckin nondy cunt's done fuck all but fuckin moan since we saw um . . . the cunt.

— Every cunt's a wee bit tense, Franco. Thir's a loat at stake.

We did aw that speed the other night thair. Everybody's bound tae be a wee bit para.

— Dinnae keep fuckin stickin up fir that cunt. Needs a fuckin lesson in manners that fuckin wide-o. Might soon be fuckin well gittin yin n aw. Disnae fuckin cost nowt tae huv manners.

Renton, realising that the discussion cannot be fruitfully advanced, settles down into his seat, letting the gear massage him; unravel the knots, and smooth out the creases. It was quality stuff alright.

Begbie's bitterness towards Sick Boy is not so much fuelled by jealousy but resentment at his departure; he is missing sitting beside someone. He now has a big speed kick on. His mind flashes with insight after insight, which Begbie thinks are just too good not to share. He needs someone to talk at. Renton notes the danger signs. Behind him, Second Prize is snoring loudly. Begbie would get little from him.

Renton pulls the baseball cap down over his eyes, while simultaneously nudging Spud awake.

— Ye sleepin Rents? Begbie asks.

— Mmmmm . . . Renton murmurs.

— Spud?

— What? says Spud irritably.

It was a mistake. Begbie turns in the seat; resting on his knees, he overhangs Spud and starts to repeat an oft-told story.

— . . . so ah'm oan toap ay it, ken, cowpin it likes, gaun fuckin radge n it's fuckin screamin likes n ah thinks fuck me, this dirty cow's right fuckin intae it, likes but it pushes us oaf, ken n she's bleedin ootay her fanny ken, like it's fuckin rag week, n ah'm aboot tae say, that disnae bother me, specially no wi a fuckin root oan like ah hud, ah'm fuckin tellin ye. Anywey, it turns oot thit the cunt's huvin a fuckin miscarriage thair n then.

— Yeah.

— Aye, n ah'll fuckin tell ye something else n aw; did ah tell ye aboot the time whin me n Shaun picked up they two fuckin hounds in the Oblomov?

— Yeah . . . Spud moans weakly, his face feeling like a cathode-ray tube which is imploding in slow motion.

The coach swings into the service station. While it provides Spud with some much-needed respite, Second Prize is not happy. Sleep had only just taken him, but the harsh lights of the bus are switched on, cruelly ripping him from his comforting oblivion. He wakes disorientated, in an alcoholic stupor; bemused eyes unable to focus, ringing ears assaulted by a cacophony of indistinguishable voices, flapping dried-up mouth unable to shut. He instinctively reaches for a purple can of Tennent's Super Lager, letting the sickly drink act as surrogate saliva.

They slouch across the motorway's fly-over bridge, persecuted by the cold, as well as the tiredness and drugs in their bodies. The exception is Sick Boy, who waltzes confidently ahead of them with the backpacker.

In the garish Trust House Forte cafeteria, Begbie grabs Sick Boy by an arm and extracts him from the queue.

— Dinnae you fuckin rip oaf that burd. Wir no wantin the fuckin polis swarmin aw ower us for a few hundred quid ay some fuckin student's holiday poppy. No whin wuv goat eighteen fuckin grand's worth ay skag oan us.

— Ye think ah'm fuckin daft? Sick Boy snaps, outraged, but at the same time confessing to himself that Begbie has provided him with a timely reminder. He had been necking with the woman, but his bulging chameleon eyes were always frantically scanning; trying to work out where her money was stashed. The visit to the cafe had been his opportunity. Begbie was right however, this was no time for a move like that. You couldn't always trust your instincts, Sick Boy reflected.

He tears himself away from Begbie with an injured pout, and rejoins his new girlfriend in the queue.

Sick Boy starts to lose interest in the woman after this. He is finding it hard to maintain an acceptable level of concentration on her excited tales of going to Spain for eight months, before taking up a place on a law degree course at Southampton University. He gets the address of the hotel in London she is staying at, noting with some distaste that it seems to be a cheap Kings Cross job, rather than a more salubrious place in the West End, which he'd enjoy hanging out in for a day or two. He was supremely confident that he'd get a shag out of this woman once they got the business with Andreas settled.

The bus eventually starts to roll through north London's brickwork suburbs. Sick Boy looks out nostalgically as they pass the Swiss Cottage, wondering whether a woman he knew still worked behind the bar. Doubtlessly not, he reasons. Six months is a quite a while behind the bar of a London pub. Even so early in the morning, the bus is reduced to a crawl as it reaches central London, and it takes a depressingly long time to wind down to Victoria Bus station.

They disembark like pieces of broken crockery being poured out of a packing case. A debate develops about whether they should go down to the railway station and get a Victoria Line tube up to Finsbury Park, or jump a taxi. They decide that a taxi is a better bet than messing about through London with a load of smack.

They squeeze into the Hackney cab, telling the talkative driver that they are down for the Pogues gig, which will take place in a tent in Finsbury Park. It provided ideal cover, as they all planned to go to the concert, combining pleasure with business, before heading to Paris for a break. The cab almost backtracks the way the bus had come in, prior to stopping at Andreas's hotel, which overlooks the park.

Andreas, who came from a London-Greek family, had inherited the hotel on the death of his father. Under the old man, the hotel had predominantly housed emergency homeless families. Local councils had the responsibility to find short-stay accommodation for people in such circumstances, and as the Finsbury Park district was sliced up between three London Boroughs, Hackney, Harringey and Islington, business had been good. On taking over the hotel, however, Andreas saw that it could be even more lucrative as a knocking-shop for London businessmen. While he never really hit the top end of the market he aimed at, he provided a safe haven for a small number of prostitutes. Mid-ranking city punters admired his discretion and the cleanliness and safety of his establishment.

Sick Boy and Andreas had got to know each other through going out with the same woman, who had been mesmerised by the both of them. They hit it off instantly, and worked a few scams together, mainly petty insurance fiddles and bank-card frauds. On taking over the hotel, Andreas had started to distance himself from Sick Boy, deciding that he was now in a bigger league. However, Sick Boy had approached him about a batch of quality heroin he had got a hold of. Andreas was cursed with a dangerous fantasy, and a timeless one: namely that he could hang around with villains to boost his ego, without paying an attendant price. The price Andreas paid was getting Pete Gilbert together with the Edinburgh consortium.

Gilbert was a professional who had worked in drug-dealing for a long time. He'd buy and sell anything. For him, it was strictly business, and he refused to differentiate it from any other entrepreneurial activity. State intervention in the form of police and courts merely constituted another business risk. It was however, a risk worth taking, considering the supernormal profits. A classic middle-man, Gilbert was, by nature of his contacts and his venture capital, able to procure drugs, hold them, cut them and sell them to smaller distributors.

Straight away, Gilbert clocks the Scottish guys as small-time wasters who have stumbled on a big deal. He is impressed however, by the quality of their gear. He offers them £15,000, prepared to go as high as £17,000. They want £20,000, prepared to go as low as £18,000. The deal is clinched at £16,000. Gilbert will make £60,000 minimum once the gear is cut and distributed.

He finds it tiresome negotiating with a bunch of fucked-up losers from the wrong side of the border. He'd rather be dealing with the person who sold it to them. If their supplier was desperate enough to punt such good gear to this squad of fuck-ups, then he didn't really understand the business. Gilbert could have turned him onto some real money.

More than tiresome, it was dangerous. Despite their assurances to the contrary, it would be impossible, he decided, for this bunch of wasted Jocks to *ever* be discreet. It was more than possible that the D.S. had stuck a tail on them. For that reason, he has two experienced punters outside in the car with their eyes peeled. Despite his reservations, he cultivated his new business associates. Anyone desperate enough to punt them this gear once, could be daft enough to do it again.

The deal concluded, Spud and Second Prize hit Soho to celebrate. They are typical new boys in town, attracted to that famous square mile like kids to a toy shop. Sick Boy and Begbie go to shoot what proves to be a competitive game of pool in the Sir George Robey with two Irish guys they team up with. London old stagers, they are contemptous of their friends' fascination for Soho.

— Aw thill git thair is plastic polisman's hats, union jacks, Carnaby Street signs and overpriced pints ay pish, Sick Boy scoffed.

— They'd git a cheaper fuckin ride back it yir mate's hotel, what the fuck d'ye call um, the Greek cunt?

— Andreas. But that's the last thing these cunts want, says Sick Boy, racking up the balls, — and that fucker Rents. That's the umpteenth time he's tried tae kick. Doss cunt chucked in a good joab n barry flat doon here n aw. Ah think me n him'll go oor separate weys eftir this.

— It's a good joab he's fuckin back thair though. Some cunt's goat tae watch the fuckin loot. Ah widnae trust Second Prize or Spud tae look eftir it.

— Aye, Sick Boy says, wondering how he can ditch Begbie and get off in search of women's company. He wonders who he will call up, or whether he'll check out the backpacker. Whatever he decided, he'd move soon.

Back at Andreas's place, Renton is sick, but not quite as sick as he'd led them to believe. He looks out onto the back garden and sees Andreas cavorting with Sarah, his girlfriend.

He looks back at the Adidas bag, stuffed full of cash, the first time Begbie has let it out of his sight. He turfs its contents out onto the bed. Renton has never seen so much money. Almost without thinking, he empties the contents of Begbie's Head bag; putting them into the empty Adidas bag. Then stuffs the cash into the Head bag, and puts his own clothes in, on top of the money.

Briefly, he glimpses out of the window. Andreas has his hand inside Sarah's purple bikini pants and she is laughing and shrieking: — Dahnt Endreas . . . dahnt . . . Gripping the Head bag firmly, Renton turns and stealthily scuttles out of the room, down the stairs and along the hallway. He looks back briefly before striding out the door. If he bumped into Begbie now, he was finished. As soon as he lets that thought form consciously in his head, he almost collapses with fear. There is nobody in the street, however. He crosses the road.

He hears chanting noises and freezes. A group of young guys in Celtic football tops, obviously down for the Pogues gig in the afternoon, are staggering towards him, out of their heads on alcohol. He walks tensely past them, although they ignore him; and to his relief, he sees a 253 bus coming. He jumps on, and away from Finsbury Park.

Renton is on automatic pilot as he alights in Hackney to get a bus to Liverpool Street. Nonetheless, he feels paranoid and self-conscious with the bag full of money. Every person looks like a potential mugger or bag-snatcher to him. Whenever he sees a black leather jacket similar to Begbie's, his blood turns to ice. He even considers going back when he is on the bus to Liverpool Street, but he sticks his hand in the bag and feels the bundles of notes. At his destination, he walks into an Abbey National branch and adds £9,000 in cash to the £27.32 already in his account. The cashier does not even blink. This is the City, after all.

Feeling better with only £7,000 on him, Renton goes down to Liverpool Street station and buys a return ticket to Amsterdam, only intending to go one way. He watches the county of Essex transmute from concrete and brick into lush green as they rumble out towards Harwich. He has an hour's wait at Parkston Quay, before the boat sails to the Hook of Holland. This is no problem. Junkies are good at waiting. A few years back, he worked on this ferry, as a steward. He hopes that nobody recognises him from those days.

Renton's paranoia subsides on the boat, but it is replaced by his first real feelings of guilt. He thinks about Sick Boy, and all the things they went through together. They had shared some good times, some awful times, but they had shared them. Sick Boy would recoup the cash; he was a born exploiter. It was the betrayal. He could see Sick Boy's more-hurt-than-angry expression already. However, they had been drifting apart for years now. Their mutual antagonism, once a joke, a performance for the benefit of others, had slowly become, through being ritualised in that way, a mundane reality. It was better this way, Renton thought. In a way, Sick Boy would understand, even have a grudging admiration for his actions. His main anger would be directed at himself for not having had the bottle to do it first.

It didn't take much effort to rationalise that he had done Second Prize a favour. He felt pity when he thought of Second Prize using his criminal injuries compensation board cash to front his stake. However, Second Prize was so busy destroying himself, he'd scarcely notice anyone giving him a hand. You would be as well giving him a bottle of paraquat to drink, as three grand to spend. It would be a quicker and ultimately more painless way of killing him. Some, he considered, would argue that it was Second Prize's choice, but did not the nature of his disease destroy his capacity to make a meaningful choice? He smirks at the irony of him, a junky who has just ripped off his best mates, pontificating in such a manner. But was he a junky? True, he had just used again, but the gaps between his using were growing. However, he couldn't really answer this question now. Only time could do that.

Renton's real guilt was centred around Spud. He loved Spud. Spud had never hurt anybody, with the exception perhaps of a bit of mental distress caused by his tendency to liberate the contents of people's pockets, purses and homes. People got too het up about things though. They invested too much emotion in objects. Spud could not be held responsible for society's materialism and commodity fetishism. Nothing had gone right for Spud. The world had shat on him, and now his mate had joined it. If there was one person whom Renton would try to compensate, it was Spud.

That left Begbie. He could find no sympathy for that fucker. A psycho who used sharpened knitting needles when he went to sort some poor cunt out. Less chance of hitting the rib cage than with a knife, he'd boast. Renton recalled the time when Begbie had glassed Roy Sneddon, in The Vine, for fuck all. Nothing other than the guy had an irritating voice and Begbie was hungover. It was ugly, sickening and pointless. Even uglier than the act itself, was the way that they all, including Renton, had colluded with it, even to the extent of creating fictitious scenarios to justify it. It was just another way of building Begbie's status as somebody not to mess with, and their own indirectly, through their association with him. He saw it for the extreme moral cowardice it was. Alongside this, his crime in ripping off Begbie was almost virtuous.

Ironically, it was Begbie who was the key. Ripping off your mates was the highest offence in his book, and he would demand the severest penalty. Renton had used Begbie, used him to burn his boats completely and utterly. It was Begbie who ensured he could never return. He had done what he wanted to do. He could now never go back to Leith, to Edinburgh, even to Scotland, ever again. There, he could not be anything other than he was. Now, free from them all, for good, he could be what he wanted to be. He'd stand or fall alone. This thought both terrified and excited him as he contemplated life in Amsterdam.